疼痛

实力小说家王传宏继《收获》杂志推介长篇小说《我走了》之后，长篇新作《疼痛》烛照人性，直面职场人生。

王传宏 著

中国文史出版社

1

何小遇的阑尾炎发作的时候是在下半夜。

何小遇梦见自己精疲力竭地在坑坑洼洼的泥地上奔跑。她能意识到自己应该到某个地方去,却怎么也想不起来那到底是什么地方。但是,她必须要到那里去,这个念头却是坚如磐石,不可动摇的。外面黑乎乎一片,几乎什么也看不见。风吹在脸上像刀子一样割人,身上的衣服被吹得沙沙地响。何小遇忽然发觉那衣服已经变成了一张薄薄的纸,松脆而轻飘,何小遇不得不伸出手按住它。因为心思过于集中,便顾不上脚下的路。终于一个趔趄,一头扎进了黑咕隆咚的深井里。

那井深得像是没有尽头。降落的过程漫长而充满快意,何小遇在那一瞬间忽然发觉自己变成了孩子,一个坐在泥地上张着嘴巴哇哇大哭的孩子。满手满脸都是泥,泥巴与泪水搅和在一起,看起来就像是某种品牌的面膜。于是,何小遇便小心地把手掌心里的泥一点点地抹到脸上。黏糊糊的泥巴很快便干了,像是有无数张看不见的嘴巴在动,发出细小的咝咝声。这感觉虽然新奇,却多少有些让人不舒服。何小遇下意识地想把脸上的东西擦干净,恍然间却发现,不知从什么时候起,脸上早已经什么东西都没有了。这个发现有点让何小遇伤心,身体也一下子变得沉重起来。

何小遇在飞落中能看见井壁上光滑圆润的石头，深绿色的青苔上，细碎的水滴密密麻麻地落在上头，汗珠子一样。何小遇伸出手去，想试试那些水滴的温度。可手指刚触过去，那些水滴和大大小小的石头就像是被施了魔法一般，一下子全消失了。何小遇感觉自己的手像是被塞到一只大而无当的瓶子中，空虚而孤单，又像是触在自己的身体里，体己而疼痛。这感觉是如此令人感动，何小遇觉得连自己的小腹都忍不住皱缩起来。

何小遇看见自己大张着嘴巴，在梦中重重地打了个哆嗦，醒了过来。随后，她便被巨大的疼痛覆住了。以前，何小遇的阑尾炎虽然也发作过几次，但吃点药忍一忍，也就过去了。不像这一次，疼痛一直缓慢而坚决地一点点地扩散，就像是有一小股风钻到一只扎紧了绳子的口袋里，因为找不到出口，便一会儿鼓到这里，一会儿鼓到那里，坚硬而暴躁。何小遇很快便分不清到底是身体的哪个部分在痛了。

何小遇挣扎着想到医院去，但是刚从床上下来便摔到了地板上。与何小遇住在一起的西村省二，半个月前就回日本去了，何小遇一时想不出还可以请谁帮忙。情急之下，她给谢邀打了个电话，这是何小遇想到的第一个电话号码。虽然在这个时间给谢邀打电话，肯定是要给他惹麻烦的，但她已经顾不上考虑这么多了。

幸好，谢邀的手机没有关机。何小遇原本只是想让谢邀把她送到医院里，没想到电话还没有拨通，便痛得龇牙咧嘴、泪流满面了。手机的铃声在那头铃铃地响着，却一直没有人接。声音在静夜里听起来也像是病了，有点像是得了急症的病人虚弱的呻吟声，引得何小遇的肚子痛得越发地厉害了。何小遇正打算放弃，那边却接电话了。何小遇抓着话筒哽咽着说，我生病了，快来帮帮我。

在这之后，谢邀如何赶到何小遇家，又是怎么把她送到医院里，她已经记不清楚了。何小遇只记得谢邀在灯光下手忙脚乱地收拾东西，然后弓着背把她背到停在楼下的汽车里。谢邀的背很宽，弯曲的弧度正好贴在她疼痛难忍的腹部，十分熨帖。何小遇不由闭上了眼睛。

躺在医院的急救床上时，疼痛似乎变得越发让人难以忍受了。正在睡觉的值班医生打着哈欠给何小遇草草做了检查，只说了句是阑尾炎，要马上做手术，之后便不见了踪影。因为何小遇不停地喊痛，护士过来打了一针止痛针，却几乎一点作用也不起。疼痛依旧无边无际地持续着，就像是一只巨大而隐秘的手，狂躁而耐心地揉捏着何小遇的身体。查血液、量血压，该做的检查都已经做完了，连汗毛都剃净备好了，却迟迟不见动手术的医生的影子。

见何小遇一副痛苦不堪的样子，谢邀急得团团转。以他以前在报社做记者时的脾气，早就冲出去找到院方，给他们点颜色看了。可现在谢邀已是今非昔比，那种近乎失身份的事自然不会再做了。再说，这深更半夜的，又到哪里找人去？

等了两个多小时，值班医生这才重新露面。何小遇在进手术室之前，只来得及握着谢邀的手说了一声谢谢。何小遇还想说点别的什么，被谢邀伸出根指头制止住了。于是，何小遇便听话地闭上了嘴。而且，肚子痛得实在是太厉害了。何小遇拼命咬着牙忍住痛，很快便把谢邀忘到了一边。

手术室里闪着绿幽幽的光，不时有穿着湖绿色手术衣的人在里面进进出出。有人示意何小遇把身体躬成虾米状，然后在她后背的脊椎上打麻药。何小遇很快便感觉下半身没有知觉了。一个戴口罩的女人拿着一根长针在她的身上上上下下地扎着，问道：痛不痛？何小遇摇了摇头，闭上了眼睛。

不时有人在身边忙碌着，把各式各样不知道做什么用途也看不出名堂的管子跟何小遇的身体连接在一起。有人在她的手背上扎针，何小遇的眉头跳了一下，睁开了眼。

屋子里有血红色的灯光，极小的一点，一闪一闪地，像是某个看不见的人体器官在隐秘地活着。定时器的嘀答声，催着人的心跳，一声声地。何小遇能感觉到被切割、推拉的声音传过来，扯得肚皮一痛一痛的。胃里有什么东西一阵阵地往上涌。她开始想吐了。

有焦急的声音传过来，怎么看不见呢？何小遇听见有人说，再开大一点。于是，又是一阵切割的声音传过来。何小遇分明能感觉到医生在随意摆弄自己的内脏，就像是在粗暴地对待一头牲口。现在何小遇比任何时候都讨厌自己的身体，仿佛那身体已经不是自己的了，而是连她自己也不愿意要的什么莫名其妙的东西。

不知过了多长时间，终于听见有人说，好了。有人探过头来，发出啧啧声。一个男人的声音说，难怪她会说痛。

然后，便是缝合伤口的声音，就像是在粗针大线地缝口袋。针线牵着皮肉，也扯着身体里的痛，像刚刚洗好正在拧干的衣服。疼痛就是那衣服里拧出来的水，滴滴答答、缠缠绵绵的，即便是打了麻药也能感觉得到。

何小遇忍不住有些痛惜，不知道自己的肚子现在变成了什么样子。一想到从前光滑无痕的身体上凭空多出个大口子，何小遇便有些伤感。但这样的念头只在脑中一闪便不见了，就像是被手术刀割伤了，站不住脚似的。

何小遇在麻药的作用下昏昏沉沉地睡了过去。但在睡着之前，依旧忍不住有些奇怪，为什么自己在情急之下想到的第一个人竟然是谢邀呢？

谢邀过去和何小遇是报社的同事，后来，离开单位自己闯天下。虽然对法律知识一无所知，却开了一家律师事务所，而且据说生意竟然十分地红火。当初，春风得意的谢邀曾经想把何小遇也拉到自己旗下，被她一口拒绝了。

何小遇拒绝的理由是自己对他做的这个行当一窍不通，干不了这

个活儿。其实，不相信谢邀真能弄出什么名堂，这才是何小遇拒绝的主要原因。但是，没想到谢邀的事业却一路蒸蒸日上。几年下来，谢邀不仅房子买了好几套，车子也是越换越好。何小遇却依旧拿着每月几千块钱的薪水，每天到报社编那些署着本报讯的破烂稿件。

以前，谢邀虽然写出来的新闻稿不怎么样，有时连消息和通讯的标题都分不清，但不知他在背后做了什么手脚，总是能受到那些采访单位的青睐。何小遇因为这张报纸八股气十足，牌子又不响，不像那些大报的记者走出去那么硬气，每次出去采访时都觉着矮人三分。谢邀却似乎从没有这样的感觉，总是热络地与人握手，没过多长时间便能跟人拍着胸脯称兄道弟了。

谢邀写的稿子在报纸上登出来之后，那些采访单位的人经常满面春风地到办公室当面道谢，给足了他的面子。这常常是谢邀最得意的时候，拍拍打打地与来人说着笑话，仰着头哈哈地笑着，然后和他们一起到饭店吃饭。闹出的动静，半幢楼的人都能听见。

对这一切，何小遇在私下里总是忍不住有些惊奇，不明白谢邀是怎么做到这一切的呢。表面上看起来，那实在是个普通平常的男人，看不出有什么过人之处。而且，在何小遇看来，谢邀写的稿子远不如自己写的。何小遇一点也不明白，他是用了什么招数，把那些人哄得团团转的呢？

谢邀在来报社之前在一家企业做办公室主任。虽然整日里迎上送下，围着领导的屁股转，却一直是工人身份。当初，谢邀十几岁就到厂里当学徒，跟他一起进厂的师兄弟们那时大都还在车间里三班倒，谢邀就凭着那么点小聪明和机灵活络、有眼色，从端茶送水的勤杂工做起，直到做上办公室主任。官虽不大，到底是有些身份的。反正比上不足比下还是有余的，谢邀倒也心满意足。

谁知天有不测风云，原本看起来热闹红火的厂子，不知怎么忽然就宣布破产倒闭了。厂里顿时乱成一团。一开始大家还巴望着能重新安排工作，先是无休止地争吵，然后便是各式各样复杂烦琐的清算。直到拿到遣散费，大家这才彻底死了心，各人自找出路。

厂里有点门道的差不多都在想方设法远走高飞，谢邀自然不肯落在别人后头。先是不知通过什么关系转了干，后来又拐弯抹角地弄到报社吃起了文字饭。

刚到报社的时候，谢邀甚至不会写稿子。但是这对谢邀来说，并没有多大妨碍。新闻稿写作差不多就那几个路数，即便不会写，看一看也就会了。这张报纸又是面向工矿企业的专业报，谢邀对工厂生活毕竟熟悉。那里面的弯弯绕儿，他就是闭上眼也能说出个子丑寅卯来。谢邀虽然没读过多少书，却到底是个聪明人，肯钻、会琢磨。没过多久，便在单位里混得像模像样了。

而且，谢邀的能耐很快便让单位的同事们有些刮目相看。

一次，何小遇和办公室的几个女人跟着一家旅行社去黄山旅游。谁知，在回来的路上，车却意外地抛了锚。原本应该早晨六点钟返回的，结果却一直折腾到晚上八点多才到家。一般人遇上这种事，虽然生气，却只能听之任之。何小遇她们自然是窝了一肚子的火，咬牙切齿地把旅行社恨了一顿，也只能自认倒霉。

平白无故地在路上折腾了一天，第二天还要按时按点上班，女人们不禁在办公室里发起了牢骚，抱怨自己的运气不好，怎么偏偏遇上一辆老爷车？还有，那么多旅行社，为什么就鬼使神差地偏偏挑中了那一家呢？

那天，谢邀恰好在办公室没有出门。在一旁还没有听完便"扑哧"一声笑了起来，说，还是你们女人好欺负，打落了牙还要朝肚子里咽。

何小遇说，不朝肚子里咽又能怎么样呢？难道去告他们吗？

谢邀一拍大腿，说对呀，找旅行社索赔去！

女人们见他这么说，便起哄，让他做她们的代言人，跟旅行社

打官司去。事成之后，一定好好谢他。几个女人原本只是开玩笑，谁知谢邀竟有些当真了，斜着眼睛看着她们，笑道：行啊！可这官司要是打赢了，你们打算怎么谢我呀？

一个年龄较大的女编辑推了谢邀一把，说你要怎么谢？莫非要她们以身相许？

女人们忍不住哈哈大笑，说行，事成之后，我们以声（身）相许，请你唱歌去！

谢邀一边笑，一边拍起了胸脯，说行，这事全包在我身上，你们就不用烦了。

那时候，谢邀还是刚到报社不久。虽然他说得认真，女人们却有点将信将疑，并没有拿他的话当回事。谁知，谢邀第二天就让她们到旅行社去拿赔偿金。谢邀与旅行社理论时的模样，把几个女人惊得目瞪口呆。谢邀不仅口齿伶俐，思维明晰，提出的索赔理由更是刀刀七寸，让人心服口服。

旅行社原本只答应赔偿她们的回程车票钱，谢邀不同意，说，旅行社首先应该赔偿她们十几个小时的误工费。其次，因为车在半道上抛锚，影响到她们第二天的工作。结果当月的全勤奖没了，还将进一步影响到她们的年终奖。这个损失，也需要旅行社承担。而且，在汽车出了问题之后，旅行社是让她们坐过路的普通车返回。而之前在与她们签订的旅行合同上，却明明写的是豪华车。这普通车与豪华车之间的差价，自然也要旅行社赔偿。

不仅如此，通过这件事，他还发现旅行社存在严重的违规行为。当初她们交钱旅游的时候，旅行社给的只是普通收据，不是正式发票。作为一名新闻工作者，遇到这种现象，自然有义务向有关部门举报。

面对谢邀的强词夺理，旅行社自然不服气。全勤奖没了，年终奖被扣，这只是你说说而已，谁能够证明呢？别说我们不该赔，就是退一万步，真该赔偿了事，也应该你们到单位里写证明过来才算数。至于当初只有普通收据，那是因为当事人没有要求他们给正式发票。

谢邀当即反驳说，她们这次旅游只是个人行为，并不是单位组织的集体行动，凭什么要拿单位证明？至于没有给正式发票的问题，难道当事人没有要求就不给了吗？这是十分明显的违规操作，有偷税漏税之嫌。

旅行社毕竟理亏，不敢与谢邀认真理论下去。而且，谢邀是报社记者，旅行社也担心他以后真会给他们找什么麻烦。虽说那张报纸不怎么样，可要是弄点什么事做由头在报纸上曝曝光，影响还是有的。而且，谢邀还一再暗示，自己与工商局的人关系很熟。要是真把他给惹恼了，伙着工商局的人一起来调查一下他们偷税漏税的事，就不是这几个小钱可以打发的了。

这最后一个理由终于把旅行社的人说动了，这才委委屈屈地答应下来。

算起来，何小遇她们这次旅游满打满算每人只花了一千二百元，结果旅行社却赔了一千五。不仅白玩了一趟黄山不说，每人还净赚三百元。见谢邀这么能干，几个人在感激之余，把那白赚的钱拿出来请他到饭馆吃了一顿，又在 KTV 包房闹了一晚上。谢邀在报社的名声也从此大振起来。

后来，谢邀便开始悄悄地追何小遇了。

谢邀那时正在闹离婚，虽说与妻子已经分居了，但离婚手续还没有办。何小遇那时刚大学毕业，人长得清纯而美丽。在一般人的眼中，两人各方面的条件差距很大，可谢邀竟全然不顾，很认真地向何小遇求爱。

谢邀的举动曾经让何小遇惊讶不已，但心里却忍不住一动。毕竟，女人在内心里总是希望被别人爱慕的，哪怕那人曾经是被自己忽略的。但是，他们之间的差距实在太大了，成长经历、教育背景，几乎毫无共同之处。难道真能走到一起吗？

何小遇曾在私下里认真考虑过这件事，觉得还是不可能。原因倒也不是那些外在的条件之类，而是因为她根本就不喜欢谢邀。在谢邀面前，何小遇一点也没有心动的感觉。要是自己在一个男人面前连心跳都跟平时一样，那还算是爱吗？

为了不让谢邀难堪，何小遇很委婉地拒绝了，理由自然是自己已经有男朋友了。虽然那时她早已经与李牧分手了，但何小遇还是把自己与李牧一起出去旅行时的照片拿出来给谢邀看，作为两人依旧情深意长的证据。

谢邀盯着照片认真地看了大半天，忽然说，这照片是谁拍的？用光和角度都不讲究，把人都照灰了。然后很热心地建议道，下次我来给你拍照片，保证可以达到上封面的水平。

何小遇以为，只要自己很明确地拒绝，谢邀就应该适可而止、知难而退了。因为两人毕竟是同事，这样的事情处理不好，肯定会影响彼此在单位里的形象的，也难免会让人说三道四。谁知谢邀却是这么一副不管不顾、不达目的誓不罢休的做派。

谢邀追求何小遇的方式也有些与众不同，那就是不停地说话。何小遇以前从没有意识到，原来他竟然这么能说。谢邀跟何小遇讲自己从前的事，说他虽然家境不好，却从小就是个上进、有主见的孩子；说他几岁开始上学，在学校读书的时候怎么遵守纪律，是老师和同学眼中公认的好学生。

谢邀说，我现在的样子你能看出我从前有多听话，有多乖吗？

何小遇便笑，说看不出来，还以为你一生下来就是现在这个样子呢。

谢邀也笑，说我自己也知道现在的状态不好，可不这样根本就不行。

于是，谢邀便说起自己怎么连高中都没有毕业便退了学，从此失去了大好前程。虽说现在许多大学毕业生还不如他呢，但是，在十七岁的时候便一眼就能洞穿自己的未来，还是让他至今仍然耿耿于怀。

谢邀出生在月城西街的狗耳巷。狗耳巷，顾名思义，既狭窄又曲里拐弯的，一直是月城的平民区，谢邀就是在那里长大的。街上早年聚居着一群二十世纪五六十年代到月城谋生的外地拾荒人，房子便是那些拾荒人在匆匆忙忙间搭建起来的。虽然低矮狭小，像蚁窝似的密密地靠在一起，寒碜得让人丢脸，但到底是个家，总算是在月城扎下了根基。于是，便密密匝匝稳扎稳打地过起了日子。

如今，那里的房子虽然大都翻盖修补过，到底是在过去的根基上，看起来依旧破破烂烂的。房子的朝向也不对，哪儿有空就在哪儿盖间屋子。初来乍到的人常常会被弄得分不清方向。

那里的住户也大都是当年拾荒人留下的后代，以前或许也在厂里做过，效益不好，又遇上下岗，便又拾起祖上传下来的手艺。当然不是再去拾荒，那已经不是他们这样的城里人做的事了。于是便在巷子口开起了五金店、杂货铺，或者是开个小吃店什么的。也有做小生意的安徽人、苏北人，打扮得花枝招展的吃皮肉饭的女人，租这里的房子，与他们混杂在一起。

从小，谢邀就是在狗耳巷里厮混着长大的。一字排开的香烟店、挂着透明门帘出租影碟的碟屋，还有那些从屋檐里伸出块肮脏布幡的面馆、小吃店，都是他每天放学之后在里头进进出出的地方。谢邀和几个背书包的小学生一起，被人吆喝着、咒骂着，在肮脏的水泥地上摸爬滚打。一群人跟在那些轰隆隆折进去又开过来的没有牌照的马自达的后面，大声呼喊着。但是，他们的锐叫声很快便湮没在狗耳巷灰蒙蒙的天空里，就像是墨水被宣纸吸了去似的。

等到他们的叫声终于能盖住狗耳巷里隆隆的噪音，可以把街上更小的孩子打得哇哇乱叫，就连从街边的门面房里冲出来的举着大拖把的女人也追不上他们的时候，他们便站在远处得意地哈哈大笑。于是，女人便气咻咻地去找他们的父母告状，一件件地数落着这些坏小子们惹出的麻烦事。有时，父母会当女人的面抽出根擀面杖或者拾起地上的笤帚疙瘩，劈头盖脸地打过来。这一次，他们不敢跑了，只是低头敛眉地站在那里，任由父母打骂。

因为有别人在一旁看着，父母出手自然比平时要重。而且，打着打着便真的动了气，家里的、外头的，各式各样的烦心事已经够让人操心的了，现在他们还这么不知好歹给自己添乱，让邻居瞧不起。因此，手上的力气不由又加重了几分。

有人见状，便说，算了算了，这次就算了，要是再有下次，一定打断他的腿。也有的女人根本不为所动，骂骂咧咧地走了。见她们离开，父母这才叹口气住了手。

虽然刚挨了父母的打，他们却不再像小时候那样张嘴号啕大哭。只是低声哽咽着，就连眼泪也流得十分节制，尊严地站在那里，像个大人似的。毕竟，他们已经是中学生了。

那时，上中学都是按照学区划分的。谢邀的父母都是老实巴交没什么文化的工人，一辈子没求过人。而且，就是他们愿意求人，也不知道应该求谁。虽说那时候谢邀的学习成绩不错，却硬生生给耽误了。谢邀至今一谈起那段经历，依然有些愤愤不平。

谢邀上的那所中学是出了名的乱。学生们都知道自己将来肯定考不上大学，所以从不把学习当回事，打架斗殴成了家常便饭。要不就是早恋，男女学生厮混在一起。常有女学生的肚子大了，结伴去流产的消息传出来，当事者似乎都没有什么羞耻感。

学校的老师对这一切早已经见怪不怪，也不认真管束。再说，现在的学生哪里是容易管的？稍有点过火的行为，便有家长找上门来，要不就是跑到教委去告状。这都是些上不了台面的事，虽说是学生们自己闹的，要是真的追究起来，这教书育人的责任却是不能不负的。因此，只要不是闹过了头，难以收场，学校里对这些事大都睁一只眼闭一只眼，听之任之。老师们每天踏着上课铃声进课堂，然后背书似的讲完课，也不管底下的学生是不是听懂了，反正应付完差事了事。

然而谢邀就是在这样的环境里，也从不自暴自弃。谢邀是班里的班长，不仅上课认真听讲，作业认真，还是学校里各种大大小小课外活动的活跃分子。谢邀又是那种有眼色、讨人喜欢的性格，几乎所有的任课老师都喜欢他。班主任曾经半开玩笑地拍着他的肩膀说，今后的希望全寄托在你身上了。每当这时，谢邀总是感觉浑身热乎乎的。

但是，谢邀虽然受宠，却时常能从老师的眼神中看出些犹疑来。那是不信任的目光，因为别无选择而不得不对他寄予希望，却又对这样的希望多少有些不信任。每次见到这样的目光，谢邀总是忍不住有些气馁。因为他也和他们一样，有点不敢相信自己。就为了这样的目光，他曾经暗下决心，一定要做出点什么惊天动地的事情，让大家瞧瞧。

谢邀的父母从不管他的学习如何，也没有人督促他，甚至连个对他发号施令的人都没有。每天的功课总有些不松不紧的样子，谢邀虽然认真努力，却总能发现有许多东西是自己根本就不会的。每次考试时，谢邀的成绩在班上虽然算不上差，但他知道自己欠缺的地方还很多。可是，这些欠缺的东西却是没有办法补救的，不是他不愿意补，而是根本就不知道该从哪里下手。

老师们虽然对他寄予厚望，却总有些像儿戏似的，也没有人专门给他吃小灶。再说，他们又凭什么给他吃小灶呢？说到底，并没有谁真正在意谢邀的前程，只有他自己才是最关心自己的。但是，他却不知道到底该怎么做。谢邀陷入了前所未有的惶惑之中。

谢邀开始失眠，整夜睡不好觉。他担心总有一天，自己也会变得和那些差生们一样，落入破罐子破摔的境地。

然而就在这时，发生了一件意外的事。

一次，谢邀和班里的同学一起到附近的工厂参加社会实践。带队的班主任临时有事离开了，便吩咐谢邀负责班里的纪律。一名学生见老师不在，拿了一卷铜丝藏了起来，打算离开的时候偷偷带走。没想到却被车间里的师傅发现了，最后告到了老师那里，说是有人偷东西。

工厂就在学校的隔壁，平日里就经常少这少那的，他们早就怀疑是学校里这群不学好的学生干的，只是因为没有证据，只好作罢。这次终于抓到了把柄，自然不肯善罢甘休，嚷嚷着要把偷东西的学生送到派出所去。谢邀平时与那个学生的关系不错，再说为了一卷铜丝就担了个偷东西的恶名，总有些小题大做。于是，便想替他说情。

谢邀走过去对班主任说，他知道这事。谢邀原本以为班主任会看在他的面子上，放过那个学生。没想到他刚说完，平日里对他十分器重的班主任竟当即拉下了脸，说，什么？原来是你们合伙作的案？那你也应该到派出所去说说清楚。谢邀哪里受得了这样的委屈，当即与班主任吵了起来。

偷铜丝的事后来虽然不了了之，但谢邀却无论如何也咽不下这口气。

谢邀平时因为成绩好，一直是老师的宠儿，在同学的眼中，也颇有些威望。没想到这次班主任竟然如此不给面子，让他在众人面前丢丑。谢邀越想越生气，第二天便写了退学报告交了上去，不再去上学了。谢邀写退学报告多少有些赌气的意思，他是想让班主任知道，自己受了多大的委屈。

交了退学报告之后，谢邀便有些后悔了，但是碍于面子，依旧不肯服输。如果这时班主任能登门了解情况，哪怕只是打个电话，给他一个台阶下，谢邀也就不打算再坚持下去了。但不知怎么，一个星期过去了，依然一点动静也没有。平日里对他十分器重的班主任似乎一下子把他给忘了，就好像这个世界上根本就不存在他这个人似的。谢邀忍不住又羞又气，越发不愿意再去上学了。

见谢邀不声不响地退了学，父母虽然十分意外，却并没有多说什么。谢邀也不肯多加解释，只是瓮声瓮气地说不想上学了，再问，便不吭声了。谢邀虽然从小在父母身边长大，却总像是与他们隔山隔水一样遥远。家里共有兄妹七个，谢邀排行第四。因为孩子多，父母的任务似乎就是让他们吃饱喝足，至于其他的事情就管不了那么多了。谢邀从小便是在众人的忽视中长大的。在谢邀的记忆中，他从没有与父母有过什么亲昵的举动，小时候甚至没有人带他洗过澡。

上小学二年级的时候，有一次学校里组织打防疫针，谢邀不知怎么就是死活不愿意打。几乎所有人都认定谢邀不肯打针一定是因为怕痛，班上的同学甚至因此嘲笑他是胆小鬼。只有谢邀自己才知道，自己并不是怕痛，而是因为担心打针的时候露出胳膊上厚厚的污垢，这才宁愿被人嘲笑，抵死拒绝的。

后来，谢邀曾把原因告诉过父母。谁知母亲只是在谢邀的后脑勺上不轻不重地捆了一巴掌，便把他扒拉到了一边去。骂他都这么大了，连干净邋遢都不知道。就好像谢邀没有换洗衣服，没有人带他去洗澡，全是他自己的原因造成似的。

谢邀为这件事曾经委屈得号啕大哭，之后终于要了零钱，独自一人去澡堂洗了个澡。自从这件事发生之后，他便再没有与父母分享过任何秘密。谢邀觉得自己就是从那时候开始长大的，他知道以后无论遇到什么事，都必须依靠自己，绝不可能从任何人那里赢得同情。

如今，谢邀的几个哥哥姐姐都已经结婚成家了，整天忙于自己的事，日子过得艰难而忙碌。谢邀还有三个弟弟妹妹，父母已经有些老迈了，操持这个家都有些力不从心的样子，哪有闲工夫去管他退学之后的隐情？谢邀直到后来才知道，在他交退学报告的那段时间，班主任恰好生病住进了医院。等到病好出院之后，曾经派人四处寻找过他，但谢邀那时早已经对上学没有兴趣了。

于是，谢邀就这么不明不白地退了学。那一年，他还差两个月满十七岁。

退学之后，谢邀在家中吃了半年闲饭。在这半年里，谢邀从一个好学上进的少年，一下子变成了众人眼中好吃懒做、不学好的毛头小伙子。周围的人开始用那种犹疑而警惕的目光看着谢邀，时常担心他会干出点什么出人意料的事情。这样的目光开始的时候还有点让他感觉恼火，但很快便习以为常了。而且，谢邀发现，这样的目光显然是把他当成是个人物来看的，至少已经承认了他的力量。这也让他忍不住有些兴奋。

现在，谢邀再不需要每天早早起床去上学，再不用因为担心自己的学习成绩而睡不着觉了。原本虚无缥缈的未来一下子变成伸手可触的实实在在的东西，虽然失去了惊喜，却也让人有一种猛然间落到实处的踏实感。而且，谢邀很快便体会到了破罐子破摔的乐趣。

谢邀每天差不多有一多半的时间都是在睡觉。早上醒来的时候，家里已经没有人了。父母去上班，弟弟妹妹们也已经上学去了。桌子上有他们留给他的剩饭，用网罩盖着。现在虽然早已经醒了，谢邀依旧躺在床上发愣。外面的阳光很明媚，在屋子里也能感觉到那种温暖、怡人的气息。要是在以前，这个时间他肯定早已坐在教室里了。现在他不需要上学，起床也就变得没有什么意义了。

因为家里人多，平时屋子里总是满满当当的，这时却显得出奇地空旷。旧家具上积年的尘土味和桌子上的稀粥、咸菜的味道裹挟在一起，有一种说不出来的味道。谢邀歪着脖子皱着眉头慢慢地嗅着，很快又有了睡意。于是，便翻了个身，又昏昏沉沉地睡了过去。

偶尔，遇上父母休息的时候，见谢邀一副没出息的样子，自然没有好脸色，总是故意弄出乒乒乓乓的声音，恶声恶气地叫他的名字，大声地唠叨着。于是，谢邀便打着哈欠，睡眼惺忪地起床，在他们的抱怨声中懒懒散散地吃早饭。

稀粥这会儿早已凉了，喝在嘴里根本不像是食物，而像是完全不相干的别的什么东西。因为睡觉睡多了，他并不觉得饿。谢邀坐在那里发了一会儿愣，打了个饱嗝，忽然猛地放下碗，把筷子重重地拍在桌子上，然后转过脸皱着眉头对父母说，吵什么吵？烦死了！

见谢邀发脾气，父母一愣，当即闭了嘴。这个儿子他们从小就弄不懂，不知道他整天在想些什么，现在越发不明白了。谢邀从小就不爱说话，跟父母更是没有话说。无论问他什么事，总是一声不吭。实在被逼急了，也只有简短的几句话。

因为谢邀总是这么一副不耐烦的样子，父母常常气得忍不住打他。但是，打也没有用。而且，他似乎根本就不怕打。别的孩子挨打的时候总是撒腿就往外面跑，谢邀却总是站在那里一动不动，就连脸上的表情也没什么异样。巴掌打在身上，就像是落在一大团脏棉花上，被吸了去似的。父母见他这样，越发来了气，一边打一边气咻咻地骂，真不该生下你，当初怎么没把你放在尿罐子里闷死？

但是，下次再遇上点什么事，谢邀依旧梗着脖子，无论对他说什么都爱答不理的。无奈，父母只好暗自叹息着作罢。后来，听人说谢邀在学校的学习成绩很好，表现不错。他们嘴上虽然不说，心里却是高兴的，再看他时的目光便变得柔和起来。谢邀自然早已意识到了，却故意装作没有看见，依旧沉着脸不说话。

他们原以为谢邀以后会有些出息，暗暗对他寄予希望，没想到现在却这样不明不白地退了学。又正是这种半大不小的年纪，出去找工作吧，人家嫌他年龄小，还没有成人。可这整天窝在家里吃闲饭，也不是长久之计啊！父母有些犯愁了。

谢邀的身体，在这半年里忽然突飞猛进地成长起来。身高一下子蹿出好几厘米，脸上的胡须也开始冒了出来。除了看起来还有些纤瘦，走在大街上的谢邀完全是一副成年男人的模样。在深夜里，谢邀感到了前所未有的冲动。

开始有女孩在身后悄悄打量他，装出漫不经心的样子与他搭话。谢邀转过身来，发现那个平时总喜欢在街上转悠的女孩正站在路边的树荫下笑嘻嘻地看着他。见谢邀转过脸来，女孩并不像那些女中学生似的羞涩紧张，躲躲闪闪地遮掩自己，依旧大胆地注视着他，露出一口整齐洁白的牙齿。

谢邀犹豫了一下，便走了过去。

女孩长得清瘦而黝黑，穿一条松松垮垮的牛仔裤，枣红色的低领T恤衫裹着两只浑圆的乳房。女孩在那一带颇有些名气，以胆大而闻名，据说不管什么事都敢做。谢邀对着女孩笑了笑，说，我认识你，但是你不认识我。

女孩看了他一眼，摇摇头说，这没有什么稀奇的，这条街上的男人都认识我。不过我也认识你！你不就是中学里的那个班长吗？

谢邀点点头又摇了摇头，说中学里的班长多着呢，你怎么知道我是哪一个？

女孩懒洋洋地伸出手，把额前的头发捋到耳朵后面，低下头一根根地打量着自己殷红的手指甲。忽然抬起眼皮，十分尖锐地看了他一眼，说，行侠仗义、为朋友连学都不上的班长能有几个？

因为吃惊，谢邀一下子愣在那里，问，这事你是怎么知道的？

女孩说，你还不知道吗？你的事半年前就在街上传开了。

因为骄傲和感动，谢邀的脸上慢慢顿时腾起一小团红润，半天说不出话来。女孩见状，忍不住甩着头发，咯咯咯地笑了起来。

不久，女孩便成了谢邀的女朋友。

自从有了女朋友之后，谢邀便一反常态，几乎整天不回家。以前因为他总是待在家里无所事事而生气的父母，又开始担心他在外面闯祸而惴惴不安了。但是，他们都是那种心宽淡薄的人，每天家里家外又有忙不完的事。见不着谢邀的面，便多少把他给忘记了。而且，他们都已经老了，虽然在谢邀面前少不了还要唠叨几句，但儿孙自有儿孙福，也管不了那么多了。

谢邀很快便与那个女孩陷入了热恋之中。

女孩比谢邀大一岁，初中还没有毕业便退了学。那时候，两个人都还处在身体迅速成长的时期，表面上看起来已经是大人了，心智却依旧停留在原来的状态。身体似乎每一分钟都在发生着变化，既惊悚不安，又羞羞答答。他们就像是从懵懵懂懂的半睡眠状态被人推醒了，一下子被抛在这个硕大无朋又难以把握的世界面前。一切都是那么出人意料，陌生而新奇。但是，欲望却在他们的身体里猛然间长大了。那些像黑暗一样无边无际、深不见底的欲望，让他们既激动不安又羞愧难当。他们几乎被这些突然而至的欲望给吓住了，因为不知所措而妥协着、放纵着。

他们在黑暗中激烈地撕扯着、呻吟着。快乐尖锐得让人几乎有些承受不起，必须要做点什么心里才能踏实些。女孩叼住谢邀胸脯上的一小块肉，只一眨眼的工夫，那肉已经变成了一团血红色。因为疼痛，谢邀用力将女孩推到一边，顺手在她的脸上捆了一巴掌。

女孩也不示弱，一翻身便把谢邀掀到了地上。于是，两个汗淋淋的身体重又撕扯起来，就像是不共戴天的仇人。

分不清是谁的拳头，在黑暗中发出一声声重浊的扑扑声，直到精疲力竭地败下阵来。两个人躺在冰凉的水泥地上喘着气，大半天一动不动。这时候，他们常常觉得自己是生活在荒无人迹的孤岛上，整个世界只有他们两个人，因为无处可逃，无论是亲人还是仇人，都必须在一起。这样的感觉让他们前所未有地亲密、相爱起来。

那段时间，谢邀感觉自己十分幸福，因为那个女孩，整个世界忽然一下子变得灿烂、美好起来。但是，他在很长时间都弄不明白女孩的一些奇怪举动。比如，女孩经常会在深夜里哭泣。谢邀问她为什么哭？女孩总是摇摇头，说不知道，但就是想哭。

女孩的哭声在深夜里听起来就像是在与隐藏在她身体里的某个隐秘角落中的人倾心诉说，因为彼此操着完全不同的语言，因此无论女孩怎样咿咿呀呀地尽心尽力，仍然谁也听不懂谁的话。于是，女孩便有些不耐烦了。抹抹眼泪发一会儿愣，忽然翻过身来疯了似的与谢邀做爱。

那时候，他们几乎整天厮混在一起。谢邀经常会被女孩的疯狂吓住。每次与那个女孩做爱，谢邀都会有一种要被吃掉的感觉。女孩健康而微黑的身体就像是某种动物，灵敏而润泽，充满着活泼泼的欲望。女孩的嘴唇、手指，身体上的每一块肌肉，都像是章鱼的吸盘，因为饥渴难耐而变得焦灼而疯狂。谢邀时常会觉得女孩的欲望就像是一个无底洞，永远也满足不了的样子。除了和谢邀在一起，女孩也与别的男人睡觉。刚与谢邀从床上下来，就急吼吼地跑到别的男人那里，等不及似的。

谢邀曾经拼命阻止过，找各种借口不让女孩离开。但他很快便发现，这么做根本就不起作用。女孩这时候看起来就像是一头困兽，如果谢邀不让她离开，她即便不把他撕碎，也会把自己弄伤的。但是，就是这样的疯狂似乎也不能让女孩平静下来，女孩变得越来越狂躁不安。

有一次，谢邀无意中发现女孩身上的伤痕，一块块瘀青像刺青一样，展示着各种诡秘的图案。谢邀伸出手指，轻轻触碰着，忍不住心疼地问，痛吗？女孩虽然痛得皱着眉头咝咝地抽着气，却仍然很坚决地摇了摇头。

开始的时候，谢邀还以为那是被哪个男人打的，直到后来才发现，原来是女孩自己弄上去的，是被某种钝器敲击的结果。谢邀看见女孩一个人在深夜里拿着锤子、石头，或者是别的什么尖锐的器具，砸自己的身体。沉闷的敲击声在暗夜里听起来，就像是某种神秘而隐蔽的仪式，迟滞而惊悚。

谢邀连忙冲上去一把抱住女孩，夺下她手里的东西，说你到底要干什么？为什么要这样？女孩推开他，轻轻地笑了笑，说我不知道，不知道为什么要这样，可是只有这样我才会觉得好受一点。

谢邀在深夜里含着泪抱住女孩冰冷的身体，忍不住百感交集。这是他的初恋，谢邀发觉自己真的很喜欢这个女孩，喜欢她的身体，喜欢她的欲望，甚至喜欢她莫明其妙的疯狂。谢邀觉得自己愿意为她做一切事，甚至愿意为她去死。为了那个女孩，他曾经很认真地出去找工作，打算负起一个男人应尽的责任。谢邀对女孩说，我要娶你，不让你像现在这样。

女孩听了，只是笑笑，什么也没有说。然而等到谢邀终于在工厂找到工作的时候，女孩却离开了他，很坚决地跟别的男人走了。因为这件事，谢邀曾经伤心失望得想自杀。那段时间，他像疯了似的整夜在街上四处游荡，希望能找到那个女孩。但女孩就像从来就没有存在过似的，一下子消失了。

一年之后，当女孩在街上重新出现的时候，谢邀忽然发现，原来他一点也不懂她，就像他也不懂自己一样。但是，在这一年里，肯定发生了什么惊天动地的事情。再次回到街上的女孩就像是换了一个人，身体几乎胖了一圈，人也变得安静、沉默起来。

女孩虽然依旧像以前一样闲混着，但举止却显得有些迟滞，看起来就像是个经历过磨难的妇人。而且，脸上的表情总显得十分胆怯，就像是一条被打怕了的狗。谢邀曾经在街上拦住女孩，问她这一年去了哪里，到底发生了什么事？女孩却只是冷漠地推开他，继续一声不吭地向前走。

谢邀一点也不明白，以前到底是什么事让女孩如此痛苦不安。现在，他依然不知道是什么东西让女孩如此恐惧和冷漠。而且，女孩看他时的表情就像是面对陌生人。谢邀知道，即便女孩不跟别的男人走，他们早晚也会分开的。

何小遇在很长时间里一直以为自己长相难看。母亲从小就告诉她要节制饮食，否则长大之后肯定会变成一个嫁不出去的胖女人。那时候，母亲的体重已经快到二百斤了。每天起床之后做的第一件事，就是站在镜子前的人体秤上，看自己是不是又长胖了。母亲虽然这么在意自己的体重，但这并不妨碍她毫无节制地吃东西。

每天清晨，何小遇和姐姐吃完饭去上学之后，母亲总是会坐在饭桌前继续吃。不管剩下多少饭菜，母亲总是能干净利落地把它们一扫而光。在何小遇的记忆中，母亲几乎每时每刻都在不停地吃东西。除了一日三餐之外，还有数不清的饼干、话梅、瓜子和各式各样的甜食炒货之类。

母亲年轻的时候是远近出名的美人，但父亲却在何小遇还不怎么记事的时候便去世了。因此，有关父亲的形象在她的心目中一直是模糊不清的，母亲也很少提起他。

母亲和父亲是通过媒人介绍认识的。那时，母亲已经二十七岁了。虽然各家门口的话匣子里整天教育大家要响应政府号召，提倡晚婚晚育，可小镇上的人家差不多还是按以前的老规矩，自家的女儿十八九岁的时候就开始找婆家。像母亲这样的年岁还没有嫁人的，在镇上并不多见。

按说母亲长相秀丽，还在镇里的文艺宣传队唱过戏，是远近数得着的漂亮人，原本是不愁出嫁的。上门提亲的也不少，可不知怎么都没有成。于是，镇上便有人悄悄说起了闲话，说这一切都是因为母亲的继母嫌贫爱富在中间作梗，想借机敛财。

继母开始的时候还不怎么在意，可听得多了，心里也忍不住有些着慌。要是在平时，继母是绝不会看上父亲的。可就因为父亲的条件太差了，反倒让她有些放下心来。于是，继母决定带着母亲一起去相亲。

继母虽然早就听媒人介绍说父亲是个货车司机，家境并不富裕，可他的那副寒酸相还是有点把她给吓住了。继母只说了几句闲话，便拉着母亲想走。母亲那天不知怎么却有些异样，见继母的脸色不对，便很坚决地又坐了下来。

与母亲的那些追求者们相比，父亲看起来实在是太普通了。纤瘦的细高个儿，身上穿的虽然是新衣服，可因为太新了，看起来就像是刚从哪里借来的。而且衣裳也过于短小了些，于是手脚便显得有些大得过分。嘴巴习惯性地半张着，看起来就像是在对什么人讨好地微笑。因为意识到自己的短处，却又对这些短处无可奈何，于是便有些羞惭和歉意，本能地想把自己藏起来似的。

见她们要走，父亲有些着急，想留她们，却又不知道该说些什么，只是微微弓着背尴尬地微笑着。不知怎么，父亲略显谦卑的笑容忽然让母亲的心中一动。继母还在一旁冷着脸催她走，母亲忽然转过身来，清了清嗓子，轻笑一声，然后便热辣辣地盯着父亲的眼睛，说你怕什么？坐下来说话。

　　父亲听了，吃了一惊。不过却什么也没说，只是很顺从地坐了下来。母亲的亲热让父亲感觉很意外，也有些感动，脸上的笑容也变得越发温存起来。继母见状，在喉咙里低低地骂了一声，"啪"的一声摔门离开了。

　　现在，屋子里只剩下父亲和母亲两个人了。两个人隔着半间屋子的距离，客气地说了几句闲话，便沉默起来。母亲平时就不怎么爱说话，面前的这个男人看来也一时找不到什么话题。屋子里静悄悄的，只能听见桌子上的一只马蹄表嘀嘀答答地响着。

　　母亲忽然感觉有些厌倦起来，因为这个男人，也因为自己的一时任性。他根本就不是她想要的那种男人，虽然连她自己也说不清到底想要什么样的男人，但却可以肯定绝不会是眼前的这个人。她留下来只是想惹恼继母，想让她生气，现在这个目的既然已经达到了，就该离开了。

　　母亲正思忖着该怎么和父亲说。然而就在这时，却发生了一件意外的事。一直沉默不语的父亲不知什么时候早已经绕到了母亲的身后，忽然伸出手拥住了她。母亲吓了一跳，心忍不住咚咚咚地跳了起来。以前母亲的那些追求者们从不敢如此造次，他们在她面前总是规规矩矩的，即便是眼睛里能流出火来，却从没有动手动脚过。没想到这个外表看起来老实得近乎畏葸的男人，竟然如此大胆。

　　母亲站起身，犹豫着是不是应该走。继母虽然被她气跑了，但肯定没有走远，说不定就躲在屋子后面偷听里面的动静。要是母亲这时候离开，显然就趁了继母的意。一想到继母，母亲的心里便忍不住一噤，于是又咬着嘴唇坐了下来。

父亲见状，又悄悄靠了过来。

父亲的手很粗、很厚，落在身上却有一种意外的温暖。手掌心里的温度隔着一层薄棉袄，热热地传过来。母亲能感觉到父亲隐藏在心里的许多没有说出来的内容，热情、感激和欣赏，还有点羞涩的说不出口的欲望。这让母亲的心也一点点地热了起来。在这只手的提示下，母亲第一次发现了自己的身体。

以前母亲也知道自己长得漂亮，但那多少是从别人的眼睛里发现的。因为那些艳羡和充满欲望的目光，母亲总是不自觉地绷紧了面孔，就连身体也像是盹着的。现在，母亲第一次清晰地意识到，原来自己的身体竟是如此的妖娆生动。现在，母亲觉得面前的这个男人不仅一点也不讨厌，反倒有些令人依恋了。而且，母亲第一次有了胜利者的感觉。一想到继母的那张愤怒而无奈的脸，母亲便忍不住有些兴奋。

见时候差不多了，母亲这才推开父亲的手，站起身整理了一下衣服，然后低着头红着脸对父亲说，你回家准备婚事吧，我会嫁给你的。

母亲上学晚，小学四年级的时候为了帮继母带弟弟，又辍学过一年。因此，在班上算是年龄比较大的。虽然母亲的学习成绩并不好，但是因为长相漂亮，就连班上的老师也客气着，对她和对别的学生总有些不一样的。

初中毕业后，母亲便不再去上学了。镇上那时只有一所初级中学，要上高中就要到二十里外的县城中学去读，而且也不是谁想去就去得了的。每年镇上只有不多的几个推荐名额。事情是明摆着的，要想继续上学就要托关系走后门。而且到县城上高中就要住校，学杂费、吃穿用、每个星期来回的车费之类的，算起来也是一笔不小的开销。继母对这件事不热心，母亲也不好多说什么。镇上的女孩大都是初中毕业后便开始谋出路，母亲也没有理由一定要继母让她继续读书。

恰好这时镇上要组建文艺宣传队，正在四处招人。县里还专门派人下来帮忙指导。以前上学的时候，学校里虽然连专职音乐老师都没有，但偶尔搞点什么活动，母亲都是理所当然的主角。于是，便也去报了名。

考场就设在镇上的文化站里，几个人坐在桌子后面，闲闲地围成了一个圈。母亲站在那个圈的中央，稍稍犹豫了一下，便捏着辫梢唱了两首歌。唱完之后，那几个坐着的人中便有人问，会跳舞么？母亲咬着嘴唇笑了笑，摇了摇头。

母亲唱歌时的声音不算洪亮，但却十分纯净。虽然不会表演，但是长相漂亮，低着头扭着腰肢站在那里，倒也清秀可人。桌子后面的几个人交换了一下眼色，有人点了点头，于是母亲便被留下了。

宣传队那时除了唱样板戏之外，也会排些小歌舞，配合当时的宣传需要。大都是采用当地的戏曲小调，再配上些时兴的唱词，多是破除迷信、移风易俗、割资本主义尾巴之类的。演员们的脸上抹出红彤彤的腮红，再穿上鲜艳的彩衣，在二胡、笛子和锣鼓的伴奏下边唱边表演。舞台上只竖着两只功率不大的话筒，因此演员们需要扯着嗓子大声地唱，有时唱岔了音，常引得底下看戏的人一阵阵哄笑。

即便如此，只要有宣传队的演出，镇上的人还是忍不住追着看。在宣传队里，母亲的唱功虽然不算好，但因为扮相秀丽，倒也十分引人注目。穿着粉红色戏服扎着黑色金丝绒围兜的母亲一出场，原本十分嘈杂的场子顿时变得鸦雀无声。母亲在简陋的舞台上曼声吟唱着，一双清亮的眼睛与衣服上的那些亮晶晶的饰片一起在灯光下闪烁流转，常引来一阵阵的喝彩声。

宣传队的驻地就设在镇革委会大院里，镇上的领导自然经常会过来。革委会主任是一名转业军人，刚从县里派下来，老婆孩子都还留在县城，只有他一个人住在镇上。于是，闲来无事的时候，主任便常常会来看宣传队排练。

主任那时大约三十来岁的模样，平常总见他穿一身半旧的绿军装，虎着脸训人。下班之后却像是变了个人似的，经常在院子里背着手闲散地蹓着步子。见主任来了，大家开始的时候还有些紧张。但主任看起来却十分随和，只是站在一旁笑嘻嘻地看着他们，也不怎么说话。时间一长，大家也就不怎么当回事了。

但是，每次轮到母亲排练的时候，主任不知怎么却总要忍不住上前说上几句。仔细地对母亲的唱腔、身段提出些要求，有时还会亲自过来指导一番。主任捏着母亲的手指，扶着她的腰肢，告诉她手要举到怎样的高度，腰要扭到什么角度。因为紧张，母亲常常做不到主任提出的那些要求。主任似乎也不生气，只是笑一笑，摇摇头。每次宣传队演出结束的时候，领导照例要到舞台上与演员们握手。与别的演员握手的时候，主任只用一只手握。与母亲握手时，却总要伸出双手，而且停留的时间也更长久些。

大家都能看出来，主任似乎是喜欢母亲。虽然谁也没有见过他们在一起亲热过，但宣传队里几乎每个人都在怀疑，主任和母亲之间的关系大概不太正常。很快，母亲便感觉宣传队的人看她的目光似乎有些异样。那是艳羡、嫉妒、淡漠等等复杂的情绪融合在一起之后形成的一种含混而暧昧的目光，就连一贯对她有些看不入眼的宣传队的指导员，似乎也有点刻意讨好她的意思。这让母亲忍不住有些暗自得意起来。

虽然她与主任之间什么事也没有发生过，但让他们这样怀疑着，倒也感觉不错。于是，下一次主任再来指导她的时候，母亲便会让自己的身体与主任贴得更近些，有时还会把手指在主任的掌心里俏皮地弹几下。母亲能感觉到主任忽然而至的慌张与退让，这让她觉得十分有趣，心也忍不住咚咚咚地跳了起来。

母亲的紧张与不安很快便传递到了主任那里。主任忽然一下子镇静下来，伸出手轻轻揽住母亲柔软的腰肢。于是母亲的身体便在主任的手掌下轻轻摇晃着，像是忽然被施了魔法，怔住了。一股陌生的甜蜜从母亲的心底慢慢浮了出来，就像是冬日的午后在大太阳底下睡了一觉醒来，虽然有些红头涨脸的，却连每个关节都是松弛打开的。母亲睁开眼睛，看见主任的脸上也洋溢着异样的光彩。

继母似乎也听到了些风声，对母亲的态度明显发生了变化。在家里，母亲可以名正言顺地不做家务了。就连继母看她的目光，也变得有些小心，有点巴结她的意思。母亲虽然低着头装作看不见，眼睛里却忍不住露出几分喜色。

很快，母亲便发觉自己有些期待主任的到来了。每天到主任惯常要来的时候，母亲总有些心神不宁，要不就是莫明其妙地亢奋，面色潮红，两眼放光，就连说话都有点颠三倒四的。要是哪天主任有什么事没有来，母亲便会有些失望，人也有些发愣，不是忘了唱词，就是跳错了舞步。宣传队的人自然把这一切看在眼里，母亲自己却是浑然不觉的。

见主任来了，宣传队的指导员常常会不露痕迹地支使手下人做这做那。很快，排练场上便只剩下主任和母亲二个人了。母亲忽然没来由地紧张起来。虽然把脚弓勾在练功杠上，仍然在下腰踢腿，心却忍不住一阵阵怦怦乱跳。母亲胆战心惊地期待着，期待着发生点什么事。虽然那到底会是什么样的事，连她自己也说不清。可是，总要发生点什么吧？这却是理所应当不容置疑的。

但是，主任却只是背着手远远地在排练场的边上站着。直到主任忽然皱着眉头走了过来，母亲这才意识到自己大概又做错了什么。主任的手碰到母亲身体的时候，母亲越发慌乱起来。主任见状，忽然抽手打了她一个耳光。这耳光打得不重，却也不算轻，母亲捂住脸一下子愣住了。但是，还没等母亲反应过来，主任却早已经转身离开了。

在这之后，母亲吓得好几个晚上睡不着觉。又不敢把这事告诉别人，只是胆战心惊地等待着。母亲不明白自己做错了什么事，主任到底要对她怎么样？他这是真的喜欢她，还是恨她呢？母亲在心里一点也拿不准主任是不是喜欢她，但是，似乎也不应该恨她的吧？母亲认真地想了想，自己似乎并没有得罪过主任，他为什么一定要恨她呢？

下一次，等到排练场上又剩下他们两个人的时候，主任忽然伸出手扯了扯母亲的小辫子，似乎想要说些什么。母亲转过脸看着主任，等待着。可就在这时，排练场的门"咚"的一声被推开了。革委会的勤务员忽然因为有什么事来找他。勤务员在主任的耳朵边嘀嘀咕咕地说了许多话，主任听了顿时脸色大变，只是冲着母亲点点头，勉强微笑了一下，什么都没有来得及说，便匆匆地离开了。

这是母亲最后一次见到主任。之后，主任不知怎么忽然不到宣传队来了。那时候，宣传队正在赶排新节目，要参加县里的文艺汇演。主任没有来，大家都觉得有些奇怪。宣传队的指导员因为领导忽然不再关心他们了，不免有些失落。

大家在私下里纷纷猜测着，是不是母亲因为什么事把主任给得罪了？或者是主任又另有新欢了？镇上广播站的女播音员是个没有嫁人的老姑娘，那时正整天伺机拍主任的马屁。按说女播音员无论是年龄还是长相，都不应该是母亲的竞争对手的。于是大家便在私下里悄悄猜测，一定是母亲年龄太小不解风情，这才输给了女播音员。

母亲一直到很久之后才听说，主任似乎是出了什么事情。她也弄不清到底出的是什么事，只知道是很严重的事。很快，县里便派来了调查组。开会摸底、内查外调，几乎把小镇翻了个底朝天。宣传队原本是要去县里参加文艺汇演的，也被临时取消了。母亲和女播音员都成了重点调查对象，当然主要是调查她们与革委会主任之间的关系。母亲甚至还被带到医院里检查过身体。

调查持续了半个多月，虽然最后什么也没有查出来，但是母亲在宣传队里却有点待不下去了。恰好这时宣传队因为没有演出任务，临时放假休息。等到放假结束重新组织排练时，却没有人通知母亲。母亲直到这时才意识到，自己是被宣传队开除了。虽然在暗地里悄悄大哭了一场，母亲却并没有去找什么人理论这件事。这毕竟是丢人现眼上不了台面的事，也有些让人说不出口的。

这时，母亲已经到了该谈婚论嫁的年龄。可由于在宣传队的那段经历，名声却陷入了令人尴尬的境地。宣传队以前也传出过女演员与哪个领导的关系不正常的闲话，但那些女人后来并没有受过什么处分，却大都被安排了体面的工作，风光地嫁了人，让许多人羡慕不已。不像母亲，只是给小镇人带来了许多想象，却最终又回到他们身边。而且，据说母亲竟是清白无辜的，这越发让他们有些接受不了。假如母亲真的与那个主任乱搞而受到惩罚，倒也让人无话可说。可像现在这样，算是怎么回事呢？

每逢听见有人议论这事，继母总是会把镇上的一干人骂得狗血喷头，大声说他们胡说，母亲是被冤枉的。大家总是静静地听着，只是偶尔附和几句。继母当然知道，他们其实根本就不相信她说的话。而且，他们对母亲是否真的清白无辜也有些怀疑。

要是果真如此，宣传队为什么又不要她了呢？其实连继母自己也有些不明白，原本前途一片光明的母亲，为什么忽然就变成了现在这样？要是母亲与那个主任真的有一腿，她多少应该沾些光才对。现在不仅什么光都没有沾上，反倒莫明其妙地受到牵连，这让继母忍不住越想越生气。

家里也曾托人给母亲找过工作，不知怎么却都没有成。小镇就这么巴掌大块地方，原本就没有几家单位。母亲又是有些坏了名声的女人，越发无处安置。无奈，母亲只好在家里吃起了闲饭。

每天清晨，母亲仍旧穿着在宣传队时发的练功服去菜场买菜做饭。鲜艳的练功服已经洗得有些发白褪色了，宽大的裤脚却依旧在风中呼啦啦地飞扬着。小镇上的人们用复杂含混的目光看着她。这个美丽而孤单的年轻女人就站在离他们不远的地方，看起来既落寞又神秘。母亲也不说话，只是低着头伸出手挑选蔬菜。白净秀气的手指习惯性地翘成兰花形状，在蔬菜堆里上下翻飞着。

常有人在一旁悄悄地看着她。于是，母亲便在他们的注视中从裤兜里掏出零钱，交到卖菜人的手里，再拎起蔬菜转身往回走。母亲当然知道有人在看她，脚下的步伐几乎有些像舞台上的圆场步，轻快而婀娜，一转眼便不见了踪影。

对于这个年轻女人，小镇上的人们几乎一点也弄不懂她，到底是怎么一回事呢？可是，母亲毕竟在宣传队里唱过戏，这又模糊地让他们有些敬畏，觉得高攀不起。

自从母亲从宣传队回来之后，继母的脸便一天天变得冷淡起来。对继母的失望与伤痛，母亲其实都看在眼里，她很想解释一下，却不知该说些什么。说她没和主任睡过觉，甚至连手都没摸过几次？说她是清白无辜的？可她知道，继母倒宁愿她真的与主任乱搞过。一想到继母的冷漠无情和自己现在的艰难处境，母亲的心便一点点变得生冷起来。

可是，日子总还要一天天地过下去。而且，也不是所有的事都是那么一团糟。比如，镇上的男人们其实都在暗地里喜欢母亲。每到傍晚的时候，总有人偷偷站在母亲家的屋子后面，悄悄地等她出门，然后觑着机会大着胆子上前搭几句话。以前母亲在宣传队的时候，这些男人虽然也对她动过念头，可是却没什么机会接近她。而且，他们都知道，那时的母亲是属于革委会主任的。他们虽然可以在舞台上看见她，却从没有幻想过可以得到她。因为那时的她和革委会主任一样，都是属于离他们很远的另一个世界。

但是现在就完全不同了，母亲每天就生活在他们身边，与他们朝夕相处。母亲的一举手一投足，全都在他们的视线之内。表面上看起来，母亲与镇上的那些普通女人几乎没什么区别，但是小镇的男人们却是警觉而敏锐的。母亲虽然被开除了，但她的身上仍然笼罩着在宣传队时的光环。在他们眼里，她仍然是属于宣传队的，是革委会主任的女人。

但是，母亲每次总是一声不吭地往前走，连眼皮都不抬一下。继母从小就教她这么做，虽然母亲心里并不愿意听继母的话，但她是个没什么主见的人，即便不愿意听，也不知道到底该怎么办。因为不知所措，虽然心里不愿意，最后也总是别别扭扭地照着继母的意思去做。

继母自然是把她的别扭看在眼里，所以虽然表面上看起来母亲十分温顺，继母仍旧对她没什么好脸色。母亲也十分生气，这生气既是因为继母，也是因为自己，是为自己的顺从而生气。于是，窝着一肚子火的母亲便把气撒到那些男人身上，自然对他们一脸的倨傲和冷漠。

母亲早就知道继母一直在放长线钓大鱼，悄悄指望着能通过她赚一大笔钱。母亲在宣传队的时候，继母的愿望原本是有机会实现的。但没想到这机会就像是一条灵活而机敏的鳗鱼，从手掌心一滑便咻的一下溜走了。母亲虽然表面上一声不吭，其实心里早已经暗暗打定了主意，偏不给继母这样的机会。于是，对那些男人自然越发地冷淡。后来，这渐渐地竟变成了一种习惯，即便真的遇到自己喜欢的人，也总是冷着脸不给人家机会。

在这些男人们中间，偶尔也会有一两个是母亲喜欢的。于是，便放下架子犹犹豫豫地跟人家约会。然而就是在这样的时候，母亲也总是别扭着。明明心里喜欢，脸上却摆出万般不情愿的样子。很快，那男人便有些灰心了，终于狠狠心放弃了。

母亲直到这时才开始后悔起来，却又不习惯解释什么。而且，又该如何解释呢？这样的事情，对自己都说不清楚，对别人就更说不明白了。于是，只好听之任之。这样几次下来，那些热情洋溢的追求者们便纷纷败下阵来，各自散去。

这时候，母亲的年龄已一天天大了起来。身边的人都有点为她着急，继母更是急得厉害。不停地告诫她不能这么脾气大，要学会哄男人开心。还悄悄地暗示母亲，哪些人应该一口拒绝，哪些人是可以认真交往的。母亲原本并不讨厌那个人，可就因为继母这么暗示她，倒要刻意地拒绝了。

以前，母亲和继母的关系虽然不好，倒也没有到撕破脸皮的地步。两个人平日里都客气，小心地维持着表面上的平静。现在，既然母亲这么不识抬举，继母便有些忍不住了。有一次，继母终于找了个机会和母亲大吵一架。继母把手里的东西砰的一声摔到了饭桌上，冷笑道，做出那种样子给谁看？一个烧饭的柴火丫头的命，难不成真把自己当成了金枝玉叶？

见继母这样冷嘲热讽，母亲的眼睛里虽然忍着泪，心却变得更硬了。即便是遇到条件相当自己也喜欢的人，就因为继母也赞成，便硬着心肠一口回绝。因为这件事，母亲与继母的关系终于彻底变坏了。

继母早就放出话来，再不管她的事了。但是，却又多少有些不甘心。当年丈夫死得早，撇下这个跟自己毫无血缘关系的孩子，吃辛吃苦地养了这么多年，容易吗？而且，后妈哪是容易当的？什么事都还没有做，便被人用异样的目光看着了。为了不担上恶名，就是心里不喜欢，也一直不露痕迹地忍耐着。在一大群孩子中间，只有对她是客气的。对那几个自己亲生的，反倒要刻薄得多。

但是，母亲却似乎并不领她这个情。在母亲看来，继母对她的客气，其实就是说不出口的生分。从小到大，母亲从不认为自己是这个家中的一员。不光是继母，就是那些同父异母的弟妹们，似乎也从不拿她当自家人看。与他们发生点什么冲突，继母对她从不说一句硬话。倒是对弟妹们，只要稍有不从，抬手就打，还骂他们不懂事，只知道给她惹麻烦。母亲知道，那些受了委屈的弟妹们在私下里少不了是要嫉恨她的。

每当遇到这种情况，母亲的心里总是忍不住火辣辣地痛。继母的巴掌打的虽然不是她，但每一掌都像是掴在她的脸上。因为内疚，母亲在家里总是抢着多做家务。开始的时候，继母的目光中还有几分感激。但天长日久之后，她的勤快倒像是变成了一件理所应当的事。要是哪次因为什么别的事情耽搁了做家务，一家人的脸上便有些异样。别人还没有说什么，母亲自己便有些讪讪地了。

晚上一个人的时候，一想到自己的孤苦无助，母亲常常忍不住暗自垂泪。对这个家，她已经没有任何留恋，早就想离开了。可是，她能到哪里去呢？

她的文化水平低，没读过几句书。自己的亲生父亲死得早，而且就是活着也未必能帮上什么忙。出去找工作远走高飞吧，又因为以前在宣传队里的事坏了名声，几乎成了妄想。好在自己还有几姿色，想来想去就只剩下结婚嫁人这条路了。可是，那些围在她身边转来转去的都是继母看好的人，跟他们好，就等于是趁了继母的意，这却是母亲最不愿意看到的。而且，母亲也有点弄不明白，他们当中又有谁是真心实意对她好的呢？

现在，为了与父亲的这桩婚事，继母与母亲又大吵了一顿。继母说，我早就打听过了，他家两代人里有三个光棍，穷得叮当响。

他自己又是挣不下几个钱的货车司机，到时候恐怕连彩礼钱也拿不出。你到底图他什么？

母亲先还只是一声不吭地听着，任由继母在一旁唠叨着。后来见继母一副不依不饶、不肯善罢甘休的样子，这才冷笑一声，说，我就是因为他穷才要嫁他的，听明白了吗？这是我愿意！

继母恨道，既然你这么无情，就别怪我无义，到时候我一分钱嫁妆都不会给你。母亲又冷笑一声，说不给就不给，我从来就没有指望过。

母亲结婚的时候，镇上正在搞移风易俗，提倡革命化婚礼。父亲家本来就穷，自然积极响应。那时候虽然政府反对，可一般人家娶媳妇，还是要私下里悄悄送些彩礼的。除了礼金，再扯上些粉红色的确良布和深蓝色卡其布，给新娘子做件贴身衬衣和小翻领的外套。

女方的家里也会根据男方给的彩礼钱和自家的经济实力，送些陪嫁。这陪嫁大到自行车、手表、缝纫机、大衣柜，小到床单、枕套，抹脸的护肤品，洗手的肥皂盒之类的。镇上的人家表面上似乎真的在响应政府号召，不在乎这些东西，私底下却总喜欢悄悄议论着到底是谁家的排场大、面子足。这样的议论平常是继母最津津乐道的，现在却只能装着听不见。

结婚那天，母亲只是带了点随身衣物便嫁到了父亲家。既没有陪嫁，父亲家也没有摆酒席。两家之间的距离原本就不算远，母亲连自行车都没有坐，一个人步行到了父亲家。为了这件事，镇广播站还特意派人做了采访，在广播里把两个人的先进事迹表扬了一番。继母听了，虽然仍旧有些脸红发窘，倒也不便多说什么。

母亲如此匆忙地把自己给嫁了，让不少追求者失望万分。他们都认为自己是被拒绝的，虽然母亲自己并没有这个意思。既然是被拒绝了，当然就一直记挂着母亲的好处。母亲的美丽和骄傲因为没有得到而变得分外珍贵。可是，现在她竟然把自己如此匆忙地嫁了。而且，那个意外地交了桃花运的男人又是那样窝囊平庸，这多少让他们有些愤愤不平。

直到结婚生了孩子之后，还有人偷偷向母亲献殷勤，暗地里打她的主意。当然，现在的追求者与当年相比，早已不可同日而语。母亲还在低着头红着脸琢磨他们话里头那些大胆而惊悚的挑逗时，他们却早已经觑着机会向她伸出手来，像揉摸一只熟透了的甜瓜似的在她的胸脯上狠狠地抓了一把。这几乎把母亲给吓住了，赶紧一转身跑开了。

晚上，母亲一个人悄悄回忆着已变得日渐稀少的爱慕的眼神，不由又想起从前那个革委会主任，心里忍不住有点怜惜起来。要是自己当年真的做了主任的情人，会是什么样子呢？母亲知道那个主任喜欢她，那他一定会好生待她的吧？那么，即便是后来真的受到连累，也不会觉着冤枉。而且，即便是受连累估计也就是像现在这样吧？

母亲后来一直都没有弄明白，那天主任到底是要和她说什么呢？假如没有被勤务员叫走，他会说些什么？是要向她表达爱意吗？要是果真如此的话，母亲简直拿不准自己到底该怎么办了，是拒绝还是接受呢？在黑暗中，这样的猜想总是会让母亲的心变得柔软起来。

虽然这么多年过去了，但母亲一直确信，要是那天晚上主任没有被勤务员叫走的话，她的命运一定会是另外一副模样。但是，那又会是什么样子呢？这却是云山雾罩，无论如何也想不清楚的。

后来不知从什么时候起，母亲开始偷偷与向她表示爱慕的人约会。母亲每次总是战战兢兢地解释自己怎么身不由己，怎么不值得别人对她好。可母亲越是这么说，倒是越发吊起了那人的胃口。于是，大胆地上前拥住了母亲的腰肢。

那是镇上一个一直垂青于母亲的男人，很久之前便做过要娶她回家的梦。过去，母亲的美丽和她身上的宣传队的光环多少有点把他给吓住了。现在，虽然母亲看起来依然很漂亮，但却不再是黄花闺女了，而且早已离开了宣传队，因此男人的胆子便大了许多。

男人那时也已娶妻生子，在女人堆里摸爬滚打过，早已不是当年那个青涩害羞、笨手笨脚的毛头小伙子了。母亲在男人的怀里挣扎了一会儿，见挣不开，便叹了口气，不再动了。

男人的老婆是个泼辣的悍妇，能干又能生养，男人的心里却一直有点耿耿于怀。现在，虽然终于把心仪已久的女人弄到手，圆了当年的梦，可毕竟今非昔比，那感觉完全不对了。男人在黑暗中忙乱着，忽然抬起头质问道，为什么不喜欢他？为什么嫁给了现在的丈夫？

母亲听了吃了一惊，只是沉默着。停了一下，忽然在黑暗中笑出声来，说，不说他了，你那时真的喜欢我吗？男人说，当然是真的，要不然怎么会至今还念念不忘地丢不下你？

母亲把男人推开一点，别过脸去，努住嘴唇。下嘴唇上有一小块皮脱落了，母亲伸出舌头慢慢地舔着，不一会儿便舔出了血，风一吹丝丝地痛。母亲叹了口气，说，你既然喜欢我，那时为什么连碰都不碰我一下？倒是那个人，第一次见面就又摸又弄的，第二次便把我给睡了。男人这才醒悟过来，连呼后悔，说你那时候眼睛都长到额骨上去了，谁能想到你喜欢这个？早知如此，我哪里会等到今天？

因为新奇，也是因为感激，母亲与那个男人偷偷来往起来。可是，男人总是又凶又狠的，每次都急火火想吃人的样子。母亲在生拉硬扯中抗拒着，妥协着。这样的时候，母亲常常会觉得男人和她在一起并不是因为爱，而是为了报复，或者只是为了讨债。可是，他想报复什么呢？只是因为自己当年拒绝过他吗？但是，她几乎拒绝了所有人。难道就因为这拒绝，便不再会有爱了吗？

母亲禁不住有些害怕起来，每次与男人约会之后总是赌咒发誓要断了这层关系。但下一次只要那个男人对她勾个手指头，便又身不由己地来了，就像中了毒瘾似的。

后来不知怎么，这事让父亲知道了。父亲除了惊得几乎说不出话来，似乎也没什么特别的反应，私下里却开始悄悄地跟踪母亲。等母亲和那个男人约会完回家之后，父亲这才像是刚想起来似的问她刚才去哪儿了？

母亲见状，忽然想和他开个玩笑。于是，便转过脸来对父亲飞了个媚眼，然后伏在他的耳边咯咯咯地笑着，说你真想知道我刚才去哪儿了吗？我跟别的男人睡觉去了。

父亲没想到母亲竟然这么无耻，这倒让他忍不住有点羞惭起来，红着脸低着头不吭声，就像是自己做了什么见不得人的事被当场捉住似的。母亲见状，忍不住哈哈大笑起来。

下一次，母亲出门的时候，父亲依旧远远地跟在后头。这一次，等那个男人刚离开之后，父亲便叫住了母亲。母亲转过身来，发现自己的丈夫正浑身颤抖地站在那里，吓得差点叫出声来。

母亲原以为丈夫会冲上来把她暴打一顿，谁知他竟然"呼"的一声蹲在地上，低声哭了起来。丈夫的哭声低得几乎听不清，却有一种说不出口的伤痛哽在里头。就像是正在吃饭的孩子，忽然受到了母亲的训斥，因为委屈透顶，于是便含着大半只包子伤心欲绝地哽咽着。

母亲见了，心里一沉，却也忍不住有些释然起来。母亲犹豫了一下，慢慢地走过来，伸出手去，想安慰一下面前这个伤心不已的男人。但是，父亲却躲开母亲的手，站起身径直走开了。

父亲当年能娶到母亲，几乎出乎所有人的意料之外，就连父亲自己也有点不敢相信，自己竟会有这么好的运气。因为凭空交了好运，多少有点心虚气短，欠了别人什么似的。在私下里，父亲一直觉着有些对不起母亲，因为嫁给他而觉着自己欠了她永远还不完的情。因此，平日里遇上点什么事，总是顺着母亲，很少违拗过什么。现在，就是遇上这种有辱尊严的事，父亲竟然也没怎么吵闹过。

母亲原以为这件事就这么过去了，没想到平日里老实厚道的父亲竟然背着她悄悄到法院递交了离婚申请书。交完离婚申请之后，父亲便出车去了。而且跑的是长途，没有十天半个月根本回不来。

母亲在惊慌失措中一时没了主意，只好把这件事告诉了那个男人。没想到那男人听了，竟是一副六神无主的样子。反倒是母亲安慰他，说没事，大不了离婚就是了，离婚了我就自由了，也不用再像现在这样偷偷摸摸的。母亲的勇敢似乎有点把那个男人给吓住了，男人凝视着窗外的黑暗，半天说不出话来。

那段时间里，母亲忽然变得少有的安静。整天坐在家里，忐忑不安地等待着这件事到底会怎么发展。母亲虽然从没有爱过父亲，可两个人毕竟在一起生活这么多年了，还生有一双儿女。父亲是个体贴周到的男人，平日里对母亲从没有说过半句硬话。

与那个和她在外面约会的男人相比，自己的丈夫虽然窝囊无能，却是最让人放心的。而且，母亲也知道，那个与她约会的男人虽然表面上情意绵绵的，实际上只不过是拿她当玩物。要是真离了婚，是根本就指靠不上的。

然而，还没等法院发出传票，父亲却在跑长途的时候意外出车祸去世了。因此，离婚的事自然也就不了了之。

父亲去世之后，母亲不知怎么忽然变得洁身自好起来。那个曾经情意绵绵的男人似乎在一夜之间忽然消失了，就连以前对母亲充满欲望、蠢蠢欲动的那些人也全都一下子变成了正人君子。开始的时候母亲还有些不相信，依旧在寂寞与失望中苦苦地等待着，但那个男人却再也没有出现过。

母亲安安静静地等待了半年。在这半年里，母亲经常会忍不住痛哭失声。随便一点什么事，都能让她落泪。美丽而寂寞的少女时代，那些因为毫无意义的骄傲和抗拒而悄然流逝的好时光，只要一想起来就会让母亲泪水涟涟。与继母之间的那些细碎的冲突，也总是让母亲感慨万千。

　　现在，当年那个给了她许多磨难的继母早已经去世了。如今再回想起来，却发现自己已经记不清当初为什么一定要与继母作对了。而且，现在看来，继母的意见虽然十分势利，却也是为了她好。但是，她却再也没有机会重来一遍了。

　　还有那个像梦一般消失了的革委会主任，据说也早已经平了反，后来还在省里做了很大的官。母亲不知道那个主任现在还记得她么？当年那个扎着小辫子在宣传队跳舞的女孩，在他的怀里甜蜜而无助地颤抖着，这一切他还记得吗？

　　母亲甚至产生过到省里去找他的冲动，她相信他只要一见到她，肯定就能回想起过去发生的一切。或许，他们还能回到从前。这个计划已经在她的心里酝酿很久了，但却从没有真的付诸实施过。

　　母亲在周围人的眼中忽然变成了一个有情有义的女人。以前，人们多少有些狐疑。这么漂亮周正的女人怎么会嫁给那样一个窝囊无能的男人？还有，母亲私下里与那个总是在晚上才悄悄出现的男人之间的关系，大家也是看在眼里的，只是没有说破而已。因此，多少有点等着看笑话的意思。

　　但是现在，他们却看到了母亲实实在在的悲伤。面对这样一个被忧伤击垮了的漂亮寡妇，男人们感觉十分宽慰，在心里却不免有几分怜惜。母亲当然早已经读懂了他们目光中的内容，为了印证给他们看，那悲伤不免又加重了几分。

　　孤独忧伤的母亲独自坐在家门前，半闭着眼睛，感觉到有人正站在远处悄悄注视着她。在这些人中间，说不定就有从前垂青于她的人。或许，那个男人就站在他们中间。这多少让母亲感觉有些欣慰。但是，让母亲失望的是，他们终究没有再在她的生活中出现过。

母亲觉得自己的一生就像是一个尖锐而冗长的误会。当年和革委会主任、和死去的丈夫，现在想来总有些不太真实的感觉。母亲坐在午后院子里的树荫下，忍不住感觉有些愧疚起来。这愧疚因为隔着漫长的时光，早已经模糊变形，面目全非了，但却依旧新鲜如初。就像是许多年前扎在皮肤里的一根硬刺，表面上看起来已经与皮肉长在一起，几乎分辨不出了。但是，摸上去却忍不住隐隐作痛。

现在，这刺痛又一次哽在了母亲的胸口窝，让她痛苦不安，呼吸困难。于是，母亲便捂住脸酣畅淋漓地痛哭起来。母亲一点也不明白自己为什么要哭？可是似乎只有哭，心里才能好受一点。

不知从哪一天起，失望透顶的母亲开始迷恋上了美食。原本对做菜毫无兴趣的母亲，很快便发现了其中的乐趣。等到两个孩子去上学之后，母亲便独自到菜场买菜，然后照着菜谱配菜、烹饪。以前父亲活着的时候，母亲几乎不怎么做饭。父亲跑长途回家，母亲偶尔下厨房，也只是炒几个简单的家常菜。父亲是那种好脾气的男人，有人做饭给他吃便已经十分满足了，更何况是像母亲这样美丽的女人，自然不会再挑剔什么。

因为贪吃，母亲迅速地胖了起来。体重一下子增加了几十斤，原本秀气的五官完全走了形。现在，走在大街上的母亲看起来就像一只发过了头的肉包子，就连身上的衣服也掩饰不住那些无处依傍的厚肉。因为胖，血压和心脏都敲起了警钟。医生早已经警告过她，不能再继续胖下去。开始的时候母亲还能控制着不吃，可总是扛不住饥饿。

等到两个孩子出门之后，家里便只剩下她一个人了。那些吃的东西就摆在伸手可触的地方，散发出诱人的香味。母亲坐那里，嗅了嗅鼻子，犹犹豫豫地伸出手去。昨晚新蒸的热馒头，这会儿虽然早已凉了，吃在嘴里依然有一种柔韧的力道。蓄饱了口水咽下去，腹中立时腾起一阵轻微的战栗，舒服而熨帖。几乎没有意识到，一个馒头已经吃下了肚。于是，母亲又很坚决地拿起了第二个。

只有在吃东西的时候，母亲才是平静的，那些食物让她感到了从未有过的安心。母亲惊奇地发觉，她与那些美食之间是如此相爱。她爱它们，而它们也爱着她。在享受美食的时候，母亲觉得自己简直就是在享受甜蜜的爱情，享受着陌生而温暖的抚慰。那些不同的美食就像是不同的男人，她爱他们中间的每一个人，期待着与他们每一次不期而遇的约会。因为幸福和满足，母亲的眼睛里禁不住浮起一层薄薄的泪花。

发了福的母亲终于彻底告别自己的调情时代。现在，当年的追求者们早已经绝了迹，再没有哪个男人的目光愿意在她的身上停留，她对男人们也完全失去了兴趣。母亲开始一心一意地过起家庭主妇的生活，每天在厨房里忙着煎炒烹炸，操持家务。母亲把从前的照片全都撕掉了。因为一看见它们，便会扎心扎肺地意识到现在的不堪。看不见，也就感觉不到自己的肥胖丑陋了。

过去的生活似乎也随着那些旧照片一起，悄悄地消失了。偶尔，母亲还会想起从前的事，那些已经离她而去的让人怀念的好时光。母亲常常会忍不住不相信，那些好时光真的曾经是属于她的么？甚至就连自己是否真的苗条美丽过，也是一件难以确定的事。于是，无所事事的母亲常常会忍不住对着镜子疑惑：从前的自己到底是什么样子呢？

照完镜子之后，母亲便开始炒菜做饭。母亲忽然发现，每个菜名都是那么亲切、体己，让人难以忘怀。葱油金银丝有点像是跟自己一起长大的青梅竹马的小伙伴，清淡却持久，带点知己知彼的率真。糖醋里脊是热恋中的情人，酸甜火爆，味重腻口。就像是说不尽的情意，诉不完的相思，是恨不能要把两个人生吞活剥了的。但是因为热烈得过了头，早晚会有厌倦的一天，最后总是少不了要分开的结局。而家常鲫鱼，就有点像是过了许多年的夫妻了。酸、辣、咸各种味道都有一点，却不过分，是可以常吃而不腻口的。

母亲独自享受着这些美味，然后坐在沙发上咯吱咯吱咀嚼着那些五花八门的零食。等到实在吃不下去的时候，母亲便独自在空旷的屋子里大声地唱歌。

歌声软绵绵地从母亲的嘴巴里飘出去，碰在远处的墙壁上，再颤巍巍地折回来，继续在屋子里蹒跚地奔突。既像是快乐，又像是忧伤和寂寞，喝醉了酒似的趔趄、娇媚。

现在，母亲经常一边照着镜子一边问何小遇，她最近是不是又发胖了？何小遇每次总是连头也不回，心不在焉地说，没有，你没有胖，还是跟从前一样。见何小遇这么说，母亲表面上不说什么，眼睛里却忍不住露出几分喜色，一副如释重负的样子。

虽然母亲看起来对自己的身材十分在意，但这一点也不影响她的食欲。到吃饭的时候，依旧会毫无节制地大吃一通。何小遇每次看见母亲那么恶狠狠地吃东西，总是会联想到那是她在和什么人较劲。但是，又会是和谁较劲呢？家里除了母亲，只有何小遇和姐姐两个人，自从母亲发福之后，便不再有男人到家里来过。

自从何小遇记事起，母亲便告诫她，要节制饮食，千万不能多吃。那时何小遇刚上初中一年级，正是长身体的时候，却整天处于半饥饿状态。坐在教室里听课的时候，老师画在黑板上的圆周也有些像是刚出炉的烧饼。上面细碎的粉笔屑，就是一颗颗焦黄的芝麻粒。这样的联想让她越发觉得饿了。

何小遇一边吞咽着口水，一边焦急地等待着中午吃饭时间快些到来。但是等到何小遇急火火地赶回家时，却发现母亲刚把米淘好放进锅里，要吃上饭起码还要等半个多小时。何小遇便忍不住在厨房里转圈子，说妈，我饿了。

母亲继续慢条斯理地在水龙头下洗菜，并不搭理她。于是何小遇便在屋子里翻箱倒柜地找东西吃，但是却什么也没有找到。因为母亲喜欢吃，家里原本是少不了各式各样零食的。但母亲在何小遇放学之前早已把零食、点心之类的偷偷藏了起来。何小遇不甘心，停住手，说妈，我饿了。

母亲抬起头，两根湿淋淋的手指从远处伸过来，差点触到她的鼻子上。母亲说，你不能吃那么多东西，不然肯定会发胖的。说完，甩了甩手上的水，径直走开了。

因为饿过了头，等到终于可以吃饭的时候，何小遇却发觉自己并不怎么饿了。刚吃完一小碗米饭，便不想吃了。母亲在一旁很尖锐地看了她一眼，说，这就对了！记住了，千万不要多吃！要不然你会变得像我一样难看。

偶尔生病的时候，何小遇常常会因为发烧难受而没有食欲。这样的时候，母亲从不坚持让她吃东西。何小遇独自躺在床上，听见母亲和姐姐正在吃饭。外面的房间里传来筷子与碗和盘子碰撞的声音，钢筋锅里的热气裹着饭香，一蓬蓬地飘过来。何小遇觉得自己有些饿了，很想吃饭。

要是母亲这时候过来叫她，她肯定会起来与她们一起吃饭的。但是，母亲一直没有来。何小遇因为早就说过自己不想吃饭，所以总是咽着口水坚持着，心里却忍不住生出几分怨恨。

后来，等到长大成人之后，一到吃东西的时候，何小遇便会想起母亲臃肿难看的身体。即便是遇到好吃的东西忍不住多吃了，也无法抑制住隐藏在内心深处的愧疚，倒像是凭空做了什么对不起人的事。

因为对肥胖的恐惧和长期节制饮食，显然影响了何小遇的身体发育。即便是到了青春期，何小遇看起来也有点像是个孩子。身板还没怎么发育成熟的样子，眉眼长得有些淡，腰身也显得过于单薄了些。皮肤是那种象牙白的黄，就像还没有长开的月季似的，上面有一层光滑的釉质，紧绷绷的。由于总是处于半饥饿状态，何小遇几乎时刻能意识到自己身体上的缺憾。比如，身材不够高挑，脸庞显得过于宽大了些，还有手指、脚踝处那些细细碎碎不如意的地方，都是让她耿耿于怀的。

何小遇从小就属于那种很乖的女孩，虽然聪明却不外露。站在众人中间，是最不引人注意的那种。成绩虽然不错，却也没有到出类拔萃、众星捧月的地步。因为被人冷落惯了，考大学的时候反倒没有多少心理负担。等到班上那几个大家公认的学习尖子在高考时马失前蹄时，何小遇却顺利地考上了大学，让周围认识的人吃惊不已。就连她自己也觉着有些意外，凭空捡了个大便宜似的。

成了大学生的何小遇依旧显得十分沉闷，不怎么爱说话。不像别的同学，因为没有了中学时的升学压力，一下子解放了似的放肆起来。班上的同学很快便成双成对地谈起了恋爱，何小遇却一直像个局外人似的。何小遇的反应似乎天生就比别人慢半拍，当别人已经如鱼得水的时候，她还沉浸在对周围环境的陌生与新奇中。除了跟大家一起上课，何小遇几乎把所有的时间都花在了沉思默想上。但是有时她又觉得自己什么也没有想，脑子里经常一片空白，懵懵懂懂的处于混沌状态。

何小遇独自走在校园里。午后的阳光明亮而炫目，让人有些昏昏欲睡。远处音乐系教学楼里传出的钢琴声和男生宿舍里一阵阵的哄笑声，听起来有一种不真实的感觉。狭窄的柏油路上总是浮着一层薄薄的土，人走得快时，便会在身后腾起一小片尘埃，雾似的。何小遇经常忍不住停下脚步去看，因此常常会被灰尘迷住了眼。于是，何小遇便站在那里伸出手揉眼睛，大半天一动不动。

也有男生追求何小遇，早早地到图书馆的阅览室里帮她占位子，偷偷在书里夹上张纸条，或是在周末的时候约她一起去看电影。何小遇似乎也并不怎么拒绝，但却总是对他们笨拙的暗示视而不见。也不知是真的看不出来还是有意装的。下次再见到那个男生的时候，就像是什么事也没有发生过一样，依旧客气。男生们摸不透她的心思，却多少觉得有些羞愧。何小遇的冷漠就像是一种说不出口的倨傲与嘲讽，让他们有些恼羞成怒。这样几次下来，便没有人再敢打她的主意了。

傍晚的时候，何小遇独自在校园里散步，看见那个给她写纸条的男生就站在前面不远的地方。何小遇原以为那个男生会主动过来与她打招呼，没想到却拐到另一条路上去了。看着他远去的背影，何小遇站在原地发了一会儿愣，想弄明白那个男生是不是还在生她的气？但是，想了半天，还是觉得那个男生似乎没有必要生她的气。于是，又继续往前走。

其实，何小遇在内心里并非像表面上看起来的那样冷漠，也不是真的想让谁生气，她只是一点也不喜欢他们。看着那些脸上挂着青春痘的小男生，何小遇觉得自己和他们一样的青涩。这青涩，自然是与爱情无缘的。

何小遇其实早就对爱情充满向往了。

自从十四岁初潮来临之后，便开始期待爱情了。何小遇爱上的第一个男人是中学里高中二年级的体育委员。每天上午，体育委员都要站在高高的水泥台上，带着大家做课间操。体育委员应该是属于那种比较早熟的学生。当大多数男生还像根豆芽菜似的没有长开的时候，他早已经度过了变声期，身体也像一株正在生长的小树，柔韧而健康地生长着，看起来甚至比一般的成年人还要高一些。体育委员声音低沉，肌肉粗壮。因为家庭条件好，穿着也比一般的学生要体面得多。何小遇盯着他的每一个动作，忽然发觉自己的肌肤一下子变成了一群躁动不安的骏马，渴望被人驾驭、抚摸。

何小遇觉得，自己的性意识就是从那时候开始萌动的。每次做课间操的时候，何小遇总是站在第一排。音乐从那只扎了块红绸布的喇叭里传出来，夹杂着咝咝啦啦的电流声，听起来虽然微微有些失真，却有一种莫名的激昂隐藏在里头。里面有一个男人伴随着音乐喊口令，何小遇每次听到这样的声音，总是忍不住会有些兴奋。

那时何小遇常常会屏住呼吸，把广播操的动作做得十分规范标准，希望能引起体育委员的注意。何小遇站的位置在正方形方队的拐角处，她觉得自己已经十分引人注目了。为了吸引体育委员的目光，何小遇颇花费了些心思。在课间操结束之后仍然故意磨蹭着不走，或者有意站在队伍的最后一个。但是，那个体育委员似乎从没有注意过她。

何小遇几乎有些绝望了。她知道自己无论怎么做，体育委员都不会看她一眼的。这个念头让她变得十分颓丧。那天，何小遇一个人躲在被窝里哭了一个晚上。第二天再做课间操的时候，一想到自己所做的全部努力都是白费的，何小遇忍不住悲从中来。做操的动作也乱了套，怎么也跟不上节奏，看起来就像是个有意捣乱的差生。

然而就在课间操快要结束的时候，体育委员忽然转身把音乐关掉，然后伸出一根手指远远地指着何小遇，说，你捣什么乱？

何小遇茫然地抬起头。体育委员把指头更加用力地指了过来，说，你那是在做操吗？看起来就像是在跟自己做游戏！

所有人的目光一下子转了过来，聚集到何小遇的身上，人群中传出一阵轻微的笑声。何小遇的脸顿时腾的一下红了。从小到大她一直是个乖孩子，被当着众人的面点名批评，这还是第一次。但是，何小遇的心里却忍不住有些兴奋。因为，那个体育委员终于注意到她了。这让她觉得既高兴又羞耻。下面的几分钟时间，何小遇的动作便做得有板有眼了。

何小遇以为，那个体育委员应该是认识她的，虽然他们从没有说过一句话。何小遇甚至只要一见到他的身影，心跳便一阵阵加速。何小遇当然不会主动上去搭话，但是她总是隐隐地觉得，他应该是懂自己的。她的所有的心思，他都是明白的。偶尔，体育委员的脸会朝她站的位置转过来，他们的目光会有短暂的相遇。何小遇觉得，那个体育委员应该能从她的目光中意识到点什么。虽然连何小遇自己也弄不清楚，她想让体育委员明白什么呢？但是，这并不是一个很重要的问题。因为，反正他应该懂的。

有时，在路上偶然相遇时，那个体育委员就像是从来都没有见过她的样子。两个人擦肩而过时，何小遇总是紧张得连气都喘不过来。等到她终于可以顺畅呼吸的时候，发现体育委员早已经吹着口哨无动于衷地走远了。

之后，何小遇便会失望气馁地在镜子前仔细端详着自己。何小遇发现自己长得一点也不好看，虽然她的心早已经成熟了，但身体却像还没有苏醒似的沉睡着。头发青涩而缺少光泽，乳房像两只刚刚挂果的毛桃，坚硬而羞涩。脸上的皮肤一点也不白净，而是那种让人伤心失望的黄；颧骨上有一小团星星点点的红晕，怎么洗也洗不干净。只有一双眼睛是清澈透明的，连眼白里都是淡淡的天蓝色。整个人看起来就像是一只受过惊吓的小鹿，稍有风吹草动便警觉地瑟缩着，随时准备把自己藏到哪个别人看不见的安全地方。

已经是春天了，何小遇身上穿的还是姐姐穿小了之后留给她的厚棉袄，袖口处露出几根冻肿的青紫色的手指头。棉袄已经变得十分陈旧难看了，而且相对于何小遇的身体来说，实在是太大了，穿在身上就像是披着一条有些奇怪的小棉被。何小遇发现，自己走在路上时，经常会有人好奇地看着她。何小遇以为，他们一定是因为这件难看的厚棉袄，才这么看她的。一想到自己所有的短处都落在那些人的目光里，她便忍不住羞愤交加。

何小遇的头发很多，夏天的时候姐姐曾经为她修剪过，但现在又长长了，变成了那种半长不短的二道毛儿，一簇簇地堆在脖子上。风吹过，头发便会像一群正在奔跑的小动物遇到了什么意外情况，忽然站住了，一簇簇地立了起来。这让何小遇的头显得有些大。脖子上的那条白纱巾已经有许多天没有洗了，看起来灰突突的有些发污。还有脚上那双难看的棉鞋，指甲缝里没有洗尽的污垢。何小遇忽然有些羞惭起来，她发觉自己比任何时候都嫌弃自己。何小遇相信，那个体育委员一定是因为这些才对她视而不见的。

有一段时间，何小遇还喜欢过中学里的音乐老师。

何小遇并没有多少音乐天赋，甚至连简谱都不认识，却偏偏喜欢上了那个有着苍白皮肤、消瘦的高个子音乐老师。中学里的音乐课是副课，原本就近乎虚设，学校为了提高升学率，常常一两个星期也上不了一次课。因为无课可上，音乐老师总是显得十分轻闲。何小遇常常会在午后看见哈欠连天的音乐老师独自一人在操场上散步。

音乐老师穿一件宽松肥大的白衬衫，衬衫的两只圆下摆一只掖在裤子里，一只耷拉在屁股上，这让他越发显得形销骨立。操场上每天总有许多学生在锻炼身体，音乐老师却像是进入无人之地一样，一边松松垮垮地往前走，一边伸出手捂住嘴长长地打着哈欠。

但是，音乐老师看起来却十分敬业，就是在那一两个星期上一次的音乐课上也坚持要让大家学点东西。沉浸在优美旋律之中的音乐老师曾经信誓旦旦地说，我不仅要让你们学会识谱，还要让你们懂得音乐的妙处。音乐老师十分认真地教大家视唱、练耳，一边弹着那架既漏气又掉了一只踏板的破风琴，一遍遍地带着大家唱那些枯燥乏味的练习曲。

可是，功课实在是太紧了。大家都知道学这些东西没有用，反正考大学的时候又没有人管你会不会唱歌，所以大多数学生都不愿意在这上面多花费心思。再说，这么久才上一节音乐课，等到下一次再上课的时候，上节课教的什么内容早已经忘记了，于是只好从头再来。这样反复几次，弄得大家都有点兴味索然。有人干脆在音乐课上偷偷做起了数学作业。剩下的几个学生表面上看起来很热心，实际上只不过是想跟音乐老师学几首流行歌曲，哪里愿意花心思学什么识谱？

音乐老师原本是从大城市的师范大学音乐系毕业，正规的科班出身，不知怎么却蜗居在这所偏僻的小镇中学里。音乐老师在心里颇有些瞧不起同学们的目光短浅，却又无法说服他们。中学里代副课的老师本来就有点受歧视，又大都因为担心会影响正课的教学质量，也不敢过于计较。于是，音乐课很快变成了应付。何小遇能明显感觉到音乐老师的痛苦，在这些痛苦中还夹杂着丝丝缕缕的骄傲与无奈。何小遇见了，颇有些不忍，她常常因为周围同学的马虎和不认真而觉着对不起音乐老师。

虽然明明知道大多数同学都在课堂上偷偷做其他科的作业，但音乐老师却并不多加干涉，就好像根本就没有看见似的。音乐老师用彩色粉笔把简谱抄在黑板上，于是那些五颜六色的音符就变成了黑色河流上漂浮着的一串串寂寞而美丽的花朵。音乐老师伸出手轻轻打着拍子，一遍遍地示范着。因为知道没有几个人认真听课，因此音乐老师常常并不让大家跟着他唱。

何小遇看见音乐老师消瘦而苍白的手指翘成了一朵美丽的兰花，忽然自顾自地唱了起来。音乐老师的眉头高高地耸起来，头顶上仿佛凭空冒出了什么东西，就连那一小片空气也在猛然间恣肆地绽放。于是，那些平平常常的阿拉伯数字就像是被施了魔法一般，一下子变成了一只只洁白而优雅的鸽子，呼啦啦地从音乐老师的嘴巴里轻捷而优美地飞了出来。

何小遇上音乐课的时候从不做别的事情，总是一动不动地盯着音乐老师的脸。有时，何小遇甚至会有一种错觉，觉得音乐老师就像是在给她一个人上课。这样的感觉，让她颇有些感动。但是，每次音乐老师的目光只是在何小遇的脸上一闪，便滑过去了，甚至根本就没有停留过。

而且，何小遇的嗓音虽然十分纯净，但是音量太小了，偶尔跟大家一起唱歌的时候，听起来就像蚊子在叫，她几乎意识不到自己也是能发出声音的。何小遇忍不住猜想，自己在音乐老师的眼中，大概也是和班上别的同学一样的吧？这样的感觉让她顿时有些颓丧起来。

这段毫无指望的单相思和那个体育委员一样，很快便无疾而终。自从意识到音乐老师不可能喜欢自己之后，何小遇再看音乐老师时的目光便有些不一样了。何小遇发现，音乐老师的长相其实很难看，脸上的轮廓就像是什么人用刀粗粗地砍出来似的。每天穿的白衬衫看起来似乎很整洁，其实领子上却腻着厚厚的污垢，长头发里浮着一层灰白色的头皮屑，就像虮子一样，看着几乎让人觉着有些恶心。而且，音乐老师实在太瘦了，就像是受过什么人的虐待。

后来，不知什么原因，音乐老师忽然不再来给他们上课了。何小遇虽然觉得有些遗憾，但那时候她和班上别的同学一样，正在埋头准备高考，很快便把音乐老师忘到了一边。在那之后，何小遇再也没有见到过音乐老师。

直到中学毕业之后，有一次，何小遇在路上偶然遇见了音乐老师。何小遇忍不住有些激动，于是便热情地走上前去打招呼。但是，音乐老师只是茫然地看着她。

何小遇对着他笑了笑，说，您还记得我吗？我是何小遇呀。

音乐老师这才像是刚想起来似的，连忙说，记得，记得！我还记得你唱歌时的声音，很洪亮的。

何小遇站在那里，一声不吭地看着音乐老师，并没有纠正他的记忆错误。她知道，音乐老师早已经不记得她了。何小遇原以为自己会难过的，但却发现没有。是的，就是忘记了又有什么关系呢？她只是音乐老师印象中的那些应付差事不认真上课的学生中的一个。而音乐老师呢，只不过是她曾经驻足欣赏过，却最终与她擦肩而过的过客而已。

现在，何小遇站在大学校园的草地上遥望着十四岁那年冬天的爱情，觉得自己和那个刚刚离开这里的男生一样的稚嫩羞涩。这样的感觉再次让她意识到了自己的身体，那些细碎而恼人的不如意的地方。

不！这并不是她想要的爱情。她想象中的爱情应该是一只温热宽厚的手掌，成熟面孔上一抹沧桑、温存的微笑，残阳如血的那种。何小遇不知道自己为什么会有这样一种想象，其实她从没有遇到过这样的男人，而且，她也不能确定，这样的男人真的会与自己有什么关系吗？

后来，何小遇便遇到了李牧。

何小遇是参加学校大学生演讲比赛的时候见到李牧的。那时候，李牧是省电视台的记者，到学校报道此次比赛活动。电视台的记者外出采访的时候一般都是两个人，一人扛摄像机，一人拿话筒出镜。不知怎么，那次李牧却是一个人来的。负责活动宣传的人对怎么接待记者显然缺乏经验，把李牧请来之后便不管不问了，连红包也不给一个。李牧的心里自然老大不高兴。但既然来了，当然要把活动报道完。何小遇是那次演讲比赛的一等奖获得者，李牧一个人忙不过来，便对何小遇说，能否请她帮个忙？

何小遇后来曾经仔细把那次活动的前前后后想过很多次，依然没有弄明白李牧为什么没有请别人，却偏偏找到了她。要是李牧不请何小遇帮忙，也就不会有后面发生的一系列事情了。何小遇后来也曾问过这个问题，没想到李牧早已经不记得这件事了。他歪着脑袋想了半天，这才说，那次我请你帮忙了么？要真有这么回事的话，那我可真不是故意的。

见李牧这么说，何小遇有点不乐意了，说，不是你故意的，难道是我勾引你不成？

看见何小遇生气，李牧便哄她，说，是我故意的，是我故意要勾引你的，行了吧？

那时候，何小遇和李牧一起出走的事，曾是学校里十分轰动的新闻。学校直到之后很久才知道到底发生了什么事。开始的时候，还以为她回家看病去了。何小遇那时候总是三天两头生病。经常感冒发烧，稍微受一点凉就腹痛拉肚子、呕吐。那时，何小遇因为正在上体育课的时候忽然一下子晕倒了，还被送到医院抢救过。但等到了医院之后，却又一下子好了。大大小小的检查做了十几项，所有的指标都是正常的。但是等到下一次，何小遇又会在某个让人意想不到的时刻，忽然嘴唇乌青，脸色苍白，几乎把所有人都吓了一跳。

何小遇自己也不明白这是怎么了。

以前，她的身体一直不错。就是偶尔有个头疼脑热的，也没有人认真在意。那时候，母亲整天一门心思忙着料理家务，要不就是和姐姐一起嘀嘀咕咕地商量着些她根本就听不懂的事情。有时何小遇发烧到三十八九度，头晕眼花得几乎站不住脚，还每天坚持到学校上课。不是她没有感觉，而是根本就没有意识到自己是生病了。或者，就是生病了，她也不认为自己应该享受什么特殊待遇。所以，即便是感觉难受不舒服，何小遇也从不告诉母亲和姐姐，总是一个人忍着。而且，十分奇怪的是，竟然忍一忍也就好了。

那么，现在为什么忽然变成这个样子呢？何小遇一点也不明白自己这是怎么了。

那时候，何小遇在学校里也算是有些名气。是校广播站的播音员，还是各式各样校园歌手大赛、诗歌朗诵会之类的常客，偶尔还在校内的小报上发表几篇风花雪月的小文章。其实，何小遇一点也不喜欢这些活动。可是无论她怎样敷衍了事，总是会被选中。因为无法逃脱，何小遇的参赛便显出几分悲壮的意味。

何小遇并不算是个口齿伶俐的人，在大多数时候，甚至显得有些木讷，经常会因为紧张而张口结舌。但是，站在众人面前的何小遇却是机敏而美丽的，声音圆润，激情四射。她孤单而无助地站在舞台上，看起来既勇敢又羞涩。

何小遇举着话筒，侧着耳朵倾听自己的声音。耳边传来的是十分陌生的声音，就像是来自另一座星球，或者是完全与自己不相干的人嘴巴里发出的。但这样的声音，却恰好是她喜欢的，于是，禁不住微微有些陶醉起来。何小遇听见那个声音在黑压压的人群中回旋着，就像是一个美丽的女人正在漫不经心地展示着自己的身体。

掌声忽然突兀地响了起来，几乎把她吓了一跳。台下的人一点点变得遥远，几乎已经遥不可及。何小遇一个人被孤零零地抛在这个由紫红色帷幕和沙沙作响的麦克风组成的孤岛上，这让她禁不住觉得既孤单又骄傲。

感动便是在这时候忽然而至的。激情像风一般从何小遇的脸上掠过，强劲得几乎让人睁不开眼。但是这转瞬即逝的一切并没有像风一样消失，却像风中裹挟着的沙子，固执地留在了她的眼睛里。何小遇几乎毫无知觉地对身边的每一个人微笑着，因为感动而惊人地美丽。何小遇喜欢这样的时候，那是类似于把自己逼到绝境时的感觉。这时候，常常会有些连自己都意识不到的东西在瞬间爆发出来，让她忍不住既惊讶又感动。

何小遇有很长时间都无法从这样的感动中走出来。虽然她仍旧像往常一样去教室上课，到食堂吃饭，背着书包去图书馆看书，但她的心仍然停留在几天前那个空无一人的舞台上。何小遇坐在宽大的阶梯教室里，依然能看见自己踮起脚尖旋转着，然后向众人伸出手去。她觉得，在她的手心里捧着的是激情、羞涩和卑微而寒酸的魅力。何小遇常常因为这样的感动而忍不住热泪盈眶。

对李牧的情况，何小遇几乎一点也不了解。在何小遇的印象中，那完全是个和善而机敏的叔叔辈的人。在那次演讲比赛结束后不久，何小遇忽然接到李牧打来的电话。李牧说，因为那天何小遇帮了他的忙，所以要请她吃饭。

这样的借口实在太牵强了，何小遇愣了一下，忍不住握着话筒咯咯咯地笑了起来。李牧也笑了。他当然知道这理由有点荒唐，却并不另找别的借口，只是嘿嘿地笑着。何小遇原本是要拒绝的，但不知怎么却点头答应了。何小遇说好吧，不过，我们 AA 制，可以吗？

李牧在电话那头说，第一次请女孩吃饭就 AA 制，这要是让别人知道了会笑话我的。不过，形式并不重要，重要的是内容。好吧，既然你坚持要 AA，那就 AA 好了。

何小遇已经不记得那天到底吃了些什么，只记得李牧就跟换了个人似的，完全不像第一次见面时那么热情健谈，几乎一晚上都一声不吭，只是举着酒杯斯文地喝啤酒。整个晚上，似乎只有何小遇一个人在叽里呱啦地说话。那天，她的情绪出奇地好，还觑着眼睛、装模作样地在李牧的对面燃起了香烟。那是她第一次在别人面前抽烟，但姿势已经很像那么回事了。以前，何小遇也曾躲在卫生间里偷偷抽过几次，但每次都因为受不了舌头上的那股辛辣的苦涩味，一根烟抽不到一半便扔掉了。

李牧看了何小遇一眼，笑了笑，说，点烟的时候别把头那么往前伸，小心熏了自己的眼睛。何小遇眨了眨眼，知道李牧一定早已经看出她不会抽烟了，脸忍不住有些红。

李牧显得很从容，脸上有一种不易察觉的淡定。偶尔，会很尖锐地看何小遇一眼，但很快又恢复到原来的状态。这时候的李牧看起来既像是在听她说话，又像是在静静地想什么心事。李牧的嘴角挂着一抹微笑，那是成年人在倾听孩子说话时的表情，宽容、好奇，还有一丝若有若无的讥讽。何小遇自然能分辨出这样的讥讽，但却知道这讥讽是没有恶意的。于是，越发变得饶舌起来。

那天，何小遇说了许多话，喝了很多酒。每次当她要停下来的时候，看起来正在走神的李牧便问，后来呢？何小遇的脸上潮红一片，因为兴奋过度而微微有些耳鸣。已是深夜了，何小遇依旧在不依不饶地说着，但到底说了些什么早已经记不清了。何小遇只记得那些话好像不是用嘴巴说出来的，而是从自己的脑袋里直接蹦出来的。她甚至来不及分辨，它们已经像开了闸的河水一般，急不可待地涌了出来。

嗡嗡嗡的说话声像苍蝇似的绕着她打转转，嘤嘤地挥之不去，何小遇觉得连自己的脑袋都有些晕了。坐在对面的李牧开始一点点变得遥远起来。有一刻，何小遇甚至以为那是个自己根本就不认识的陌生人。何小遇捂住右耳，听见自己的声音就像是在舞台上的音箱里一样，远远地传过来。因为陌生和疑惑，忍不住有点神思恍惚起来。

后来，李牧这才开始说话。何小遇原以为他并没有在听她说话，现在才发现，他不仅认真地听了，而且把何小遇那些近乎胡言乱语的散乱的感觉重新进行了打理。让她在猛然间发现，自己并不像原来想象的那样笨拙，竟然是个十分机敏聪慧的女孩，因为年轻和无畏而浪漫地恣肆。

这样的发现是出人意料的，也是激动人心的。何小遇直到很久之后才知道，真正风流的男人常常并不张扬，他们喜欢不动声色地观察自己的目标。大多数的时候，他们看起来只是沉默而普通的男人。但是，他们却十分清楚与什么样的女人可以碰撞出火花来，有时根本不用说一个爱字，就能让女人心动不已。女人们会在不知不觉间感受到他们身上散发出来的吸引力，会在一种连她自己都没有意识到的难言的状态中，让自己的心跟随他们而颤动。很显然，风流的最高境界应当是一种与自然完全合拍的完美节奏。

等到再抬起头来的时候，何小遇看李牧的目光便因为感激和钦佩而变得柔和湿润起来。

何小遇很快坠入了情网。这是何小遇第一次谈恋爱，但看起来却像是个情场老手似的。何小遇觉得，在内心里她早已谈过无数次恋爱了。和体育委员，和那个音乐老师，虽然还没有开始便已经结束了，但在想象中，她早已久经沧桑了。因此，当李牧忽然抓住她的手说，你现在的样子好美，真让人心动。何小遇的心虽然忍不住咚咚地跳，却蹙着眉头装出一副泰然自若的模样。

但是，在那之后很长一段时间里，李牧却忽然一下子消失了。何小遇虽然对他的举动未免有些奇怪，却也不好意思主动与他联系。而且，等到清醒之后，何小遇很快便为那天在李牧面前的表现羞愧不已。何小遇以为，李牧一定是因为这个原因才不再搭理她的。何小遇在私下里颇有些后悔，后悔那天的恣肆与张扬。但是，李牧的消失也让她暗自松了一口气。因为，这样就不用担心再见面时的尴尬了。

　　但是，等到何小遇差不多已经要把李牧忘掉的时候，他却忽然又打了个电话过来。几句简单的寒暄之后，李牧就好像从没有在何小遇面前消失过似的，在电话那头十分热络地说，他最近恰好要到西部出差，要是何小遇有兴趣的话，可以和他一起去，所有的费用都由他负担。

　　何小遇在电话这边低头沉默着，很迅速地在心里盘算了一遍。去西部旅游一趟的费用不算大，却也不是个小数目，李牧为什么如此慷慨大方呢？她从小便知道这个世界上没有免费午餐的道理，像这种天上掉下肉包子的事，后面肯定有什么别的名堂吧。可是，那又会是什么名堂呢？难道李牧真的喜欢自己吗？一想到这里，何小遇禁不住有些感动起来。她又想起那天晚上的情形。摇曳的灯光下微醺的放肆，虽有些羞人答答，却是让人留恋的。于是，何小遇在电话里对李牧说，让她考虑一下。

　　那时候，已经快到期末考试的时间了，何小遇为了准备考试，几乎每天都在教室里看书、复习功课至深夜。但是，第二天等到李牧又来电话问她考虑的结果时，何小遇却好像早已经把考试的事情忘掉了。何小遇对李牧说好吧，我愿意和你一起去。

　　后来，一直到何小遇失踪的事引起轩然大波，学校里差点要到派出所报案，母亲和姐姐急得四处托人找她，何小遇也没有意识到自己和李牧一起出走是一件多么了不起的事情。何小遇甚至觉得即便她不与李牧，也会与别的什么人一起出走的。那时候，只要哪个男人对她说，跟我走吧，离开这里。或者，只是伸出根指头向她暗示一下，她都会头也不回地跟着他走。何小遇觉得这是命中注定、没有办法的事情，她逃不掉的。

何小遇在很长一段时间里，一直沉浸在旅行的快乐中。平日里那个总像是藏在茧中的羞涩沉默的女孩，在那次旅行时似乎一下子活了过来。人在江湖的极度的松弛与忘乎所以，让她就像是在舞台上一样，忽然变得惊人的美丽起来。而且，那次旅行还有一个意外的收获，就是治好了她的病。之后，何小遇以前总是动不动就头晕呕吐的毛病再没有犯过。

何小遇发现，她去的并不是个诚实的地方。在那个被黄尘、飞沙与肮脏疲惫的人群所遮蔽的省份，一切都像是戴上了灰蒙蒙的面具。她把丝巾扣在胸脯上，露出修长秀丽的身体。何小遇扭着腰肢，在炽热的阳光下露出一脸灿烂暧昧的笑容。坚硬而粗糙的风吹起她的长发，落在裸着的身体上，就像是有无数根细小的手指，勾引出无限的风情与欲望。何小遇觉得自己的胸脯整天都是满满的，几乎每时每刻都想笑。

但是她很快便失望了。何小遇原以为，离开家，离开学校，一切都会变得好起来。现在才发现，这里并不比她原先生活的地方好。被坚硬的风沙笼罩着的一切看起来虚伪而丑陋，和以前她所熟悉的那些东西没有什么两样。

何小遇和李牧一起坐在飘浮着昏黄灯光的小饭馆里。李牧一杯杯地喝着啤酒，眼睛很快变得像傍晚的夕阳一样，殷红而充满欲望。何小遇知道，李牧的欲望是被她勾引出来的。因为意识到自己的风情与美丽，她盯着李牧眼睛里变了形的自己，忍不住弯着腰咯咯咯地笑了起来。然而，李牧的欲望很快便像那个省份的季风一般，悄悄地消失了。想象中的事情一件也没有发生。一路上，李牧都像是个谦谦君子。分寸得当地与何小遇调笑，一起去逛风景点，没有半点出格的举动。这倒是让她有点惴惴不安了，不知道他的葫芦里到底卖的什么药。

这样的状态一直持续了一个多星期。在这一个星期里，何小遇几乎每天的房门都没有上锁，希望李牧或许会在哪一天的深夜，悄悄来到她的房间。当她睁开眼睛的时候，李牧便微笑着对她说，他有点想她了，过来看看她。晚上躺在床上睡不着觉的时候，这样的想象常常会让她激动不已。

隔壁房间里传来李牧轻轻的呼噜声，像是受了什么委屈，又像是有万千心事的样子，因为难以诉说，于是便哽咽地吟唱起来。何小遇闭着眼睛静静地倾听着。从小到大，在她的生活中几乎没有男人，现在，这样的吟唱忽然让她前所未有地激动起来。

白天的时候，何小遇故意在李牧面前扭着腰肢，有意无意地暴露着自己的皮肉。可是，李牧要么装着什么都没有看见，要么只是宽容地笑笑，什么也不说。李牧的冷漠与视而不见，既像是表明自己不受诱惑的姿态，又像是一种说不出口的暗示，悄悄地讥讽何小遇的下贱。因为羞涩和后悔，她的脸忍不住腾的一下红了起来。何小遇咬着嘴唇站在那里，又想起从前那些孤单无助、遭人冷落的日子，终于忍不住哭了起来。她一边哭，一边哽咽地说，李牧，难道我真的这么让人讨厌吗？

见何小遇流泪，李牧只是不动声色地在一边看着，等到她哭得有些累了，这才很认真地对她说，我怎么会讨厌你呢？要是讨厌你，又怎么会带你出来玩？李牧慢慢地走过来，捧起何小遇的脸，说傻丫头，我喜欢你的。

李牧把何小遇额前的头发轻轻地掠到耳后，又慢慢地顺过来，一根根地拂到脸上，遮住何小遇的大半个面孔，也遮住了她眼睛里的泪水。然后，李牧的手便探到她藏在头发后面的耳朵上，在耳朵的轮廓上踟蹰、游走。

李牧的手指轻柔而有力，像风一般掠过。何小遇不由闭上了眼睛。李牧的嘴唇也像他的手指一样，开始一点点地侵蚀着她的身体。

何小遇很快便颤抖得像风中的一片树叶。等到李牧的嘴唇落在她的胸脯上时，何小遇终于忍不住轻声呻吟起来。

那一晚，李牧留了下来，没有回隔壁的房间。一切都像是预先期待的那样，该发生的一样不少全发生了。何小遇的疯狂不仅让她自己吃惊不已，也把久经沙场的李牧吓了一跳。宾馆的墙壁上贴着陈旧而模糊的壁纸，在昏暗的灯光下，何小遇歪着脑袋盯着李牧上下起伏的身影，忽然发现那些图案其实只是一艘艘拖着奇怪桅杆的船。何小遇忍不住数了起来：一艘、两艘、三艘……等到数到三十艘的时候，李牧就像是被隐藏在船里的某种秘密武器击中了似的，忽然呻吟一声，败下阵来。

半夜里，李牧的呼噜声又重新响起的时候，何小遇忍不住伸出手捂住脸轻声哭了起来。她一点也不明白自己为什么要哭，一切原本就是自己想要的，可到了真正发生的时候，何小遇却忽然发现，全不是自己想象的样子。李牧早已经结婚了，他们之间根本不可能有什么结果。那么她为什么还要这样呢？她到底想要什么？虽然直到现在，何小遇依然不知道自己想要什么，但却十分真切地意识到，她什么也没有得到，或者说，她得到的并不是自己想要的。

因为流血，何小遇的身体在黑暗中一阵阵瑟瑟发抖。她发现，白天的那个活泼美丽、风情万种的女人根本就不是她，而是她根本就不认识的另外一个什么人。现在这个孤单无助、伤心欲绝的女人，才是真正的自己。这个发现终于让何小遇忍不住号啕大哭起来。

李牧的呼噜声慢慢地停了下来，但依旧闭着眼睛。何小遇这才意识到自己的失态，哽咽地止住了哭。何小遇转过脸去，大半天不能确定李牧是不是真的已经醒了。忽然，李牧睁开眼睛，说，我做错了一件事。

因为离校出走的事，何小遇受到了学校警告记过处分。但是，她似乎并不怎么在意。偶尔，李牧会到学校来看她。两个人会一起去江边的那条尘土飞扬的石子路上散步。那里很安静，几乎很少遇见人，他们总是相拥着往前走。偶尔会有一两个农民从远处迎面而来，好奇地打量着他们。何小遇一点也不知道在那些人的眼中，他们会是怎样的关系。一对父女？抑或只是两个偷情的男女？

有时，他们会在那些空无一人的路边小院前停下来，站在院门紧锁的门楼前亲吻。一旁的小院里晒着衣服，有一股奇怪的霉味和新鲜的咸菜味飘过来。何小遇把脚尖勾在石头门洞里，眼睛则盯着远处的一只猫。那只猫正懒洋洋地弓着背，认真地用舌头清理着自己的皮毛。

何小遇与谢邀之间的关系，在很长的时间里一直若即若离地维持着。有一次，谢邀忽然对何小遇说，嫁给我吧，我要娶你。

那时候，谢邀刚刚讲完自己的奋斗史。何小遇还沉浸在他人生成长的丝丝缕缕的碎片中，谢邀的话几乎把她吓了一跳。虽然何小遇早就知道谢邀喜欢她，但是当两个人在一起时，她却常常会忘记这件事。

当谢邀的手从桌子对面伸过来握住她时，何小遇的心里忽然升起一丝不快。谢邀的手潮乎乎的，上面泛着冷汗，何小遇觉得自己就像是握着一条蛇或者是青蛙一类的东西，连忙抽出手来，把自己的身体挪得远一点，低着头不吭声。于是，谢邀便坐直身体，咳嗽一声。为了掩饰自己的尴尬，谢邀连忙说起了别的事情。

后来，谢邀再也没有提起过这件事。何小遇的心里甚至还有过几分遗憾。但是，如果谢邀再次提起的话，她真的就会答应吗？何小遇认真地想了想，觉得自己还是会拒绝的。拒绝的原因，倒也不是因为谢邀的离婚手续还没有办完，也不是她不喜欢他，而是因为何小遇在私下里一直不愿意让自己的生活固定下来。在内心里，何小遇一直以为，现在的生活并不是自己真正想要的。要是她嫁给了谢邀，那么她的未来就变得和大家一样了。这是她最不愿意看见的。

但是，她想要的生活到底是什么样子呢？难道就是现在的忙碌、迷乱与犹疑？表面上看起来，何小遇的生活差不多已经确定了。有一份稳定的职业，也会收获一份意料之中的爱情。她很快会像这个城市中的大多数女人一样，恋爱、嫁人、生孩子，拥有一个属于自己的家。时间会一点点磨蚀掉她的青春与热情，她会在挣扎与妥协中渐渐地老去，原本桀骜不驯的个性也会一天天地柔和、明亮，慢慢变得心平气和起来。早晚有一天，何小遇也会与单位里的那些女人们站在一起，大张着嘴巴哈哈地笑，还可以把关于丈夫和孩子的隐私拿出来与大家一起分享。那时候的何小遇将不再羞涩、不再紧张，而变成了一个快乐而简单的女人。

事情原本应该是这样的，但是何小遇已经把这条路彻底地堵死了。现在，众人甚至都不拿她当作他们中间的一员。虽然何小遇每天与他们一样上班下班，但她始终只是个外人，一个偶尔在这里停留的人。她们不关心她的生活，不关心她的所思所想。她呢？自然也不必在意她们的存在。何小遇觉得自己就像是一只站在空无一人的大街上的兔子，周围死寂一片，但却暗藏着捉摸不定的杀机。她虽然明知道处处危机四伏，却不知该如何应对。于是，只好空茫地犹疑着。

有时候，何小遇会想起李牧，想起与李牧在一起的那次旅行。要是没有那次旅行没有李牧，她的生活可能会是另外一副模样吧？或许，她的命运从那个时候起便注定了？但是，有时她又觉得似乎不是这样。

那次旅行很快便结束了。周围的同学开始的时候还会用有些异样的目光看着她，但很快便失去了兴趣。何小遇的生活似乎又恢复到原来的状态。每天和大家一起上课、下课，穿着运动鞋在操场上跑步。

何小遇当然知道，李牧只是一个普通而平常的男人。但是，那次像梦一般的旅行却点燃了她心底的某种东西。深夜里，何小遇常常会从睡梦中醒来，惊惶失措地注视着它。虽然连她自己都有点弄不明白那到底是什么东西？但是，她惊奇地发现，它们在自己的身上醒来了，她再也不是原来的自己了。

与同龄人相比，李牧算是幸运的。虽然父母只是普通的工薪阶层，没有多少社会背景，大学毕业后，却顺利地分配到省电视台做记者。工作虽然并不轻松，在周围人的眼中也算得上风光。而且，挣的钱也不算少。对自己的处境，李牧没有什么不满足的。

李牧每天穿着磨得发白的牛仔背心，扛着摄像机，出入各式各样的公开场合。不仅让许多人艳羡，就连那些平日里架子十足的领导们见了，也大都会换上一副和蔼可亲的面孔。开始时，李牧还有些不习惯，但很快便习以为常了。无论是怎样傲慢的大机关，李牧总是先若无其事地把自己的证件递上去，然后大摇大摆地往里走。

李牧十分珍惜自己的幸运，不仅工作勤勉努力，上上下下的关系也处理得十分得体。而且，他很快便爱上了自己的工作，下班之后仍喜欢扛着摄像机到处跑。车站、舞厅、商场……都是他爱去的地方，哪儿人多往哪里拍。

李牧喜欢镜头后面的那个世界。一张张脸从镜头里看着他，有的则淡漠地望着别处。李牧把镜头拉向远处，于是，那些陌生的面孔便落在他的长镜头里，变成了某种含糊不清的诉说。

那些扑面而来的面孔沉浸在自己的世界里，沉默地诉说着各式各样不为人知的冲突，虽然只是偶然组合的迹象，却表达着某种难以言述的含义。他们显然早已经知道自己正在被镜头不动声色地注视着，却似乎一点也不以为意。有时，李牧觉得自己也和他们一样，想表达却不知道到底要说些什么。

但是，在工作时却是不需要费什么心力的。李牧只要把领导们的图像拍好，再把镜头处理得干净利落些便可以了，几乎不需要多少技巧。很快，李牧在电视台便成了业务骨干。

到机关里采访，虽然出镜的总是领导，但领导们的讲话稿，还有稿子里领导们名字先后的排定等等，大都要由秘书们来捉刀定夺。一来二去的，李牧便与他们混熟了。不久，还和他们交上了朋友，成了在酒桌上称兄道弟的哥们。

秘书们虽然级别不高，因为整日在领导身边转悠，就连许多权力部门的人也少不了会求到他们。因此，几乎个个都是神通广大。李牧与他们交朋友，自然吃不了亏。几年之后，一个当年的秘书终于多年的媳妇熬成了婆，也变成了领导。这位秘书朋友没有忘记当年曾经与李牧一同下乡盖过一床被子的交情，在李牧的领导面前美言了几句。于是，他便顺理成章地在电视台当上了个小头目。

从此，李牧越发如鱼得水。不久，还与人合伙开了一家广告公司。靠着多年打拼建立起来的关系网，公司的生意十分红火。就是在电视台这种大家的腰包都不算瘪的地方，李牧也算得上是个有钱人。除了不菲的薪水，还有广告公司给他带来的可观的收益。妻子虽然长相普通，但温柔贤惠，工作体面，孩子也乖巧听话，用不着怎么多操心。一切看起来几乎是完美无缺的。然而不知从什么时候开始，李牧却变得有些烦躁不安起来。

独自一人的时候，李牧常常发觉自己几乎走到了人生的尽头。人生该有的东西自己似乎都已经提前拥有了。虽然他还有数不清的宏图大志没有实现，但现在看来，它们却已经开始悄悄变得遥不可及起来。

其实，做记者并不像表面上看起来那么风光。只要哪里发生点什么突发事件，就是深更半夜都必须跳起来扛着摄像机往外跑。原本拍好的镜头，因为有领导不满意的地方，就要无条件重拍。还有那些烦琐的送审制度，写好的稿子必须要送给领导过目。遇上开明些的领导还好说，草草看一眼便签字认可。要是遇上个夹生的，少不了要在鸡蛋里头挑骨头。因此，每一次李牧坐在那里，等着秘书们把送进去的稿子再拿出来的时候，总是忍不住暗自慨叹：别看自己在众人面前人五人六的，说到底只是个任人摆布、无足轻重的小萝卜头罢了。

有一次，审稿的恰好是个刚刚宣布退居二线的领导。因为不满意自己的名字没有在新闻稿里出现，便借机发泄。不仅在稿纸上画出一条条红道道儿，还把李牧叫了进去。告诉他稿子应该怎么写，如何分清轻重，突出重点。李牧一直站在一旁，低头敛眉，喏喏地听着。

领导忽然轻轻笑了起来，说，你这篇稿子简直称得上是高山滚鼓之音。李牧一时没有听明白是什么意思，诧异地抬起头。

领导又笑了笑，说怎么？听不懂？就是扑通、扑通，又扑通（不通、不通，又不通）！李牧的脸顿时羞得通红。

李牧发现，许多人把他当成个人物，愿意买他的账，其实并非是他李牧有什么过人的能耐，而是因为他的职业身份。要是哪一天他没有了电视台记者这块招牌，那些人对他肯定弃之如敝屣。而且，现在自己的年纪一天天地大了，也不可能再像年轻时那样，整天在外面跑。

这倒也并非是他真的老到已经跑不动的地步。李牧刚刚四十出头，按说正是年富力强的时候。但是，电视记者这行当差不多是吃青春饭的。扛摄像机的大都是些年轻小伙子，上些年岁的人混在里头，总显得有些扎眼。不仅自己不舒服，就是别人见了也会感觉有些怪异。许多人常常据此推断那个人在单位里大概是没有混好。要不然，都一大把年岁了，何至于还要干这样的体力活？因此，李牧的许多同事到了一定的年岁，便改行做起编辑之类的。与他们相比，李牧觉得自己还算是好的，毕竟他还是个小头目。虽然也有些失落，倒也没有感觉到有太大的落差。

但是，像他这样的小头目在电视台可以一抓一大把。而且，自己又是没什么背景的人。这几年，虽然李牧整天在外面跑，看起来似乎在哪里都有朋友，但却没有谁是真能帮上忙的。因此，要想再有所发展，也是件十分困难的事情。李牧时常无可奈何地意识到，自己的前程似乎真的已经到此为止了。

升官的路已经断了，发财呢？与别人合伙开的那家广告公司，并不需要他操太多的心。合伙人只是想利用一下他的职业身份，因此李牧也不能指望靠此发大财。要想赚更多的钱，就得把现在的工作辞了，专心致志地干。这样的念头李牧不是没有动过，可要是真辞了职，他又能做什么呢？说不定连现在的优势也一同失去了。因此，最后还是犹犹豫豫地放弃了。

心情不佳的时候，李牧常常找借口端着架子把办公室里的几个毛头小伙子训斥一顿，然后抱着只保温杯躲在屋子里看报纸。只有到每周开例会的时候，他才会显得开心些。因为可以和那些有相同境遇的人坐在一起发牢骚。

偶尔，李牧还会和那些牢骚满腹的同事们一起出去喝酒。感慨着世态炎凉，面红耳赤地抨击着社会上各式各样不合理的现象。可临到买单的时候，依旧把账单记在关系户身上，照样理直气壮地分文不付。

日子就这么不疾不徐、慢条斯理地打发。然而，李牧的欲望却开始一天天变得汹涌澎湃起来。李牧发现，他迫切需要一个什么东西。这样的东西不仅可以让他的欲望有一个合情合理的出口，而且，可以让他变得心平气和起来。但是，到底什么东西才是他需要的呢？李牧踌躇苦恼了很久，直到后来发现了女人。是的，李牧发现，只有在女人那里，他才可以找到久已消失的成就感。

在女人那里，虽然身体和情感的消耗常常让他感觉疲惫不堪，但却意外地获得了一种宁静。李牧不再像以前那样愤世嫉俗，也不再认为自己真的已经日薄西山了。在女人们的眼睛里，李牧第一次发现自己作为一个成熟男人的魅力。沉稳中透着几分风情，宽厚中隐藏着许多还没有机会释放出来的活力，这样的发现让他忍不住有点心旌摇荡起来。

不过，虽然李牧对女人的兴趣一天天浓厚，却从没有去找过妓女。这倒并非是考虑到安全的原因，而是对那样的钱色交易多少有些不屑。李牧喜欢去找他真正喜欢的女人。这样的女人自然是各式各样的，既有刚走出校园不久怀揣梦想的女孩，也有拼命抓住青春尾巴不放的老姑娘，还有因心高气盛而对婚姻充满绝望的女人。

李牧发现，虽然这些女人千变万化，各不相同，却都是他喜欢的。李牧喜欢这些面目不同的女人用相同的充满爱意的目光看着他，脸上露出欣喜与感动的神情。李牧第一次发现，原来他竟是如此机敏、潇洒，会讨女人喜欢。

李牧觉得他对女人的热爱是天生的，是他的一种与生俱来的本领。虽然这本领直到很久之后才被挖掘出来，却一直让他欣喜不已。李牧喜欢与年轻女人在一起，无论她们的长相如何，他总能在她们身上发现一种犹如孩童般的稚拙与纯净，这发现会让他油然生出一种怜惜，也让他的心顿时变得柔软温暖起来。

李牧喜欢讨女人喜欢，与女人们在一起时，他觉得浑身的每一个关节、每一根毛孔都是松弛打开的。他与她们轻松地调笑，无论怎样微不足道的话题他都会耐心对待，尽可能地让它们变得新鲜有趣。他敏锐地捕捉着女人们的每一点情绪变化，及时调整自己。

李牧喜欢这样的调整，这有点像开车时手中握着的方向盘，也有点像是打太极。李牧在调整中不断磨炼着技巧，也在调整中体味着自己作为一个男人的魅力。李牧注视着面前的那个年轻女人，静静地欣赏着那张脸从开始时的冷淡紧张到一点点变得生动起来。欣赏着她的嘴唇就像涂了唇膏一样，变得丰满润泽，眼神清澈明亮，散发出迷人的光彩。李牧舒了口气，忍不住咧开嘴微笑了一下。

李牧一直有点遗憾自己的这个与女人打交道的本领来得太迟了，几乎没怎么派上正经用场。年轻时，李牧在很长时间里都被自己的羞怯所困扰。上大学时，班里虽然一多半都是女生，他却几乎没怎么与她们说过话，一说话便无法控制地脸红。即使大着胆子与她们搭讪，也总是磕磕绊绊的，前言不搭后语。女同学们低着头捂住嘴偷偷地笑，或者皱着眉头满脸的不耐烦。这时，李牧的心便会像被刀绞一样。他痛苦地把这一切看在眼里，却对此无能为力。那时李牧也有暗自喜欢的女生，却只能眼睁睁地看着她牵着别的男人的手。

这种状态，一直持续到李牧大学毕业参加工作之后。

有一次，李牧陪一个朋友去相亲。那人没有看上那个女孩，只是出于礼貌才勉强应付着，后来干脆借故先走了。李牧原本是要和朋友一起离开的，可那个女孩骑的自行车不知怎么忽然爆胎了。朋友无奈，只好让李牧陪女孩去修车。

这应该是那个相亲的朋友去才合适，可他原本就没看上那个女孩，自然不肯去，还有点担心要是自己去了会让她产生误会。于是，便商量着让李牧代他去。反正那天李牧没有什么事，于是便答应了下来。

女孩低着头懊恼地推着自行车，也不知是知道自己遭到了拒绝，还是在心疼那辆崭新的自行车。女孩看了李牧一眼，淡淡地说不用你陪了，我自己去修车吧。说完，径直加快脚步往前走。

李牧犹豫了一下，仍旧跟在女孩的身后。那时天已经有些晚了，让女孩一个人去总有些让人放心不下。而且这又是他答应朋友的事，李牧也不能确定自己是不是可以中途打退堂鼓。

推着自行车到底走不快，李牧又不肯离开，女孩很快便放弃了，任由他不紧不慢地跟着。李牧在后面仔细地打量着女孩。女孩戴一副近视镜，看起来十分瘦弱，长相也很普通，五官毫无特点。自行车似乎一点也不好推，女孩推着那辆自行车就像是忽然挂上了一根拐杖，连脚步也一下子变得蹒跚起来。等走到桥上时，女孩不知什么原因忽然停了下来。

李牧知道在桥的下面就有修自行车的，他不明白女孩为什么停下了。女孩把自行车支在一边，低着头倚在桥栏杆上。路灯下他看不清女孩的脸，但却分明地看见女孩的眼睛里有泪光在闪。

李牧在远处看着女孩那张柔和细致的小圆脸，清汤挂面似的头发在脑袋后面扎了一根马尾巴。额前细细地剪出一溜蓬松的刘海，齐齐地盖住了眉毛。两只不大的眼睛露在外面，忽闪闪地沾满了泪珠。不知怎么，李牧的心里忽然没来由地生出一丝怜惜。

李牧已经不记得自己是怎么走上前去与女孩说话的了，这在以前几乎是难以想象的。李牧很清晰地记得自己的镇静自若。以前他总是羡慕那些在众人面前侃侃而谈的人，还有那些会讨女人喜欢的男人，李牧从不敢奢望自己也能拥有这样的本领。

后来，他曾无数次地回忆那天晚上发生的事情，却几乎什么也想不起来了。只记得自己忽然而至的松弛，就好像它们早就在那里了，蒙尘已久。他能做的只是伸出手去，轻轻拂去上面的灰尘。那是久已丢失的宝贝忽然一下子找到了的感觉，那宝贝或许还是祖上传下来的，以前只是听说过，并没有真的见过，某一天却在老屋的某个角落里忽然被发现了。于是忙不迭地紧紧捧在手里，心中充满着惊异与感动。

月亮落在远处空寂的河岸上，清冷而遥远。女孩早已经破涕为笑了，站在月光下的女孩美丽而温婉，看起来完全是另外一个人。李牧的后背上全是汗，额前的头发也是湿的，却感觉到一种从未有过的轻松。李牧十分满意自己的表现，常常会情不自禁地笑出声来。

在很长时间里，李牧在心里一直有些感激那个女孩。要不是她，可能他至今仍然与女人一说话便脸红。李牧几乎无法想象，是否会有别的什么人可以代替她。虽然后来他可以十分轻松地与许多女人打交道，可他依然不知道，当初要是没有那个女孩会是什么样子？

后来，那个女孩成了他的妻子。李牧有时甚至弄不明白自己是否真的爱她，可这并没有什么妨碍。她是他的知音，李牧觉得只有她才是真正懂得他的。

与李牧在一起的第一个女人，是儿子小学校的女教师。女教师爱好文学，从小的理想就是当一名作家。现在虽然离自己的理想已越来越远，却依旧时常写些落满感叹号的小文章，希望有朝一日这些文章能在报纸杂志上发表。这不光能圆女教师当作家的梦，还能给她的职称评定增加些砝码。

女教师带着自己的文章找到李牧的时候，他只看了几行，便发现她毫无写作才能。但是，李牧依旧不动声色地认真看了好几遍。等看完之后，这才抬起头来。李牧先夸女教师的文章行文流畅，意境纯净，但并没有达到可以发表的水平，还需要进一步磨炼。

李牧看见女教师的眼睛亮了一下，又慢慢地暗淡下来。便走上前拍了拍女教师的肩膀，安慰她说，没关系，我可以帮你。

后来，李牧到学校接儿子的时候，总是会有意拖延些时间。儿子在一旁做作业，李牧便和女教师聊起家常。李牧的博学和健谈让女教师钦佩不已，眼中很快蓄满了崇拜。下一次，李牧通过朋友关系把女教师的文章在晚报副刊上发表之后，女教师便说要请他吃饭。李牧十分爽快地答应了，不过在饭后还是坚持自己付了账。就在那天晚上，李牧把已经喝得半醉的女教师拥到了自己的怀里。

有了第一次之后，以后再发生的事情似乎就变得十分自然了。后来，李牧与各式各样的女人上过床。她们大都是他的崇拜者，或者只是因为虚荣、寂寞、感情冲动。在这其中，自然有李牧动过真情的，甚至认真地打算离婚，娶了那个女人。但最终这打算也只是打算而已。

那是个美丽而风情的女人，在床上更像是个尤物。女人不仅漂亮，而且十分能干，事业上也是顺风顺水。那是唯一的一次，李牧在女人面前吐露过自己的心迹。李牧告诉她，他的绝望，他的力不从心，还有他胸中澎湃的永无休止的欲望。李牧伏在女人的怀中，说我并不像别人看见的那么强大有力，你根本不知道我有多么懦弱无能，平庸无奇。

女人像对待婴儿一样轻轻抚摸着他，从李牧的脖颈一直揉捏到脚后跟。女人柔声说，我知道，我什么都知道，但我就是喜欢你这样。女人的温柔让他感动得忍不住想哭。于是，李牧便像个孩子似的张开嘴巴大声哭了起来。

但是，这个李牧唯一动过真情的女人后来还是从他的生活中消失了，几乎没有任何征兆。有一天，有关那个女人的一切就像是在一夜之间忽然消失了。女人的电话、手机号码全都变成了空号，原来租住的房子里也搬进了陌生人，几乎没有人知道她的去向。

女人消失之后，李牧在很长的时间里几乎对别的女人失去了兴趣。他始终不明白，那个女人到底为什么要离他而去呢？难道只是因为他在她面前说过的那些胡言乱语？但是，李牧又有些不相信。因为，女人在离开他之前，一直情意绵绵。两个人就像是正处在热恋之中的中学生，几乎擦根火柴就能烧出火来。

只要一有机会，两个人便黏腻在一起。就是中午休息的那两个小时，李牧也常常偷偷到女人家中幽会。阳光从厚厚的墨绿色窗帘里滤进来，变成一蓬蓬幽幽的捉摸不定的光晕，落在两个人裸着的身体上。这时候的李牧常常觉得自己并不是在做爱，而是在与心爱的女人推心置腹地说话。但是，李牧与女人在一起时，总是一声不吭，只让身体配合着手上的动作，心中充满焦灼的欲望和捉摸不定的幸福感。

有时，女人似乎想对他说些什么，李牧总是伸出根手指很坚决地制止住了。李牧担心，一旦他们开口说话，或许就会失去平衡，一切就会变得虚假、难堪，事情也会一下子变得真实起来。那样的真实是他难以接受的。而且，他们貌似无懈可击的感情或许就会从语言的缝隙中滑落出来，"嘭"的一声掉在地上摔得粉碎。所以，在这样的时候，李牧总是宁愿选择沉默。

半个小时之后，李牧再急匆匆地开车赶回单位上班。疲惫不堪的李牧坐在办公桌前，半闭着眼睛舒了口气，悄悄对自己说，该把自己的生活收一下网了，有她就已经足够了。

然而，就是这个让李牧动了真情的女人，竟然连声招呼都不打一声，便消失得无影无踪。女人的消失让他越发坚信，对她们的感情，是当不得真的。等到李牧的生活重又恢复到原来的状态，他再没有做过要与哪个女人天长地久的梦。

与李牧在一起的女人中间，当然也有人爱上过他，希望能嫁给他。还有人因此死乞白赖地软磨硬泡，甚至径直找到单位去，让他十分尴尬。有一次，李牧还莫明其妙地挨过一个不认识的男人的打。直到后来李牧才知道，那个男人是曾经与他上过床的某个女人的男朋友。男人扬言，要让李牧拿一条腿来抵他的风流债。他虽然知道这是气话，心里却多少有些惴惴的。托了黑道上的朋友，又花了些钱，这才把事情悄悄地摆平了。

现在，李牧的风流韵事早已经在单位里悄悄传开了。大家虽然免不了要在私下里嘀嘀咕咕，但这种事情又算不上违法乱纪，单位领导也为到底该如何处理犯了难。最后，只是把李牧叫到一边，旁敲侧击地让他注意些影响。李牧虽然不免有些羞愧，倒也并没怎么当回事。反正对他的这些拈花惹草的事，他的妻子大都蒙在鼓里，毫不知情，因此并没有真正影响到他的正常生活。

没有人知道，和女人们在一起给李牧带来了多大的快乐。每一次追求简直就是一次完美的狩猎行动，需要根据不同的女人确定不同的追求方案。那或许是主动出击，也可能是欲擒故纵，悄悄地接近，小心地试探，貌似漫不经心地搭讪。有时需要幽默风趣，侃侃而谈，有时则要深沉稳健，一言不发，只需用眼神鼓励对方。然后再根据不同女人的不同反应，暗自权衡，是继续乘胜追击，还是知难而退，索性放弃？千万不要小瞧了这些看似微不足道的小伎俩，这里面其实充满着智慧与才情，远不是一般的平庸男人可以胜任的。

因为女人的事，李牧虽然受过不少磨难，却依旧初衷不改。现在，这一切似乎早已变成了一种习惯。只要看到有些感觉的女人，李牧便忍不住会在心里设想，如何把她弄到手？现在，李牧早已不再关心是否能够升迁。过去曾经让他烦恼得睡不着觉的事，现在看来也早已经变得不值一提了。

这一切，甚至悄悄改变了他的相貌。因为纵欲，人变得十分瘦削，脸色有些发灰，头发也日渐稀疏，但衣着却十分讲究。终日里西装笔挺，皮鞋擦得锃亮，袖口露出大半寸白衬衫，领带也被精心地揉捏出一道显眼的褶皱。一双不大的眼睛总是眯缝着，表面上看起来一副漫不经心的样子，却常常会在一瞬间整个人突然变得熠熠生辉起来。

为了不给自己惹麻烦，李牧悄悄订下一条规矩：不招惹那些想嫁人的女人。这个规矩立下之后，确实起到立竿见影的效果，李牧的麻烦事从此少了不少。

李牧的第二个规矩是在与何小遇分手之后立下的。因为，何小遇让李牧的心里不安了好一阵子。他发觉自己虽然算不上是个好人，却也不能算是坏人。这样的不安，甚至连当年曾经向她吐露心迹的那个女人消失的时候，也不曾出现过。不安总是与愧疚联系在一起，说明他李牧欠了别人什么。这样的感觉，他并不喜欢。因此，李牧又悄悄立下了第二个规矩：以后不碰处女。

何小遇在很长一段时间里始终没有弄明白，她为什么会和李牧在一起呢？那时候，躺在卧铺车厢里的李牧正半张着嘴，轻声地打着鼾。何小遇却几乎整夜未眠，长时间地盯着面前的这张脸。火车车轮发出有节奏的哐当哐当声，就像是一把锋利而尖锐的凿子，一声声敲在她的脑袋里。

何小遇发现，睡着了的李牧与醒着时几乎判若两人。这是一张早已经提前衰老的脸，辛苦与劳碌在平日里都是醒着的，时刻谨慎而小心地把一副神采奕奕的面具戴在脸上，这时却因为疲倦打起了盹，露出了狰狞的面目。

早年生活的艰辛，在脸上留下暗淡粗糙的印迹。成年后的艰难打拼和纵欲，又把这粗糙的底色变成一条条细密的纹路，悄悄布下阵势，安营扎寨、步步为营。原先真实的面目早已被挤缩到某个看不见的角落里，变得斑驳模糊起来。何小遇忽然发觉，面前的这个男人她虽然一点也不了解他,但那些讨厌的东西却和她喜欢的一样,都是可以一眼就能看出来的。

现在,那次旅行就像是几个世纪之前发生的事,几乎不像是真的。等到黄尘与飞沙被车轮抛在身后,原本粗糙恶俗的一切再次落入她的眼睛里。何小遇似乎早已经忘记当初为什么要和李牧一起出走了,但却清晰地意识到自己那时还是个孩子。

虽然她早已是成人的年龄,但心智似乎仍然只是个固执而蒙昧的孩子。而孩子总是不幸的,甚至比成年人更加不幸。因为他们并不知道那些让他们伤心欲绝、无所适从的痛苦到底是什么东西,也不知道它们是否会永远停留下来。

自从那次旅行之后,何小遇与李牧之间的关系便彻底改变了。只要一想到这改变,何小遇便忍不住一阵阵心慌意乱。李牧后来又打电话约过她几次,但每次约会时,李牧总显得有些心不在焉,或是奇怪地沉默着,以往那些讨女人欢心的俏皮话早已经不见了踪影。倒是何小遇,每次都显得有些小心谨慎,总是尽力把自己打扮得漂亮些。

何小遇认真地研究阅读时尚杂志,在那上面学习如何穿着打扮。有一段时间,她每天只吃两顿饭,是为了尽量节省下自己的生活费去买新衣服。何小遇到网上去淘那些便宜的过季打折服装,在商场里仔细比较着护肤化妆品的价格。即便如此,她仍然时常担心李牧会不喜欢她。何小遇长得不算漂亮,这是最让她揪心的事情。在梦里,何小遇常常会忧心忡忡地感觉到,那个被李牧抛弃的日子正一天天地向她走来。这样的梦总是会让她辗转反侧,彻夜难眠。

似乎只有在床上时,李牧才会重新变得兴奋起来。李牧揉捏着那个柔软的身体,忍不住低声呢喃。何小遇知道李牧对她身体的贪恋,有时便主动迎合他。这样的迎合常常会让她觉得自己真是堕落了,很无耻,每次都赌咒发誓再不做这种事情了。但等到下一次李牧像个孩子似的央求她的时候,她又一下子放弃了。

李牧看起来似乎总是很忙，常常会一连许多天不与她联系。有时即便定好了约会时间，也常常迟到，或是临时取消。每当这时，何小遇总是伤心欲绝地猜想着，李牧大概是消失了，永远都不会来了。直到事后很久，李牧才像是刚想起来似的告诉她，他迟到或是取消约会的理由。除了工作忙之外，那常常是因为他与什么人吃饭、打牌，或是陪老婆孩子逛商场，到公园去玩。对于这些事，李牧几乎从不说谎。李牧似乎是想让何小遇知道，即便与她在一起，他依然是自由的。他现在仍和从前一样，是轻浮易变的。

为了方便约会，何小遇在电视台附近租了一间很小的房子，还给李牧配了把钥匙。何小遇只跟李牧说自己正在准备考研，需要有个安静的地方复习功课。李牧听了愣了一下，并没有说什么。开始的时候，李牧几乎从不到那里去。即便何小遇打电话告诉他，自己就在附近，他也毫无反应。后来，李牧似乎趁她不在的时候去过几次，偶尔在那里看书、午休。但是等到何小遇过来的时候，他却早已经离开了。这样的状态持续了好几个月。

偶尔，李牧心情好或是心情不好的时候，会给何小遇打电话，说你什么时候过来？想你了。那正是上课时间，何小遇就像是被兜头浇了一盆水，顿时打了个激凌。她艰难地咽了口唾沫，低声说好，我马上来。

何小遇在寒风中急匆匆地往前赶，身上只穿了件单薄的衣裙。去宿舍换衣服的时候，何小遇想起李牧以前说过喜欢她穿这件衣服时的样子。李牧说这话的时候还是初秋呢，但现在已经是冬天了。何小遇犹豫了一下，依旧很坚决地换上了这件衣服。

因为寒冷，躺在那间阴暗狭窄的小屋的床上时，何小遇的身体依旧颤抖不已。寒风顽固地留在她的眼睛里、皮肤上、头发里，把她变成了一株在风中瑟瑟发抖的小树。李牧伸出手拥住了她，何小遇的眼睛顿时变得湿漉漉的，连她自己也分不清那到底是因为寒冷还是因为感动。

　　她爱他吗？对身边的这个男人，何小遇简直一点也不了解。她时常会暗自猜测，离开这间屋子的李牧会是什么样子？何小遇忍不住悄悄打量着他。李牧的身上穿着普通寻常的衣服，那大概是他妻子替他买的。那常常是些中年男人们爱穿的不太讲究的运动衫、西裤之类的。因为热，他常常会把外套脱掉，露出里面穿的一件松松垮垮的老头衫。裤脚挽到了膝盖那里，脚上穿的则是一双皱巴巴的深色袜子。

　　在何小遇的印象中，李牧以前一直是个衣着讲究的人。何小遇不知道他现在到底是怎么了？为什么忽然变成了现在这副模样？李牧疲惫地坐在那里，眼神迷离而沉重，似乎早已经越过何小遇的身体，沉甸甸地落在她看不见的什么地方。见他这样，何小遇有时会忍不住把手伸到他的眼睛前面晃一晃。或者牵着他的手说，告诉我，你的生活是什么样子呢？

　　开始的时候，李牧还会简单敷衍几句，但很快便不耐烦起来。要是何小遇抱怨他即便不到这里来，至少也应该给她打个电话时，李牧便会不易察觉地皱皱眉头，说，我只是你生活中很小的一个部分吧？你不应该把心思都放在我身上，应该多和别的朋友在一起。

　　于是何小遇便会觉得很受伤害，忍不住大声说，你这是什么意思？难道你不爱我了？这样的责问当然是徒劳的，也不会有任何回答，因为李牧不知什么时候早已离开了。

　　李牧离开之后，何小遇独自在屋子里哭了很久，直到昏昏沉沉地睡了过去。睡梦中，何小遇听见远处的火车已经轰隆隆地启动了，却忽然发现脚下的桥开始一点点地垮塌下去。她伸手抓住露在水面上的那些残缺不全的栏杆，拼命想赶上那辆火车。可是，火车却在一眨眼间早已经开远了。

　　现在，那座垮塌了的桥已经完全没入水中，就好像从来就不曾存在过一样。风从水面上吹过来，吹起何小遇的长发。她忽然发觉自己的头发不知什么时候早已变成了一根根又细又长的钢针，尖锐地扎在她的脖子上。何小遇皱着眉头站在那里，拼命想弄明白到底发生了什么事，就像小时候她想弄明白隐藏在那个总是在笑的玩具娃娃肚子里的秘密一样。

李牧是星期天晚上来找何小遇的。李牧已经很久没有来了，何小遇完全没有想到，他会在这个时候来。见何小遇拒绝他，李牧忽然打了她一个耳光。

何小遇的驯顺让李牧变得越发狂暴起来。对这个女孩，他简直弄不清到底是怎样的一种情感？何小遇曾经让李牧的心里不安了好长时间。李牧发觉自己虽然算不上是个好人，却也不能算是坏人。这样的不安，甚至连当年向她吐露心迹的那个女人消失的时候，也不曾出现过。不安总是与愧疚联系在一起，说明他欠了别人什么。这样的感觉，他并不喜欢。

李牧其实早就想离开何小遇了。之所以迟迟没有离开，只是因为她的安静与顺从。何小遇对李牧的一切都是欣赏欢喜的。她用自己的忠诚释放出了李牧身上隐藏着的所有恶魔，这恶魔让他如此恐惧却又如此欣喜，李牧简直不知道该如何面对它。不知所措的时候，李牧便会选择逃避。可是，这个女孩的身上总有某种魔力吸引着他，吸引他回到这间阴暗零乱的小屋里。

可是，何小遇似乎并没有对这一切产生愤恨。在她看来，这只是他们打破彼此间屏障的一种方式。或许，正是因为有了暴力和疼痛，才使他们之间的关系才变得更加亲密，更加结实有力。现在，她就像是被一把沉重的大锁锁了起来，而开启这把锁的钥匙就握在李牧的手中。李牧，这个她对他几乎一无所知的男人，似乎已变成她与这个世界之间唯一的联系。

有一次，何小遇曾经鼓起勇气大着胆子找到李牧家住的那个小区。小区看起来庞大无比，何小遇并不知道李牧到底住在哪里？而且，即便她知道地址，大概也不敢去找他的，她其实只想在远处偷偷地看看他。在门口的一家便利店里，何小遇差不多等了一整天。虽然没有看见李牧，倒是意外地见到了他的妻子。

那是个戴一副浅色近视镜的普通寻常的女人，手里牵着一个同样戴眼镜的小男孩，另一只手则拎着刚从菜市场买来的新鲜蔬菜。男孩的眼镜腿上绑着一根橡皮筋，挂在后脑勺上，后背上则背一只大书包，胸前歪歪扭扭地戴着红领巾。女人正在和男孩絮絮叨叨地说着什么，男孩似乎也不回答，只是低着头一声不吭地往前走。二人走到小区门口时，门卫忽然叫住了那个女人。何小遇听见门卫念着李牧的名字，然后把一个文件袋交给了她。女人向门卫道了谢，站在那里很熟络地与门卫聊天。

女人留着那种烫过的十分简单省事的短发，不用每天做发型，只需要用梳子梳一梳就可以了。身上穿的是那种勤俭持家的女人们喜欢的衣服，料子虽然不错，款式却早已经过时了，但却常常会在领口、袖子之类的地方透出几分俏皮的花哨。

何小遇目不转睛地注视着她，心中忍不住生出几分感慨。这个日常而普通的女人，原来就是李牧的妻子呀。她可以每天见到李牧，与他一起吃饭、睡觉，挽着他的手臂出现在众人面前。可是，何小遇发觉自己一点也不羡慕她。她似乎更喜欢自己现在的状态。与社会道德相悖的幽会，偷来的爱，因为早就知道不合常理，于是那爱从一开始便蒙上了一层微妙的绝望，但却因此而变得愈加楚楚可怜起来。

见不到李牧的时候，有时何小遇会给他写邮件。可是，李牧却从不回信，总是说他根本就没有收到。何小遇觉得她写的那些邮件就像是抛到空中的一大把细碎的沙子，只有凭借奇迹才能落到他的身上。她有时会沿着去电视台的那条路散步，悄悄期待着一次不期而遇，但这样的相遇却从没有出现过。

何小遇很少给李牧打电话，因为怕他会因此讨厌自己。于是何小遇便会去看电视，电视里每天晚上都会播放李牧拍摄的新闻。她对那些鸡零狗碎的市井新闻毫无兴趣，只是为了看电视屏幕上出现他的名字。

有一次，何小遇在大街上忽然看见李牧与别的女人在一起。那是个十分时尚美丽的女人，身材高挑，衣着华丽。何小遇在远处悄悄打量着。她非常喜欢那个女人白皙的肌肤，淡金色的眼影，还有修长手指上那些精致而美丽的灰紫色指甲。何小遇低下头看了看自己粗大坚硬的手指和身上穿的那件已经有些起毛的白色棉布裙，忍不住叹了口气，然后很迅速地将自己藏了起来。

七月的时候，何小遇终于大学毕业了。然而这时忽然发生了一件意外的事：何小遇发觉自己怀孕了。

去医院时，给她做检查的年轻实习医生忽然停了下来，离开了，把她一个人扔在那里。过了一会儿，又来了一个人。何小遇能感觉到那些微凉的科学的手指在她的身体上缓缓地移动着。何小遇睁开眼睛，这才意识到在自己身上或许发生了什么事？

现在，何小遇只感觉到忽然而至的沉重。两只脚似乎一下子陷到了淤泥里，无论怎样挣扎都拔不出来。医院大厅里的大理石地面看起来就像是个巨大的池塘，大厅里那些暗淡、冷漠的人群就是池塘里的一丛丛芦苇。池塘表面上看起来风平浪静，其实里面却阴森寒冷，隐藏着许多看不见的激流漩涡。

何小遇垂着双手站在那里，甚至连裤带都忘了系，只是一步步往前走。下楼时，何小遇的裤带就这么一直耷拉在腿上。有人从何小遇的身边经过，吃惊地看着她，她便也惊异地看着那个人。那人指了指她的裤带，何小遇这才停下了，慌忙伸出手认真地系裤带。

裤带忽然变得十分难系，何小遇站在那里，两只手徒劳地用着力气。可是，原本结实耐用的裤带不知怎么忽然一下子断了。于是，何小遇便举着断成两截的裤带忍不住哭了起来。

医院的楼梯上一直人来人往的，不时有人停下来看她，也有人只是淡漠地看了她一眼，又继续往前走。医院里到处都充斥着不幸的人，何小遇的哭泣在这里并不显得多么突兀和引人注目。

哭了一会儿，何小遇觉得心里不像刚才那么堵得慌了。几乎没有任何犹豫，何小遇决定去做流产手术。她认真计算了一下时间，要是自己星期五向单位请半天假去医院做手术的话，之后可以利用双休日休息两天，那么星期一就可以正常上班了。何小遇做的是药流，吃完药之后便到隔壁休息室里等着。不到半个小时，她便感觉到一阵阵难忍的腹痛，鲜血像水似的往外流。医生告诉她，过一段时间就不会流这么多血了，疼痛也会慢慢减轻一些。

从医院出来时，何小遇感觉身上一阵阵发冷。她这才想起自己在这一整天里，几乎什么东西都没有吃。坐在路边的那家快餐店里吃东西时，她依然浑身颤抖不已。疼痛就像是一把细小而尖锐的鞭子，一下下耐心地抽打着她的皮肉。何小遇捂着肚子，感觉身体虚飘飘的一阵阵发软。

她一点也不喜欢这种对自己的身体失去控制的感觉，以前多好呀，简单而快乐。除了上课，就是和宿舍里的几个女生在一起疯玩。自从认识李牧之后，她的生活就完全改变了。为了与李牧在一起，她很坚决地与那几个女生绝了交。现在想来，其实自己完全没有必要这么做。那几个女生虽然不赞成她，却从没有多说过什么。可是现在，她已经没有机会纠正自己的错误了。

何小遇犹豫了一下，决定给李牧打电话。可是，存在手机里的那个电话号码不知什么时候早已成了空号。她已经很久没有拨过这个号码了，以为自己大概弄错了，于是又重拨一遍，却依然是空号。何小遇不甘心，决定到电视台去找李牧。一个年轻的保安在问清楚她的名字之后，忽然不客气地说，这里没有你要找的那个人，你快走吧！

何小遇站在路边，忽然变得惊慌失措起来。现在，那个一直让她害怕得要命的日子终于来到了。可是，她竟然一点也不觉得伤感。何小遇坐在电视台对面的街心花园里，把手伸进衣服里抚摸着自己的身体。她的身体依旧年轻美丽，可是它再也不属于李牧了。何小遇的心里忍不住升出一丝怜惜。

何小遇已经不记得自己是怎么回到小屋的。小屋在十一楼，站在窗口，可以看见电视台楼顶上巨大的天线。何小遇推开窗户，寒风顿时扑面而来。她把椅子从书桌前拉过来，慢慢地站了上去。

现在，她的脚与屋里的窗子一样高了。远处的天线看起来就像是一只巨大的飞鸟栖息在电视台的楼顶上。何小遇伸出手臂做了一个小鸟飞的动作。这稚拙可爱的动作忽然让她想起小时候上幼儿园时学过的舞蹈，嘴角忍不住露出些笑容。

何小遇站在窗台前，闭上眼睛，继续舒展开手臂，她能感觉到自己的双脚已经脱离窗台。何小遇更加用力地振起手臂，于是她便觉得自己像一只真正的小鸟一样，向那只巨大的飞鸟飞了过去……

不知过了多久，何小遇终于睁开眼睛。现在，她的身体似乎仍然保持着飞翔的动作，只是早已变得酸痛异常。何小遇伸出手摸了摸自己的身体，又用力掐了一把大腿，迟滞的钝痛犹疑地弥漫开来，这让她吃惊地意识到自己竟然还活着。

天早已黑下来了，夜色像水似的从窗子里一波波涌进来，慢慢侵蚀着身边的一切，让它们变得棱角柔和，面目模糊。终于，连何小遇自己的身体也已经与夜色融为一体了。腹部的疼痛这时已经渐渐止住了。何小遇伸出手摸了摸自己的脸，上面的泪水早就干了，凝结成一小片坚硬而模糊的硬痂。何小遇站起身，摸着黑洗了一把脸，心情终于慢慢平静下来。

何小遇发觉,自己只是李牧无数次风流韵事中一个不为人知的配角。李牧很快便会忘记这件无足轻重的事,但是,她却必须要为自己的行为付出代价。何小遇开始后悔了,就像小时候憎恶手背上青紫色冻疮疤迟迟不褪的一样,忍不住为当初的鲁莽与草率而羞愧不安。

自从生病住进了医院,何小遇便几乎失去了时间概念。当初刚来的时候只顾着忍住痛,根本没有意识到医院把自己安置在什么地方。

外面的街景都是以前看熟了的,现在看上去,却有些陌生似的。鲜艳的霓虹灯嵌在高大建筑物的轮廓边上,在下面只能看见那些五彩缤纷闪闪烁烁的光束,现在在高处却发现那些美丽的光束背后生了锈的钢筋柱,施工时丢在楼顶的废弃垃圾;还有谁家在楼顶上侍弄的一小块蔬菜地,稀稀拉拉地在寒风中瑟缩着。这些东西站在地面上根本是看不见的,现在却全都一览无余地暴露在视野之内。

马路上的汽车就像是被出了故障的遥控器控制着的一大堆儿童玩具,因为接触不良和不时地短路,总是踟蹰向前,走走停停。一群人不知因为什么事围在一起,黑压压一大片,忽然又一下子散开了。大概是什么人被摩托车撞着了,或许撞人的人早已逃得无影无踪了,只留下那个倒霉蛋弯着腰伏在地上一声声地呻吟着。要不然就是哪个泼皮无赖小流氓买了东西不给钱,被小老板追了上来,于是两个人拉拉扯扯地纠缠在一起。当然,也可能这两种情况都不是,只是哪个无证商贩在那里叫卖便宜东西。要是在平时,这样的事情肯定不会引起何小遇的兴趣,可现在,她竟然在高处饶有兴致地观察着，猜测着。

右腹的伤口又开始隐隐作痛。何小遇伸出手捂住伤口，叹了口气，离开了窗口。何小遇发现，疾病和死亡总是在人们最没有防备的时候降临到身上。或许，在你傍晚悠闲散步的时候，疾病就悄悄躲在你的背后；在你弯腰系鞋带的时候，它已经跳到了你的肩膀上；而当你独自发愣、沉思默想的时候，病痛和死亡或许已经悄无声息地穿越无形的空气，通过你宁静的双眼悄悄潜入你的身体。因此，在强大而凶悍的疾病而前，人们能做的大概只有静静地忍耐与等候。

同病房的两个老太太又开始嘀嘀咕咕地拉起了家常，抱怨这里的医疗技术差，服务态度不好。昨天两个人还因为开门关窗的事闹红了脸，现在一谈起医院，又建立起了统一战线。那个做胆结石手术的老太太早已经退休了，据说现在正被一家公司返聘回去继续发挥余热。老太太的身材保养得不错，虽然已经老迈了，却并没怎么过分发福。人也收拾得干净利落，即便是在住院，也每天花红柳绿地打扮着。医生来换药的时候，脸上便抽着媚笑，说，我是既想见到你，又怕见到你。年轻的值班医生低着头有些尴尬地微笑着，脸上却无来由地升起一团红晕。

何小遇听见她对邻床的胖老太介绍说，自己是市老年时装表演队的模特儿，前几天还在舞台上走着猫步呢。你看现在，已经躺在医院里了。

胖老太也附和地感叹起来，人活着真是没有多大意思，谁知道什么时候就会发生点什么事情呢？自己当初刚住进来的时候也是能动能舞的，上五层楼能一口气爬到顶。只因为脸色发黄被诊出毛病，谁知这一做手术便做坏了。先是腹腔积水，只好住下来继续治疗。可治着治着，竟然治出了糖尿病，现在据说连肝脏也出了问题。

看着胖老太床头上挂着的输血瓶，模特老太便安慰她，会好的，病是三分治七分养，把心放宽些，什么都会好的。胖老太听了，便叹了口气，说哪里能养病，就是治好病出院了，也能给再气出毛病来。于是，便絮絮叨叨地诉说起自己的烦心事。

胖老太的丈夫从前在地质队工作，年轻时就天南地北地跑，大半年回不了一趟家。因为平时总是聚少离多，倒也没觉着有什么不对的地方。没想到好不容易等到调回来了，却发现丈夫对自己的感情早已经变得十分淡漠。现在，两人虽然还是住在同一个屋檐下，丈夫却有事没事总喜欢往外面跑。

丈夫以前差不多都是在野外工作、生活，早已养成了无拘无束的个性。现在在单位却是一天到晚坐在办公室里，自然憋屈得难受。与单位领导的关系也没有处好，总是疙疙瘩瘩地不顺心。但是这些烦心事丈夫却从不在家里说，总是一下班就不见了人影。就是偶尔在家里待着，人也显得有些恍惚，根本就坐不住。

胖老太开始时还怀疑丈夫是不是有什么事瞒着自己，或者竟是有了外遇？也曾经偷偷跟踪过几次，但却一无所获。胖老太发现，丈夫其实只是在外面闲逛。站在马路边看别人下棋，要不就是在大街上无所事事地四处乱转。就是到了该吃晚饭的时间也不回家，只是随便在路边吃点东西。

马路边摆的地摊大都简陋而肮脏。一副带炭火的馄饨挑子，再配上一张方桌和几只矮脚凳，就可以开张了。因为害怕城管会过来检查，这样的馄饨挑子只有在下班之后，才会趁着夜色悄悄地摆出来。卖馄饨的多是外地来城里打工的民工或者是生活困难的下岗职工。大都是上了年岁的中年女人，却残存着些姿色，看起来倒也收拾得干净利落。胸前围着一块看不出原来颜色的脏围裙，站在热腾腾的馄饨锅后面，对着路边的行人，露出一脸含糊而暧昧的微笑。

胖老太站在远处悄悄地看丈夫吃馄饨。丈夫坐在一只肮脏的四脚凳上，低着头认真地吃着。刚出锅的馄饨太热，咬一口就被烫着了，丈夫却并没有要停下来的意思，依旧急火火地吃着。一边呼噜呼噜地喝着汤，一边伸出手背去抹嘴角溢出来的汤汁和额头上渗出的细细的汗水。胖老太侧着耳朵倾听着丈夫吃东西时发出的喷喷有味的咀嚼声，心不由慢慢变得柔和起来，忽然感觉有点心疼丈夫。

胖老太转身回家，做好了可口的饭菜。等丈夫回来之后，便满面笑容地迎上去，说，饿坏了吧？赶紧洗手吃饭吧。见丈夫不吭声，胖老太停了停，又问，下班之后做什么呢？怎么这么晚才回来？

对胖老太的关心，丈夫却只是冷着脸，半天没有一句话。要是胖老太问得急了，便说，我做什么关你什么事？见丈夫如此不通情理，胖老太的脾气不由也大了许多，两个人终于吵了起来。

这样的架两个人吵过无数次，但却毫无效果。下一次，丈夫依旧宁愿在外面闲逛，在地摊上吃不干不净的饮食，也不回家。胖老太开始时也哭闹过，但根本就没有用。渐渐的心也慢慢冷了，权当他还像从前似的，是在外地工作。

家里的事丈夫从来都是不闻不问，一双儿女都是胖老太一个人带大的。儿子学习不好，从小就不听她的话。高中毕业后没有考上大学，不肯好好去找个工作，却是一门心思想要做生意发大财。胖老太当然知道做生意的风险大，可到底还是心疼儿子。便悄悄拿出点私房钱，让他去批发些杂货。先做点小本生意，也算是给儿子练练身手。本来要是能吃苦、认真做的话，肯定是能保本的，甚至还能有些微利。谁知儿子拿到钱便不见了人影，直到半个月之后把钱全花光了，这才回家。但是那钱到底是怎么花掉的，却是无论如何也问不出来的。

胖老太虽然生气，可也知道儿子的心大，根本就瞧不上这小本买卖。于是，便咬咬牙在大商场里给儿子租了节柜台卖皮货。赚当然是能赚些的，可那点赚头还不够他挥霍的。出门要打车，吃饭要到高档的星级饭店，光身上的那套西服据说就花掉了好几万。过春节的时候，儿子在一家五星级酒店包了一个星期的豪华套房，硬要父母也住进去尝尝新鲜。胖老太开始时还挺高兴，觉着儿子懂事、孝顺。可在里头只住了一个晚上，一听说价钱便怎么也不愿意再住下去了。

一谈到儿子的派头，胖老太虽然连连叹着气，却也忍不住有些炫耀似的。但是那个不争气的儿子长得帅呀！从小就聪明、机灵，口才好，谁见了谁夸他是棵好苗子，可就是心野、不正干。

偏偏儿媳妇却服他。以前因为儿媳妇的老家在乡下，又没有什么正经工作，胖老太就一直不同意这门婚事。可是，她根本就做不了儿子的主。儿子谈恋爱的时候，就把女孩带到家里来住。女孩长相俊俏漂亮，手脚麻利，嘴巴又甜，对胖老太和丈夫就跟是自己的亲生父母似的，爸爸、妈妈一声声地叫着。而且，又怀着孕。胖老太虽然满心的不高兴，但一想到很快就能抱到孙子，便也就勉强同意了。谁知两个人结婚之后，儿媳妇根本就管不住丈夫。儿子比从前闹腾得更加厉害了。

儿媳妇在乡下老家的父母又都是那种不明事理的人，总是隔三岔五地找借口过来借钱。借的数目倒也不大，但是日积月累的，也不是个小数目。碍着儿媳妇的情面，从没有驳过他们的面子。可借出去的钱就跟肉包子打狗一样，胖老太在医院都住了大半年了，他们竟然都没来看望过。倒是女儿孝顺，成天吃住在医院里，里里外外侍候着。打饭洗涮，帮着抓痒，夜里挂水的时候还要来来回回地喊医生，扶着上厕所，连个囫囵觉都睡不成。

模特老太便问胖老太，女儿做什么工作呢？这样侍候你，可不要耽误工作吗？

谁知这一问，却又触到了胖老太的痛处。胖老太不由又叹了口气，说，都怪我呢。

当初胖老太一个人忙里忙外的，根本就顾不上管孩子的学习。女儿初中毕业的时候没考上普通高中，被录取在一所职业中专的财会班。谁知这丫头心气高，根本就不愿意去，说是要自己到外面闯天下。

外面的天下哪里是容易闯的？她一个还没有成人的黄毛丫头，我哪里敢放她出去？被我连哄带骂的，总算是勉强劝去上学了。谁知她竟跟我玩起了鬼花招，早上背着书包说是去上学，其实是偷偷在外面找了份工作，在一家商场站柜台。要不是邻居看见了告诉我，我还一直蒙在鼓里呢。

知道事情弄穿了帮，女儿吓得在同学家住了半个多月不敢回来。胖老太因为那所学校的教学质量差，虽然生气女儿自作主张，却也没怎么太追究这件事，倒是让她在外面一直胡混到现在。

一谈到儿女们的不争气，模特老太显然也有知遇之感。便劝胖老太想开些，儿女自有儿女的福。反正呢，自己也有退休金，也不指靠儿女养老。等病养好了，好好给女儿找个好人家嫁出去。

胖老太的女儿看起来有二十出头的模样。这会儿正睡在躺椅上闭着眼，无动于衷地面对着别人的议论，也看不出是不是真的睡着了。

女孩的身材不错，长相也还算整齐。虽然只有初中毕业，做起事来却十分麻利、能干。夜里胖老太的刀口出血的时候，女孩忙而不乱，一边按铃喊医生，一边自己先用纱布给胖老太止血。值班的实习医生一看见流了这么多血，竟吓得有些不知所措。倒是女孩看起来十分镇静，在一边推了他一把，恨道，还不快点给主任打电话！实习医生听了，这才掉转头往回跑。

自从胖老太住院之后，女孩便在病房里侍候着，一副天不怕地不怕的模样，就连对年过半百的外科主任都敢直呼其名。如今，虽说医院里各式各样的问题一大堆，表面上却在搞优质服务，做官样文章。要是有病人给哪个医生提意见，那是要扣奖金的。因此，病区里的医生多少都有些怕她。

何小遇私下里曾猜测女孩在外面胡混的时候大概是坐台的，但看着似乎又不像。因为女孩出门的时候还要向胖老太伸手要钱，而且穿着也不讲究，并不怎么像是个有些积蓄的坐台小姐。这样的女孩虽然能干，却与两个老太太眼中好女孩的标准相去甚远。能嫁个什么样的好人家呢？这样的希望肯定十分渺茫吧？大概模特老太自己也有些觉着这样的劝慰太不着边际，而且劝着劝着倒勾起了自己的伤心事，便也不再多说什么了。

何小遇从不参与她们的谈话，除了必要的问候，总是一声不吭地待在一边。每天上午打完点滴、换完药之后，便躺在床上一动不动地发呆。她简直有些弄不明白，胖老太为什么这么喜欢说话？虽然伤口还在出着血，却依旧不依不饶、不停地说着。一边说，一边把手伸在被子外面打着手势。医生来查房的时候，劝她少说话多养神，这样对身体恢复有帮助。胖老太听了，这才闭上了嘴。可没过多久，又忍不住像刚才那样唠叨起来。

何小遇猜想，大概只有不停地说话才能让胖老太有一种不确定的生存感吧？丈夫早已成了陌生人，儿女们也已经指靠不上了，自己的身体又成了这样，今后的日子该怎么过呢？为了不去考虑这些烦心事，不被即将到来的危机所击垮，把它们原原本本地说出来，倒也不失为一种不错的排解方式。而且，说不定这样不停地说话，才能让她觉得自己是真的活着也未可知。

何小遇刚到报社的时候，是在校对室上班。那时，新分到报社的大学生，除非是有来头的，一般都像过堂似的要在校对室里待一段时间。目的就是要杀杀他们的傲气，让他们学会知深浅、看眼色。

校对室的女人们也和病房里的两个老太太一样，有些阴暗和刻薄。校对在报社里的地位是最低的，有时甚至连勤杂工都不如。因为勤杂工属于办公室直接领导，常常可以在私下里得到些外人不知道的好处。而校对则是归出版部管，出版部的女主任对她们从来都没有好声气。

校对室设在楼梯拐角处的房间里，狭小而阴暗，大白天也要开着灯。因为紧挨着厕所，气味大，因此门一天到晚总是关着的，只在墙上挖了个半米见方的窗口，以便进进出出递东西。在上午的大部分时间里，几个校对总是无所事事地坐在屋子里，等着电脑房的人把打好的条样或是大样递进来。

电脑房的打字员都是招聘的临时工，地位比校对还要低一些，因此，少不了要受欺负。她们平时总是龟缩在屋子里不出门，到校对室送东西的时候，几乎连眼皮都不抬一下。有一次，何小遇偶然闯进电脑房，坐成一长溜的打字员一起在电脑前抬起头，有些惊讶地看着她，旋即又一声不吭地低下头，继续噼里啪啦地在键盘上敲击起来。

几个校对都是女人，虽然可以在几个小时里无事可做，但相互之间却连一句家常话都不肯聊。除了看稿子，她们总是呆坐在自己的座位前打毛线、吃瓜子，双眼空洞地瞪着远处。虽然一言不发，却不愿意看任何东西。长期的校对工作早已让她们反感任何带文字的书或者是报纸、杂志之类的东西。

何小遇的工作就是给她们念稿子，然后由校对把条样里的错别字和错误的标点符号标出来。稿子差不多都是手写的，各式各样的字体一律写在浅绿色的方格纸上。有的端正而幼稚，就像是小学生写的家庭作业；有的则显得秀丽好看一些。但大多数稿件都潦草得像一团乱麻，需要仔细辨认才能看出到底写的是什么。里面的内容也大都无聊透顶，有时一件十分简单的事，却偏要远兜近转地说上一大堆废话，不仅念起来拗口，就是看着也十分吃力。

何小遇开始的时候还有些不明白，抱怨这些人写稿子怎么跟绕口令似的。校对们便解释说，记者都是按字数拿稿费，稿子写得长拿的钱自然就会多一些。何小遇这才恍然大悟，哦了一声，点点头，低着头继续念稿子。校对们也低着头，何小遇常常看不出她们是不是真的在听。这时候，她常常会有一种对着牲口说话的感觉。等念完了，便会停下来看她们修改里头的错别字，悄悄地打量着。

有一个校对的体重大概已经超过了二百斤，坐在圆凳上常常只能看见她的屁股却见不到凳子。听别人说，她年轻的时候不仅不胖，还颇有几分姿色。念完稿子无所事事地呆坐在一边的何小遇常常会忍不住猜想，她到底是怎么胖起来的呢？是因为总是坐着的缘故，还是仅仅只是因为愤怒？

何小遇很快便发现，胖子和另一个年轻女校对的关系不好。而年轻的女校对又与校对室的负责人周丽，那个总是伺机要与编辑们讨论一下原稿是否存在错误的女人有矛盾。她们都知道何小遇只是临时来这里帮忙的，早晚会离开。因此，总是在她面前说别人的坏话。

何小遇是局外人，可以置身于外，当然不会拿这些话在她们中间传来传去。而且，她又是初来乍到，就是想跟别人说，也没有可以倾听的对象。因此，很快变成了她们的情感垃圾筒。有时，何小遇甚至发觉自己不知什么时候已经变成了一只扎上了口的布口袋。女人们把愤恨与不满倾泻在里头，可她却没有地方把那些东西倒出去。

等稿子校对完之后，年轻的女校对这才抬起头，对着何小遇笑了笑。忽然又收住笑，淡淡地说，那个女人懂什么呢？以前只是个纺织厂幼儿园的阿姨，不知道通过什么关系，好不容易才拼到这里，现在又整天在领导面前显摆，显示她的水平有多高。

虽然女校对没有明说，何小遇也知道她说的是校对室的负责人周丽。女校对一边不屑地摇着头，一边从包里掏出只化妆盒，对着镜子抹起口红。等补完了妆，这才"啪"的一声合上化妆盒，说，这里就是些不上路子的人才吃得开，说不定什么时候那女人真能到编辑部做编辑去。谁知道呢？

见女校对这么一副耿耿于怀的样子，何小遇便跟她开玩笑，说，你长得这么漂亮，为什么不努力一下，也争取到编辑部去上班？

女校对听了，"哧"的一下笑出了声，说，像那个女人那样？她还不知道别人背后怎么讥笑她呢。

女校对扭着脖子，伸出手慢条斯理地理了理头发，说，我喜欢做校对呢。从稿子里把错别字找出来有点像是在给别人挑刺，很舒服、很过瘾的感觉。还有那些句号、逗号、感叹号，飘着油墨味道的大大小小的纸样，我其实挺喜欢它们的。再说，做编辑又有什么好呢？也就是名声好听些，每个月的奖金其实并不比我们多多少，还不如做校对自由，哪值得费那事？

何小遇见她说得有理，也分不清到底是不是真心话。下一次，等到何小遇给胖子念原稿的时候，胖子又会把女校对的老底给抖搂了出来。

胖子说，她有什么资格到这儿做校对？高中还没有念完，读张报纸都磕磕绊绊的，就这水平还能找出报纸里的错别字？又是在城南城墙根的老屋里长大的，从小就知道怎么跟人耍奸使坏玩心眼。在没结婚之前，不知跟多少男人睡过。单位里每年整改都要堕一次胎，据说都没人能说得清到底是谁的种。就仗着年轻，脸蛋子漂亮些，才没给整改出去。可现在也不行了，眼见着一天天地老了。难怪整天描眉画眼的，再不用粉盖住，那张脸就跟粪坑差不多了。

虽然说的是别人，但是女人容颜易老的道理还是让胖子忍不住生出几分感慨。胖子一边用红水笔把错别字标出来，一边摇头叹息道：在这个世界上，没有什么东西是靠得住的。周丽以为靠拍马屁，显示自己有能力，就能有朝一日去做编辑。那个女人以为凭着脸蛋子漂亮些，就能吃得开。没用的，这些全都没用！因为拍马屁不可能每个人都拍到，而且还不一定拍到点子上。只要一步没拍好，就可能前功尽弃。而女人总是会老的，不会一辈子漂亮，也不可能一辈子靠脸蛋吃饭。所以归根到底一句话：没用！

　　那时候何小遇还很年轻，虽然也受到过许多打击，可到底没经历过太多的事情，什么事都愿意相信好的一面。这也没用，那也没用，那么这个世界上到底什么东西有用呢？

　　何小遇虽然也觉着周丽有些矫情，为原稿上的一两个错别字，恨不得闹得整栋楼的人都知道，总有些小题大做。因为她即便不改过来，那也是编辑的责任，与校对没什么关系。但是，可能周丽本来就是个认真的人吧？或许她真的认为那些错别字十分重要也未可知。要是让错别字出现在第二天的报纸上，就不仅是哪一个人的责任了，而是影响到整张报纸的声誉。从这个角度看，周丽的敬业精神总是让人无话可说的。还有那个年轻的女校对，何小遇发觉她虽然已经结婚生过孩子，但体形依旧十分漂亮。何小遇有时甚至觉得，胖子对女校对的不满大概多半是因为嫉妒的缘故吧？

　　周丽虽然从不说自己手下的几个人的坏话，但偶尔心情不好的时候，议论起编辑部的人，却是一点情面也不留的。

　　有一次，周丽不知怎么忽然愤愤不平地说，你别看那些人现在一个个志得意满的样子，其实他们每个人的老底我都一清二楚的。你听编辑部主任钱大头的那口月城土话，说得地道吧？但许多人都不知道，他其实根本就是个乡下人。

　　周丽告诉何小遇，钱大头当年在军区司令部做勤务兵的时候，据说是照顾中风的离休老干部。因为乖巧有眼色，瘫痪在床的离休干部十分喜欢他。后来，还把自己的侄女嫁给了钱大头。

　　周丽摇了摇头说，那女人不仅长相难看，身体还有些问题。嫁不出去的女人硬塞给他做老婆，钱大头却当是捡了天大的便宜，因为反正比复员回乡下强。因为有了这层关系，钱大头后来才转业进了报社。先只是普通编辑，后来又做起了编辑部主任。

一说起钱大头的一帆风顺，周丽的脸上便蓄满了不屑。说你别看钱大头每天在编前会上说得头头是道，从哪张报纸发了什么头条、有什么反响，到哪家报社又出台了整改方案，满嘴白沫，口若悬河，就好像这个世界上只有他钱大头才是真正懂办报的。可是，谁也没见他写过什么像样的稿子。倒是因为那个副部长的关系，一直以干部子弟自居。

周丽说着说着，忽然落寞起来。自己就是整天在这样一个人面前不遗余力地表现着，虽然不屑，却要竭力掩饰着，她忽然有点心疼起自己来。周丽站起身，抱着膀子在办公室里走了一圈，这才意识到失言了。

为了掩饰自己的难堪，周丽把脸转向窗户外面，皱着眉头说，糟糕！我今天心情不好，胡说八道了。

周丽转过身来，拍了拍何小遇的肩膀，压低声音说，你就当是什么也没有听见吧，千万别说出去！反正，你过不了多久就该到编辑部上班了。

两个月之后，报社又开始几年一次的双向选择。此时报社领导也进行了调整，钱大头由编辑部主任成为报社总编。周丽多年的努力也终于有了结果，如愿以偿地调到编辑部，做上了记者。

据说，报社当年首次实行职工选领导、领导选职工的双向选择时，还曾经被作为改革的典型经验报道推广过，成为深化改革取得成效的典范。但由于后面的配套措施跟不上，很快便失去了当初的意义。开始的时候，大家心里还忍不住有些嘀咕是否会在双向选择中落聘，那些中层干部也总是惴惴不安地担心自己的乌纱帽。但几次过去之后，大家便有些疲了。反正报社是铁饭碗的单位，怎么着也不会让自己下岗没饭吃吧？而且，编辑部就这么上百号人马，所谓双向选择，只不过是把每个人的工作岗位变换一下，最后大家还是该干什么干什么。反倒是因为这像打摆子似的变来变去，凭空地弄出许多龃龉来。

每到搞双向选择的时候，单位里就会传出各式各样的谣言。有关报社领导的人选，总是会传出无数的版本。几乎每个人都在悄悄考虑自己的出路问题。不时有人在私下里扬言，要趁此机会把什么人掀下马，偶尔也会有人放下架子拉人喝酒聚人气。流言就像是一只只在酒缸里浸泡过的马蜂，锋利而微醺地在人群中穿行。但是，谁也不敢小觑这些流言。因为，即便是最荒唐的流言也有可能会变成现实。

新领导上任之后，照例总要制订出一系列改革方案，恨不得要把过去的一切全都连根拔起，另起炉灶。但是过不了多久，一切又会悄悄恢复到原来的状态。积年的程式开始显示出强大的生命力。就像是一只生命力强健的章鱼，缓慢而坚决地一点点向前拓展着自己的领地。很快，辛勤开垦出来的土地，又会重新变得荒芜一片。

表面上看起来，这幢陈旧的灰色建筑和在里头进进出出的人，就像草一般柔弱无比，任人摆布。但是，其实他们比楼前的那条柏油马路还要坚硬。无论怎样结实灵活的铰链扔在这里，要不了多久，准会被锈蚀得面目全非。而他们的生活，却还像从前一样，生生不息地延续着，恣肆而耐心。

来到编辑部后不久，何小遇便发现，编辑们其实并非像她原先想象的那么趾高气扬，失落与无奈时常出现在他们的脸上。几乎每个人都在抱怨报纸的质量差、地位低，在外面采访的时候甚至常常会遭人歧视。但因为别无选择，这样的抱怨与不满很快便变了味，既像是调侃与玩笑，又像是有几分若有若无的悲壮隐藏在里头似的。

时代早已经发生翻天覆地的变化，报纸却似乎还在靠着惯性，沿袭着过去的老套路。虽然有上头的财政拨款支撑着，不会到关门歇业的地步，但市场份额却越来越小，读者也一天天减少。本来，如果编辑们安贫乐道，倒也能吃上安稳饭。偏偏他们个个都有些心高气盛，也想象那些大报记者们一样在外面拿红包。但那些采访单位自然不是傻瓜，送红包都是指望回报的。

报纸一直靠的是摊派发行，现在的企业又大都不太景气，也不像从前那样有闲钱朝水里扔。因此，发行量连年滑坡，影响也日趋淡薄。就连那些订了报的单位也不拿登在报纸上的文章当回事，编辑们遭冷落自然也是意料之中的了。

在外面连连受挫的记者们不禁怀念起过去的好日子。当初，偌大的月城只有两份报纸，省里有什么重大活动，从没有把他们落下过。有时赶场子跑不过来，人家还会特意派小车来接。记者们遇上点什么事，只要把证件一亮，对方立马变成笑脸。报社的福利自然也是没话说的，逢年过节发的东西几乎吃不完，那些用实物冲抵的广告，甚至不需要他们到粮店去买米买面。

编辑部里最热衷这个话题的是坐在何小遇对面的女编辑。一谈起从前，女编辑的眼睛里便落满薄薄的雾翳。那时候的日子真让人留恋啊！年轻、勇敢，充满着朝气，就连失败与痛苦也是让人回味无穷的。一篇文章刊登出来之后，就能引来一大批读者来信。读者们忍不住大声叫好，或者是争论不休，为文章里的人和事担忧。这一切，总是令他们既感动又骄傲。那时候，报社的人员虽然比现在少，但办出的报纸却质量高，有品位，受到读者的一致欢迎。只是没想到当年那么红火热闹，这才过去多久，竟然沦落成现在这副模样。

何小遇低着头，一边用毛笔清稿子，一边猜想着那让他们如此留恋的好时光到底是什么样子呢。女编辑和从前那些据说能写出惊天动地的好文章和编出叫得响的专栏的人，现在差不多都还在报社里闲混着。钱大头从前写过什么何小遇没有读过，现在却早已经不见他动笔了。女编辑除了心高气盛之外，似乎也没有发觉有什么与别人不一样的地方。而且，他们虽然总是在牢骚满腹地抱怨着，却也不见有谁真的动过离开这里的念头。

报社纵然有一千条一万条的不是，可毕竟还是铁饭碗。离开这里另闯生路的打算不是没有，却都是经不起推敲的。现在不少报社都是只招聘合同工，全指靠各人的工作量吃饭。自己毕竟一大把年纪了，要是还和那些刚毕业不久的毛头小伙子一起打拼，不仅不甘心，也是有些不屑的。而且，就是自己真的塌下面子愿意屈就，人家也不一定愿意要。跟别人真刀真枪地对阵，自己也未必能占到什么优势。

要是改行吧，也不行。差一点的单位自己瞧不上，那些好单位呢，又不是想进就能进得去的。自己的文化水平低，虽说后来也拿了个进修的大学学历。可据说那文凭只在本系统有用，出了这个门就不作数了。于是，只好依旧别别扭扭地留在这里。只是，人却一天天变得眼高手低、牢骚满腹起来。

何小遇常常会忍不住有些奇怪，同样一个人，既然从前才华横溢，怎么现在就变成狗屎一堆了呢？可见，这些人的牢骚话也不一定可信。那么，报纸像现在这样一蹶不振到底是什么原因造成的呢？每个人的牢骚听起来似乎都有些道理，但仔细推敲一下，却发现又都不是主要原因。何小遇因为没有经历过这样反差强烈的两个阶段，便也懒得追究其中的原委。

但是何小遇在单位里的处境却忽然变得有点不顺当起来。她始终有些弄不明白，自己是初来乍到，整天循规蹈矩地夹着尾巴做人，又没有得罪过谁，为什么钱大头偏偏要为难自己呢？

到编辑部上班之后，钱大头先是把何小遇一晾一个多月不管不问，也不安排具体工作，甚至连她的办公桌也被有意无意地忘掉了。何小遇催问过几次，回答说马上就给安排。只是嘴上虽然答应了，却一连许多天不见动静。上班的时候，何小遇就像是个多余的人，只能在上夜班的人的办公桌前坐一会儿，实在不行，就在别人的桌子旁放把椅子，低着头看当天出的报纸。

何小遇自然有些着急，主动跑到钱大头的办公室里，要求给自己安排工作。钱大头大半天才从一大堆文件中抬起头来，却不谈她工作的事，倒远兜近转地说起办报纸到底需要什么样的人才，具备什么样的水平？想当初他在部队的时候，单位里的那张报纸差不多是他一个人撑起来的。现在，又在这里干了这么多年，对相关经验的积累几乎无人能及。所以，钱大头最后总结说，如何办报，办什么样的报，只有像我这样的人才有资格谈。

何小遇站在那里，不明白钱大头为什么要对她说这些。听钱大头那意思，倒像是何小遇对他的办报能力有什么怀疑似的。可何小遇连话都没跟他说过几句，怎么倒让他有了这种印象？再说钱大头是否有能力，跟她一个初来乍到、刚参加工作的大学毕业生又有什么关系呢？

何小遇忽然意识到这中间大概是出了点什么差错。可是，到底是什么差错呢？何小遇想解释一下，却发觉这样的误会根本就是无法解释的。要是说得多了，说不定钱大头更要怀疑她了。于是，只好继续沉默着。可是，这样的沉默在这时候看起来却有些像是固执己见或是不屑一顾之类的。

何小遇站在那里，猛然间想起以前在校对室的时候曾经听周丽说过，钱大头曾经是一名勤务兵，也不知到底是真是假。勤务兵与一名报社总编之间的差距实在太大了，何小遇禁不住有些好奇起来，问道，您以前就是办报纸的吗？

没想到这么一句普通平常的搭讪，不知怎么却像是一下子触到了钱大头的痛处。何小遇看见钱大头就像是凭空忽然挨了什么人一巴掌，脸色陡然间变得阴沉起来。何小遇虽然意识到自己大概是闯了祸，却不知道到底闯的是什么祸，也不敢多问，赶紧喏喏地打了声招呼，退了出来。

回到办公室之后，何小遇后悔得差点去咬自己的舌头。怎么问了那么一句话呢？倒像是她真的怀疑钱大头的能力似的。可是，钱大头的反应实在是太奇怪了。何小遇真有些弄不明白，他为什么会这样呢？有关钱大头的情况，何小遇都是以前在校对室听周丽说的。莫非是周丽把那些话又张冠李戴地告诉了钱大头？可是，即便真是这样，钱大头也不应该相信她呀。他应该能想象得出，何小遇一个初来乍到的黄毛丫头，怎么敢如此胆大妄为？

见何小遇一副闷闷不乐的样子，女编辑知道她一定是在钱大头那里碰了壁，便在一旁安慰她。可说着说着忽然又体己地笑了笑，说，你应该学会讨男人喜欢才行。你还这么年轻，今后的路长着呢，没有必要把自己放在大家的对立面。

何小遇抬起头，想说什么，却到底什么也没有说。

女编辑的话让何小遇感觉十分困惑。她把自己放在大家的对立面了吗？这么说，自己什么事都还没有做，倒是先把人给得罪了？可是，她又是怎么得罪大家的呢？何小遇皱着眉头想了半天也没有想明白。不过，何小遇觉得女编辑有一点倒是说对了，她确实不讨人喜欢。

何小遇从小是由母亲和姐姐一起带大的。那时候，母亲总是在忙着些她根本就不懂的事。姐姐的年龄比何小遇大了七八岁，因此什么事都不把她放在眼里。何小遇还是个拖鼻涕的小姑娘的时候，姐姐就已经长大成人，可以与母亲分享秘密了。在家里，何小遇总能见到母亲和姐姐在一起嘀嘀咕咕地商量着什么事，等到她一出现，她们便什么也不说了。有时，何小遇会好奇地问，你们在说什么呢？母亲和姐姐总是说没什么，什么也没有说。要不就说，你是小孩子懂什么？不该问的不要乱问。

那时候，母亲和姐姐整天都在忙着些何小遇不知道的事，根本就顾不上管她。何小遇当然也不需要花费心思讨她们喜欢。而且，她发现，讨她们喜欢实在是一件十分困难的事。她们几乎对她所有的事都漠不关心，甚至何小遇想用好成绩来讨好她们也没有用。因为成绩的好坏在她们眼里几乎毫无价值。但要是何小遇在学校出了什么差错，传到她们的耳朵里，却少不了要挨巴掌的。这当然不是她们认为那些事有多么重要，而是因为她给她们惹了麻烦，打她就是要让她长点记性。

那时候，何小遇整日都生活在伤心失望之中，不明白自己为什么总是会受到所有人的冷落。要是何小遇在新学期开始或者逢年过节时不想穿姐姐穿小了的旧衣服，或者学校里交学费的时候不愿意因为迟迟不交而让老师每天点自己的名。这样的时候，何小遇就是跟母亲讨好耍嗔也是没有用的，倒是撒泼使性子反倒能给自己争取到想要的东西。

何小遇坐在泥地上，因为失望透顶而凶狠地哭泣着，悠长的抽泣声就像是风箱里的一小股风，常常挣得胸口一阵阵地痛。母亲和姐姐却在饭桌上绷着脸，毫无怜悯地坐在一边。每当这时，何小遇总是怀疑自己是不是母亲亲生的，或许自己当初只是她们在哪里捡来的弃婴也说不定。这样的念头深深地刺痛了她，何小遇哭得更伤心了。

那时候，何小遇曾经悄悄计划过离家出走，只是不知道该到哪里去，这才作罢。她甚至还曾想到过去死。但是，要怎样才能死掉呢？

何小遇知道许多种有关自杀的办法，那都是从电影里学来的。悲痛欲绝的女人在深夜里把绳子挂在房梁上，打一个活结，然后把头伸进去，再把脚下的凳子踢翻，于是生命很快便无声无息地消失了。或者，不知从哪里悄悄拿出一只装满毒药的瓶子。那些下决心去死的女人们哭着、笑着或者冷着脸，把那些不知道到底是安眠药还是别的什么稀奇古怪的东西，一粒粒地吃掉，或者一口气喝下去。猛然间，那些毒药便开始发挥出毒性，于是女人捂着肚子痛苦地倒在地上。

有关死亡，电影总是到这里便戛然而止。但是，何小遇却怎么也弄不明白，那些女人是怎么做到人不知鬼不觉地上吊自杀，又是怎么把那些毒药弄到手的呢？

正当她一筹莫展的时候，住在何小遇家隔壁的一个电工忽然意外地触电身亡。平时，何小遇总能见到那个人背着电工包爬高上梯的。不知用什么东西在电线上打出一串串漂亮的电火花，一副怡然自得的样子，总是让她十分羡慕。那时候，何小遇常常怀疑那个人的身上大概也是带电的。要不然，他怎么会不害怕呢？既然身上带电，当然就不会有什么危险了。

没想到有一天，那人却意外地出了事。等到被发现的时候，人早已经气绝身亡。何小遇曾经偶然撞见过那人死的时候的样子。看起来跟平时几乎没有什么两样，眼睛半闭着，就像是正在似睡非睡地打着盹。只是嘴角流了点血，有点像是不小心咬破了嘴唇时留下的。谁也说不清那到底是自杀，还是仅仅是一次意外？这越发给电工的死亡蒙上了一层神秘的色彩。

　　既然电工可以神不知鬼不觉地死掉，何小遇觉得自己也应该能做到。但是，何小遇不想让自己死在众人面前，她想在某个不为人知的角落里悄悄地死去。经过仔细观察，何小遇选择了一处废弃已久的防震棚。那防震棚还是以前闹地震的时候留下的，现在虽然早已经破败不堪、无人居住了，但电线却还完好无损地留在里头。何小遇拉了一下墙角的电灯开关，发现里面的灯竟然还是亮着的。

　　下一次，等到何小遇在学校惹了祸又被母亲痛打一顿之后，便悄悄来到防震棚里。因为久无人住，防震棚的墙皮早已经脱落了，棚顶上不少地方也通天望亮的，不过棚顶的电线却依旧整整齐齐地裸露在外面。但是那电线相对于何小遇的身材来说，实在是太高了。她找了个凳子站在上面。

　　现在，那根电线就在何小遇面前不到半尺远的地方，伸手可触。她的心忍不住怦怦怦地跳着，眼睛也变得模糊起来。何小遇哽咽地看着面前那根表皮毛毛糙糙的电线，胸口窝又开始一阵阵地刺痛起来，就像是有无数根细小的针，一下下扎在那里。何小遇又想起平日里受过的委屈和那些数不清的伤心事，一桩桩一件件，忽然一下子变得清晰无比、硕大无朋。它们在防震棚里迅速生长，四处游荡，何小遇觉得自己在一瞬间便被它们挤压成了一张薄薄的纸片。

　　现在，只要她把自己的手伸到这根电线上，一切就可以结束了。几分钟之前，母亲的巴掌就重重地落在她的后脑勺上，现在那个地方依然火辣辣地痛，就像是有无数只蚂蚁聚集在那里。何小遇一点也不明白，她该怎样做才能让母亲和姐姐高兴呢？在她们眼里，自己总是一无是处。肮脏、笨拙，又懒又馋。这样的脏和懒，常常让何小遇感觉羞愧无比，她憎恨它们。但是，她发觉根本就做不了自己的主，只能绝望而无助地看着它们。

　　冬天的时候，何小遇时常会感冒、咳嗽。因为持续地发低烧，脸蛋总是红扑扑的，人也显得有些神思恍惚。开始的时候，母亲还有些紧张，连忙带她到医院去看。医生说只是受了些风寒，轻描淡写地开了点药。但是何小遇一点也不喜欢吃药，常常会趁母亲不注意的时候，把那些药悄悄地扔掉。因此，她的病总是时好时坏的。

时间一长，连母亲都会觉得有些厌倦。反正也不是什么大不了的毛病，又没到躺在床上爬不起来的地步。因此，何小遇的感冒很快便成了一种类似于习惯一样的东西。那些总也流不完的鼻涕，似乎变成了她身体的一部分。有时，母亲和姐姐还会就此开玩笑，说那是她的脑子流出来了。

何小遇并没有意识到，天气冷和身上的衣服过于单薄才是她的感冒发烧、咳嗽打喷嚏总也好不了的原因。何小遇虽然不明就里，但却十分讨厌自己脸上总是挂着的清鼻涕，还有手上的冻疮。因为红肿和溃烂，她的双手变得十分难看，时常出水起痂，有时甚至会绵延整个四季。在她的记忆中，自己的手指总是肿得像胡萝卜一样，夜里经常会因为痒痛而从梦中惊醒。每当这时，何小遇总是会觉得母亲和姐姐不喜欢她是完全有理由的。不仅是母亲和姐姐，连何小遇也十分讨厌自己。

何小遇知道，无论自己怎样努力都不会让她们满意的。一想到这种毫无指望的日子还将会遥遥无期地延续下去，她终于绝望地哭了起来。何小遇哭了一会儿，觉得心里不像刚才那么堵得慌了。有一瞬间，她甚至忘记自己打算自杀这件事。但是，面前的那根粗糙的电线却忽然一下子变得亲切起来。何小遇终于犹犹豫豫地伸出了手。

何小遇闭上眼睛，看见自己的手掌在电线上打出一串漂亮的电火花，就像那个死去的电工曾经做过的一样。何小遇以为，她也会像那个电工似的，从凳子上摔下去，蜷缩在地上悄悄地死去。在很长时间里，没有人知道她已经死了，也没有人知道她死在了这里。

直到有一天，才会被偶然闯进来的某个人发现。这样的想象让她的心里说不清是忧伤还是喜悦。但是当何小遇睁开眼睛的时候，却发现自己依然活着站在那里。

何小遇惊讶地看着那根老化的电线，忍不住又握了一下。电线在手掌心里就像是个活物，她能感觉到隔着层绝缘皮，里面有什么东西活着。那东西就像是一只正在熟睡的野兽，可以听见它的喘息声和刚醒来时慵懒的哈欠。她侧着耳朵倾听了一会儿，拼命地揉捏着电线皮，本能地想靠近它，但却只能隔着层盔甲样的东西，眼睁睁地看着它磨磨蹭蹭、懒懒散散地远去了。

自从这次无人知晓的自杀行为发生之后，何小遇就像是换了一个人。后来，她再也没有尝试过去讨好母亲和姐姐。等到她再也不需要刻意讨好别人的时候，竟然意外地获得了自由。

何小遇发现，只要她不闯祸，就可以像个隐身人一样活着，就是在人群中也像是穿行在无人之境。因为很少说话，何小遇的脸总是绷着的。时间一长，脸上的表情便显得有点木，人看起来也有些呆笨。这样的孩子自然不讨大人们喜欢。学校的老师几乎从不注意她，班上的同学似乎也有意无意地把她给忘记了。

大家在一起吵吵闹闹的时候，何小遇总是一声不吭地坐在一边。她的沉默在他们看来多少有几分怪异，这让她小小年纪便显得很有城府，隐藏着某种不为人知的心计似的。于是，他们总是本能地排斥她。有人担心何小遇会把他们的胡闹报告给老师，自然拒绝她参加他们的任何活动。等到发现她不会这么做的时候，他们仍旧拒绝她。因为，这时的何小遇在他们眼中已经变成了一个十足的笨蛋，根本就不配跟他们玩。

除了偶尔与母亲和姐姐说几句话，几乎很少有人主动搭理何小遇。开始的时候她还有些不习惯，但很快便习以为常了。何小遇每天背着书包上学，偶尔在路上停下来看商贩卖东西，看男生们打架。

在教室里，何小遇认真听课，坐在凳子上可以整节课都一动不动。因为没有别的事情可做，她的作业本上的字总是写得整整齐齐的，连每一个标点符号都按照书上印刷体的样式认真地描过。

但是，何小遇的学习成绩虽然不错，却也没有到出类拔萃的程度。偶尔会有老师用欣赏的目光看着她，但很快便把她忘到了一边。别的学习成绩好的同学大都会被评为三好学生，或者是做班干部、小组长之类的，她却从没有享受过这样的荣誉，甚至连红领巾都没有戴上。几乎所有人都认为何小遇是那种有些问题的学生，虽然谁也说不清楚她的问题到底出在哪里？但是有问题却是确定无疑的。因此，遭人冷落自然是意料之中的事，就连何小遇自己也没有觉得这一切有什么不应该的。

每天放学之后，何小遇总是独自躲在角落里写家庭作业，等作业做完了，便远远地看着母亲和姐姐忙碌着。何小遇一点也不知道她们为什么总是这样忙，而且，到底在忙些什么呢？这是她永远也弄不明白的事情。但是，她却从来都没有问过。因为就是问了，她们也不会告诉她的。

无事可做的时候，何小遇便在屋子里不出声地独自玩一会儿。在书桌前呆坐着，回想白天在学校里发生的事。虽然那些事没有一件是与自己有关的，但要把它们前前后后都想清楚，也是一件十分麻烦的事情。

等到把这件事做完之后，何小遇便到院子里仰着脸看傍晚时天上的浮云。她发现，那些浮云的形状总是各式各样变化万千的，刚才看起来还像一群正在草原上奔腾的骏马，只一眨眼的工夫，就已经面目全非了。于是，她便仰着脸再仔细琢磨它们现在变成了什么？

这些事情每一件都是十分耗费时间的，何小遇常常还没有全部做完，天已经黑下来，该到吃晚饭的时间了。何小遇一边低着头吃饭，一边慢慢地琢磨着那些依旧毫无结果的答案。母亲和姐姐还在一旁唧唧哝哝地说着什么，但她几乎一句也没有听见。何小遇发觉，虽然在这一整天里没有一个人搭理她，她却活得自由而充实。

等到长大成人之后，何小遇似乎也不需要对谁特别动心思。和班里的女同学，都是那种不咸不淡的关系，说不上好却也说不上不好。偶尔在一起聊天，也大都是说些无关痛痒的话题。用什么牌子的化妆品啦，这个季节又在流行什么样式的衣服。要不然就是议论一下新来的代课老师的长相，发几句牢骚，抱怨期末考试的题目为什么总是出得这么偏？

与男同学们的关系也总显得有些距离。大学里男女生的宿舍离得远，除了上课时间，相互之间接触的机会并不多。偶尔在一起的时候，也总是因为陌生而彼此小心。何小遇是那种不怎么爱说话的人，除了偶尔参加一些集体活动，看起来似乎也没有什么特别引人注目的地方。就连大学校园里十分流行的类似于休闲活动一样的谈恋爱，她在很长一段时间里也一直像个局外人似的。

那时候，似乎也没有哪个男生对她穷追不舍过。偶尔有男生觑着机会找她说几句闲话，见根本就没什么反应，很快便失去了热情。何小遇似乎也没有特别喜欢过谁，对他们当然不需要特别地赔小心。

坐在对面的女编辑从自己办公桌的抽屉里抽出根香烟点上，深深地吸一口，又吐了出来。这才慢悠悠地对何小遇说，等你到了我这个岁数，就不会在意别人对你的态度了。这都是些无足轻重的事。女人的魅力不在于是否能干，而在于有没有男人爱你。

女编辑说，这个道理我直到很久之后才明白过来，可惜已经太晚了。

以前丈夫活着的时候，几乎天天鼓励她一定要好好干，向自我挑战。而且总是用那种信赖而充满爱意的目光看着她，说，你总有一天会让所有人刮目相看的。这样的目光常常让她感觉既骄傲又感动。那时候，女编辑唯一的愿望就是要出人头地，受人赞誉。而且，她觉得这一切早晚会变成现实的。

女编辑说，那时候我真是又狂妄又骄傲。只知道讨自己喜欢，以为这样也能让男人们高兴。直到后来才知道，其实男人并不喜欢这样的女人。

女编辑吸了一口烟，忽然轻轻地叹了口气，说，这里的男人差不多都把我当成是敌人，认为我瞧不起他们，挑他们的刺，故意与他们作对。但是他们不知道，我看见那些破稿子就受不了，怎么可能无动于衷呢？我知道那帮人在背后怎么骂我，那些话不用听都能知道。但是，我根本就不在乎。这里的男人一个个都是猪，不仅形容猥琐，而且简直就不配做男人。在背后使绊子害人自然不在话下，就是你搬着重东西上楼，那些人可以旁若无人地从身边走过，连一个指头都不会帮你。

所以，女人最后总结道，在这里，必须要学会仇恨和冷漠，无须讨好任何人。因为他们根本就不配。

何小遇低着头听着，不明白女编辑开始的时候原本是劝她学着讨男人喜欢的，怎么劝着、劝着倒又断然说他们根本就不配呢？在几分钟之内竟然得出两个完全相反的结论，何小遇也弄不明白她到底是什么意思。但是女编辑的愤恨，却是一眼就可以看出来的。

有关女编辑的事，何小遇其实早就听别人在私下里谈起过，还有她的那多少有些奇怪的呕吐之症。

女编辑的呕吐症是在丈夫去世之后得的。在兴奋、忧伤或者是情绪激动的时候，女编辑都会在毫无征兆的情况下，忽然呕吐不止，把身边所有人都吓一大跳。女编辑站在卫生间的洗脸池旁、走廊的垃圾筒上，或者蹲在路边，哇哇地干呕。有时，因为情况紧急，女编辑便用手捧着自己的呕吐物。

尖锐激烈的呕吐声，就像鞭子一样抽打着身边的每一个人。人们一边帮忙照料着，一边劝她去医院看病。女编辑每次只是嗯嗯地答应着，下一次却依旧会在完全意想不到的什么时候，忽然呕吐起来。

有人曾私下里嘀咕，这女人是不是怀孕了？可那时女编辑的丈夫已经去世，而且女编辑早已过了生育年龄，这样的怀疑自然没有人敢说出口。而且，就是真的怀孕了，也不应该老是这么吐呀。

大家只当是女编辑得了什么治不好的病，私下里说什么的都有。女编辑却是一副若无其事的模样，也不见她去医院里检查治疗，照样和往常一样上班。报社的领导因为女编辑带病坚持工作，十分感动。年底的时候，虽然没有人投她的票，依旧给她发了一张先进工作者的奖状。在表彰大会上，女编辑刚把奖状领到手，便匆匆跑进隔壁的卫生间里。会场上几乎每一个人都听见了女编辑发出的突兀刺耳的呕吐声，就像是要把自己的内脏也一同吐出来似的。

女编辑那时已经年纪很大了，虽然人收拾得十分利落，这个年龄却不适合再去做普通记者了。报社里像她这个岁数的差不多都是中层干部了，女编辑虽然什么都不是，倒是有个高级职称。因此，如何安排女编辑的工作颇有些让领导们为难。女编辑的脾气又大，一不小心或许就把她给得罪了。

后来，有人出主意新成立个研究室。研究室里只有女编辑一个人，而研究室的主任则由报社的一名副总编兼任。这样，既照顾了女编辑的面子，又免去了女编辑与人相处时的尴尬。女编辑每天只需要在办公室里翻翻报纸，然后在评报栏里不痛不痒地写上几句，便算是完成了任务。

女编辑对这样的照顾虽有些感激，私下里却忍不住感到有些刺心。都一大把年岁的人了，还被领导当刺儿头看待，难怪年轻时那些人要与自己作对了。

一想到那些总是跟自己作对的人，女编辑的心里便会浮上一层薄雾。这么多年过去了，表面上看起来，女编辑与那些人相安无事，但只要遇上点什么事，却总是少不了明里暗里地作梗。女编辑时常会忍不住诧异，自己到底是怎么得罪他们的呢？

女编辑能想起来的都是些微不足道的小事，情绪激动时的牢骚话，或者是某个意义含混的眼神。至于到底说了些什么，或者那些眼神是代表着愤怒还是不屑，因为时间久远，早已经想不起来了。只有那些日积月累的丝丝缕缕的失望和不如意，仍然像正在发炎的痔疮一样，表面上看起来几乎不妨事，一碰却是钻心似的痛。

在报社里，女编辑是她那个年纪当中不太常见的新闻科班出身，当年又是在北京的一所名校上的学。因此，脸上便时常挂着几分若有若无的骄傲。女编辑年轻时颇有几分姿色，还是当年学校艺术团的骨干成员。据说，身材修长的女编辑表演的新疆舞成了艺术团的保留节目。每到演出的时候，女编辑便会换上漂亮的金色长裙，把头发分成一缕缕的，扎成无数根小辫子。当欢快激越的手鼓声响起的时候，女编辑头上的一根根细小的长辫子便会随着音乐的节奏一起飞舞起来。

每次演出之后，女编辑都会收到许多男生写给她的求爱信。但是，女编辑从没有动心过，但是不知怎么却鬼使神差地爱上了系里的一名辅导员。辅导员与女编辑一样，也是艺术团的骨干成员，不过辅导员跳的不是新疆舞，而是非洲舞。有时，还会表演吹口哨。高大英俊的辅导员鼓起腮帮吹《翻身道情》的时候，女编辑每次都听得如痴如醉。只要有辅导员的演出，女编辑每次都坐在第一排，拼命地鼓掌。由于女编辑过于热情，有一次还让辅导员分了神，差点在舞台上出洋相。

辅导员看起来虽然还算年轻，其实早已经成家有了孩子。因此，女编辑的这段恋情从一开始便注定了不会有任何结果。但是，女编辑却仍然不管不顾，大胆地追求自己的幸福。面对女编辑的热情，辅导员是既欣喜又害怕，一时竟不知该如何处理才好。

以交流思想为名，辅导员秘密地赴过几次约会，曲曲折折地向女编辑解释自己怎么身不由己，怎么不值得别人对他好。可是，辅导员越是这么说，倒是越发燃起了女编辑的激情。浓浓的罪恶感和近在咫尺的分离让女编辑的恋情顿时呼啦啦地燃烧起来，女编辑每次约会都会哭得昏天黑地。辅导员也不敢劝解，只是站在离女编辑半米远的地方小声地说，别哭了，别哭了好吗？你简直让我心乱如麻。

两个人的心里虽然都揣着一团火，但他们的交往却始终没有突破师生关系这道坎。唯一的一次出格举动，是因为女编辑哭得太凶，差点被地上的什么东西绊倒。幸亏辅导员在女编辑摔倒之前及时扶住了她，于是女编辑便顺势扑到了辅导员的怀里。

后来，这事不知怎么让辅导员的妻子知道了。于是，很快被反映到了系里。虽然辅导员竭力为自己的行为辩解，但还是理所应当地受到了处分。不久，妻子便执意与他离了婚。辅导员因为此事受到牵连，后来灰溜溜地去了外地。

女编辑那时还差半年就要毕业了，但因为生活作风不检点，处境一下子变得艰难起来。好在那是一个时常发动运动的激情勃发的年代，个人的私情小绪在风起云涌的时代大潮面前，总显得卑微而渺小。与辅导员分手之后，心灰意懒的女编辑主动报名去了农村。先是在一家农场接受再教育，后来便来到一所小镇中学教书。这一教，就是二十年。

在这二十年里，女编辑虽然多少感觉有些委屈，倒也没怎么抱怨过。做中学教师虽然没什么前途可言，但却清闲自在，受人敬重。女编辑很快便习惯了这样的生活。小镇民风淳朴，镇上的人们古道热肠，大都是很好相处的直性子。即便真遇上几个心术不正的，那点要奸使坏的伎俩也是一眼就能让人看出来的。

女编辑在小镇结婚嫁人、生孩子，安安静静、扎扎实实地过日子，几乎忘记了自己当年曾经有过的宏图大志。女编辑的丈夫是她到小镇工作之后通过别人介绍认识的，虽然不能与当年给她写情书的那些男同学相比，但却老实厚道、细致体贴，还是镇上一个实权部门的头目。虽然那是个小单位，甚至连个科级干部都不是，但在镇上也是能让一般人另眼相看的。家里遇上点什么事，总有人相帮着。一双儿女也是从小就乖巧听话，知道用功上进，从没有让她特别操心过。因为学历没有女编辑高，能力没有她强，丈夫在她面前总显得有些心虚气短。有时女编辑在家里使点小性子，也总是相让着。因此，倒把女编辑的脾气一天天地养大了。

在小镇，女编辑一直有种怀才不遇的感觉。自己落到今天这步境地，虽是时代洪流裹挟的结果，有些身不由己。可自己当年的那些同学，也不是个个都像她这样，也有许多发展得很好的。因此，若有若无的优越感和无时不在的失落，把女编辑的情感磨砺得灵敏而尖锐。

有一次，女编辑忽然收到过去的同学寄来的邀请函，约她回学校参加他们的聚会。女编辑本来并没有打算去。二十年来，她几乎断绝了与他们的任何来往。她不想让自己想起过去，也不愿意让他们知道自己的失意与落魄。但是，丈夫却十分热情地劝她，说她这么多年待在小镇里，一直没有机会出去，正好可以趁这个机会出去玩一玩，散散心。

同学不知从哪里打听到女编辑的联系方式，好几次打电话过来，说大家都是好多年不见了，难得有这样的机会。同学聚会如同一盘棋，你不来，少一粒棋子，这棋下起来就不好玩了。女编辑见推辞不过，便去了。

　　当年青春年少的大学同学，现在差不多都已经变成了大腹便便的中年人。其实，变化的还不仅仅只是各自的外表。以前的同学几乎都生活在大城市里，只有女编辑还留在小镇上。许多人早已是成功人士，成了大大小小的领导或者是腰缠万贯的大老板，与女编辑的生活自然不可同日而语。但是在聚会时，大家仍然一致提议，让她再跳一次新疆舞。

　　女编辑推辞说，老了呢，跳不动了。

　　同学坚持道，哪里老了？你是生活在桃花源里，不像我们是在红尘中沉浮，在这群同学中间，你是看起来最年轻的。

　　换好衣服之后，女编辑执意不肯再把头发扎成小辫子。女编辑能想象得出，那一根根小辫子肯定会把脸上细密的纹路和一块块色斑统统暴露无遗。等到站在舞台上时，女编辑这才意识到自己是真的老了。腰身粗得不成样子，早已没有了当年的柔韧。体力也已经衰退了，刚旋转了两圈，便感觉有些吃不消。

　　台下的叫好声却响成一片，有人早已感动得热泪盈眶，跑过来握住女编辑的手，半天不肯松开。女编辑也哭得几乎下不了台。二十年前，她与眼前的这些人是站在同一地平线上，摩拳擦掌，指点江山。只是别人早已经走得没了踪影，只留下她还站在原地，四处逡巡着。

　　那次聚会彻底改变了女编辑。以前，她是个几乎忘记了世间乾坤的人，现在，心却一下子被搅得平静不下来了。女编辑开始有些后悔，不该去参加那个同学聚会。现在，看见他们一个个混得风生水起，处境都比自己好，女编辑的心几乎乱成了一锅粥，不知道到底该抱怨谁才好。

　　要说自己的落魄是社会的责任，可那些同学当初的处境并不就比自己强多少。要是埋怨自己不努力，似乎也有些说不过去。在小镇，压根儿就没有什么机会给她。自己当初并不比别人差，原本应该发展得更好一些的，可总是在哪儿错过了点关节。这里还是那里呢？总也弄不清楚。因为弄不清，反倒懒得去追究了。只是不知从什么时候开始，眼睛里却多出了一些抹不去的落寞。

　　女编辑是在小镇成家立业、生儿育女，把青春扔在这里的。可小镇实在是太小了，再怎么打拼又能怎样？小镇能带给她什么呢？当初女编辑刚到小镇的时候，这里还是满地的杂草，而小镇就是在没膝的杂草中建起来的。

　　那时候，小镇真是安静啊！夜幕降临之后，除了每日那几趟火车汽笛声，周围悄无声息，像死去了一般。那时候，女编辑还只有二十出头。小镇虽然小，仄逼得让人害羞，上不得台面，可这里的一切都是在她的眼皮底下一点点地发生着变化。

　　那裂了缝的尘土飞扬的柏油路，路边的一排排凌乱的红砖黑瓦房，还有那座狭窄的圆拱门、竖着高高旗杆的电影院，它们都是记录着自己青春的纪念碑。那里有女编辑的激情与梦想，既卑微寒酸又豪情万丈。在女编辑的眼中，这一切就意味着岁月。虽然算不得地老天荒，却也是天长地久，雁过留声的。

　　日子总是这样一天天地过下去，小镇的岁月也和别的地方毫无二致。一样的日月如梭，光阴似箭。该年轻的时候年轻，该老迈的时候便无可救药地显出一副邋遢相。可当年的自己却是激情满怀的，真的以为可以改天换地似的。现在再回头看去，只留下满腹的狐疑和羞惭不安。

　　心情郁闷的时候，女编辑便会找碴儿跟丈夫吵架，埋怨是丈夫让她去参加那个聚会的。要是当初不去，就不会有这些想头，不想当然也就不会抱怨什么了。

丈夫自然是一脸的委屈，说我只不过是想让你高兴点。女编辑更生气了，说那样的高兴不如不要，你是不想让我继续活下去了。

走在小镇的马路上，女编辑有时会忽然想起当年的那个辅导员。听说辅导员离开北京之后，去了月城，至今仍是孤身一人。女编辑觉得，当年要是没有他，自己的人生或许会是另外一副模样。但是，到底是什么样子呢？这却是云山雾罩，含糊不清的。但有一点却是确定无疑的，至少自己不会待在这个小镇上。

现在，周围的一切都是她所熟悉的，每一条小巷的深浅都熟悉得像自己的掌纹一样。但是在这一刻里，一切却忽然变得陌生起来。这一眼望得到头的人生，不知怎么忽然让女编辑有些害怕起来。一想到自己就要在这样一个无人知晓的地方终了一生，女编辑便忍不住惊出一身冷汗。

女编辑忍不住停下脚步，目光在周围徘徊、逡巡着。小镇的街道弯曲狭窄，道路两旁的建筑低矮陈旧，破败不堪。虽然女编辑每天的生活都与这里的一切息息相关，但在此刻，她却忽然发觉：其实自己是不属于小镇的，她早晚会离开这里。女编辑低着头在路边站了一会儿，等到抬起头来的时候，眼中已有了隐隐的泪光。女编辑把目光投向远处。她知道，那里有她看不见的城市，还有她日渐模糊的梦想与渴望。

不仅是丈夫，就连小镇上的人们也多少有点为女编辑抱屈。小镇的人见识少，女编辑在北京上过学，又是响当当的名校，这样的人也与他们一样吃着粗茶淡饭，过着平平常常的日子，总有些让他们觉得欠着情。因此，对女编辑的简慢和旁若无人也是宽容的。

女编辑就这样在小镇骄傲、妥协，但内心里的那股隐秘的渴望却一直在暗地里悄悄生长、涌动。这样的渴望在平时几乎是眠着的，却常常会在半夜里悄悄潜入女编辑的梦中，让她惊悚不安，心绪难平。女编辑觉得她早晚会做出点什么让丈夫、也让小镇上的人们刮目相看的事情来。

终于有一天，机会悄悄地来临了。

那时候，月城的一家报社刚复刊组建，正四处招兵买马。有人到小镇出差，在酒桌上听到别人谈起女编辑的遭遇，便动了恻隐之心。恰好女编辑的丈夫那天也在桌上作陪，于是便敲起了边鼓，让那人一定费心帮忙。等到喝酒喝得兴起的时候，还主动提出带来人去家里与女编辑见一面、聊聊天。

女编辑那时已是人到中年，虽然微微地有些发福，但却风韵犹存。女编辑已经很久没有与小镇之外的人打交道了，自然兴奋异常，脸上不时浮起少女般的红润。因为激动与渴望，双眸露出逼人的清亮。来人与女编辑聊了一会儿，见情况属实，又见女编辑才思敏捷，谈吐不俗，当即提出要把她调到月城去。

女编辑简直有点不相信自己的耳朵。这么多年自己一直渴望离开小镇另谋发展，也曾托过许多人，不知怎么都没有办成。女编辑几乎已经不抱什么希望了，现在却一下子凭空遇上这样的好事，自然喜出望外，当即应下了。

几乎没费什么事，女编辑便来到了月城。虽然进了一家牌子不亮、名声不响的报社，有点明珠暗投的意思，但毕竟是从小镇来到了省城。女编辑的欣喜是实实在在的。

女编辑来到月城之后做的第一件事，就是去找昔日的辅导员。她一点也不知道自己为什么要去找他，但似乎只有找到他，才能安心似的。

辅导员住在一家菜市场的后面。女编辑穿过喧嚣的人群，找到那座阴暗潮湿的二层小楼时，辅导员坐在楼前的空地里晒太阳，身后的墙上有鲜红的油漆写着大大的拆字。

周围到处都是垃圾，菜市场的小贩们把卖不掉的蔬菜随意倒在地上。腐烂的白菜帮子发出刺鼻的恶臭，苍蝇在上面嗡嗡地飞来飞去。楼里的住户差不多快搬空了，地上有他们遗留下的缺胳膊少腿的破家具，东一个西一个地乱扔着。楼前的公用水龙头坏了，被什么东西捆扎住，依旧滴滴答答地漏着水。

辅导员半闭着眼睛，正处于半睡眠状态，连女编辑走近的脚步声也没有听见。只有身体下面的摇椅在午后淡淡的阳光下慢慢地摇着，不时发出"嗒"的一声，像是被什么东西噎住了。

虽然这么多年没有见面，但女编辑还是一眼就认出了辅导员。女编辑站在远处，静静地看着他。辅导员已经彻底地老迈了，头发完全白了，脸上的皱纹像用刀子刻上去的一样。身上的衣服肯定很多天没有洗了，女编辑站在远处都能看见那上面油污的反光。辅导员光着脚穿一双半旧的拖鞋，那脚也像他的脸一样，苍老而肮脏。因为染上了脚气，上面白花花一片，就像凭空落上了一层霜。

女编辑站在那里，眼泪止不住地往下流，下巴颏抖得仿佛要落下来。女编辑很想走上前去，叫醒辅导员。可是，她该跟他说些什么呢？说她是因为他才到小镇去的？说她依旧还爱着他？可是，女编辑爱上的是当年在舞台上跳非洲舞的那个英俊潇洒的年轻男人，却与眼前这个痴肥肮脏的老男人无关。现在，女编辑已经离开了小镇，而辅导员却仍在为当年的一时冲动付出代价。而且，看来辅导员早已经没有力气走出当年的阴影了。与辅导员相比，女编辑觉得自己还是幸运的。

女编辑转身悄悄离开了。自从离开学校之后，虽然女编辑再没有与辅导员见过面，但在心里却一直以为，他是与自己在一起的。她直到现在才发觉，原来这么多年自己竟一直是孤单一人。女编辑把脸上的泪细心地擦拭干净，心里反倒一下子平静了许多。

菜市场里喧嚣的市声迎面扑来，像水似的，一波波地冲击着女编辑的身体。她能感觉到自己挺直的后背、健壮有力的双腿和小腹上柔软的赘肉。虽然青春早已一去不复返了，但是女编辑在那一刻里忽然发觉自己依旧年轻，充满了力量。她可以一刻不停地向前走，哪怕身边的所有人和整个大地都坚持不过她。

这样的感觉让女编辑的脸上忍不住露出了微笑。

女编辑的能干与尖刻，很快便让周围的同事刮目相看。

多少年积攒下来的激情终于有了可以喷薄而出的机会，自然是酣畅淋漓旁若无人的。人在得意忘形的时候是不会过多地注意到别人的感觉的。女编辑在小镇时就养成了那种锋芒毕露的个性，现在又是如鱼得水的时候，就是在无意中得罪了别人，自己也根本就察觉不到。

那时候，与女编辑一起共事的几个人，以前只是企业里的通讯员，业务能力自然没办法跟她比。但是，却都见不得女编辑这么一副旁若无人的张狂相。因此，时常会在暗地里使点小伎俩。

女编辑那时已经不年轻了，虽然有那块名校的金字招牌，到底是初来乍到的新手。即便再怎么聪明能干，也会有马失前蹄的时候。于是，便被那些人作为把柄紧抓住不放。女编辑自然也不会轻易地忍气吞声，遇上个机会再把那些人的错处拿过来反唇相讥一番。

以前在小镇的时候，大家多少都有些宠着她，因此女编辑虽是人到中年，却并没有学会怎么与人相处。现在一下子遇上这些人明里暗里地使坏，一时竟不知该如何应对。

有一次，女编辑终于忍不住与他们大吵一顿。这样的事在以前几乎连想都不敢想，现在她竟然拍着桌子破口大骂起来。女编辑激动得面红耳赤，双目灼灼逼人，倒把那些人吓得有些不敢说话了。

因为撕破脸皮大吵大闹，女编辑这才争到了自己该得的。吵完架一连好几天，女编辑的胸口依然咚咚咚地跳。她从没有想到过，自己现在竟然变得像个市井泼妇一样。女编辑觉得自己真是堕落了。但是，与那些人在一起，不吵架简直不行！那些人差不多都把她当成是敌人，认为女编辑瞧不起他们，故意挑他们的刺，与他们作对。

女编辑当然知道那些人在背后是怎么骂她的，那些话不用听她都能知道。但是，她根本就不在乎。女编辑发现，自己在吵架时竟是如此口齿伶俐、思维敏捷。这样的发现，也让她忍不住微微地有些兴奋起来。

有了第一次之后，以后再与什么人吵架，便变得容易多了。后来，渐渐地竟变成了一种习惯。只要稍有不满，哪怕是别人无意中得罪了她，女编辑也会当即发脾气吵架。见女编辑这样，那些人先还有所顾忌，后来便针锋相对，分毫不让地跟她对吵。

那些人当然并非只是针对女编辑，只要有利益之争，相互之间也像针尖对麦芒似的，互相揭短。要是女编辑机灵活泛些，善于敷衍，在他们之间巧妙周旋，原本是不会人人都与她作对的。无奈，女编辑时常感情冲动，说话又毫无顾忌，横扫千军万马一般，在不知不觉中便把人给得罪了。即便是那些原先对她有些好感的，渐渐地也不愿意为她说话了。

因此，女编辑在单位里的地位一天天变得孤立尴尬起来。

所有的东西都需要拼命地争抢才能得到，只要稍有疏忽，本该属于自己的也可能变成了水上漂。而对那些终于拼抢到手的东西，因为费尽了周折，即便真的属于自己，也早已失去了当初的快乐。女编辑的情绪也变得越加怨愤起来。

为了证明自己，女编辑拼命在外面跑，铆足了劲写稿子。每个月报社统计工作量的时候，她的名字总是排在前几位。但是，虽然女编辑这么拼命，可不知怎么，领导却并不怎么喜欢她。过于张狂的女人总是不讨人喜欢的。女编辑那时已经不年轻了，又不会掩饰自己，这样的张狂尤其显得触目，招人眼。

女编辑把这一切都看在眼里，但却毫无办法。女编辑的脾气一天天地坏起来，动不动就不满发火，伤心怄气。女编辑已经十分厌倦那些没完没了的争执，她一点也不愿意这样。每次与别人吵完架之后，总是气得好几天吃不下饭，睡不好觉，连自己都十分鄙视自己。但是，所有人看起来都像是在与她作对，所有的事情都是那么别扭，不争不吵根本就不行。

现在，原来那些她根本看不入眼的人，差不多都做了部门主任，女编辑却仍旧只是一名普通编辑。他们时常在女编辑面前指手画脚地发号施令，虽然大多数的时候并非是针对女编辑，但那种志得意满的做派显然是做给她看的。

以前女编辑一直以为，只要到了城里，她就离自己想要的东西更接近了一些。虽然，连她自己也说不清自己到底想要什么。可是，女编辑直到现在才意识到，一切并没有因此变得更好一点。女编辑开始怀念在小镇时的平和慵懒的生活，怀念那里的宽容与自由。

然而小镇的田园牧歌其实只存在于女编辑的想象之中，与真正的小镇却是不相干的。每次回到家里，女编辑都有一种马上再逃出去的冲动。

小镇的闭塞与落后就像是一团团新鲜的污垢一样，让她感觉浑身不自在。小镇人脸上的笑容还和从前一样，宽厚而局促，现在在女编辑看来却只意味着目光短浅和没有见识。她从街上匆匆走过时，总是忍不住绷着脸，连一步也不肯多停留。

在别人的眼中，她还和从前一样，争强好胜，脾气古怪。只有女编辑自己才知道，她早已经没有了从前的那股精神头。操劳、欺诈、提防和爱情，它们全都在女编辑的脸上留下印迹，让她变得步履蹒跚，迟疑不决。虽然眼睛里仍然有一股掩不住的焦灼的渴望，但那焦灼早已因为懵懂恍惚和疲倦不堪而变得面目模糊。

而且，当年那些让她辗转反侧、坐卧不宁的东西，不知道在什么时候早已趁人不备，悄悄地溜走了。女编辑觉得，这或许就是她的命。无论她怎样拼命地努力、吃苦流汗，可是事情不知道总会在什么地方忽然就会出点差错，总也不成。

偏偏家里的事也是样样都让女编辑烦心。

自己既然已经到了城里，自然不能再把丈夫一个人丢在乡下，还要想办法给丈夫跑调动。两个孩子已经渐渐长大了，教育问题也一天天变得严重起来。丈夫既要上班又要照管孩子的饮食起居，总有照顾不周的地方。女编辑每次回家都能发现这里那里让她不满意的地方。以前是乡下的眼光，现在用城里的标准一对照，自然处处不行。因此，也不体谅丈夫独自照顾孩子的辛苦，再跟他叮叮当当地吵。丈夫当然还是让着她，但晚上却坐在一边抽烟生闷气。见丈夫这样，女编辑也不理他，第二天便匆匆回到城里。

不久，女编辑终于托人把丈夫调到了月城，一个需要写写画画动笔杆子的地方。丈夫在小镇时是做惯了领导的，官虽不大，却是吆三喝五使唤人的。而且，多少年不动笔了，肚子里的那点墨水早已经派不上什么用场，自然觉着不适应。但是，人往高处走，水往低处流，这调动是妻子费了许多周折才办妥的，自然没有不去的道理。而且，这些年来丈夫多少有点被女编辑管萎了。因此虽然满腹委屈，表面上却也没说什么。

看见丈夫一副犹豫不决的样子，女编辑便对丈夫说，你别怕！有我呢，实在不行，我帮你写。

于是，丈夫只好硬着头皮到了一家自己并不愿意去的单位。丈夫要替领导写发言稿，还要负责把领导做的工作、单位里的先进事迹报道出去。丈夫在小镇时早已过惯了动口不动手的日子。现在虽然有女编辑相帮，到底还是不一样。

而且，隔行如隔山，丈夫几次按照女编辑的意思写出来的报告都被领导退了回来。被批评是该写的不写，不该写的倒在那里唠唠叨叨地说个没完。而丈夫的领导觉得非常有报道价值的东西，在女编辑的眼中却常常是不值一提的，还振振有词地讲出一番道理来。

丈夫对写东西本来就是外行，以前在家里又都是女编辑做主惯了，现在听女编辑这么说，自然是越听越有道理。于是，便曲曲折折地把女编辑的意思说给领导听，微弱地为自己争辩着。领导低着头，一面拍拍打打地整理着办公桌上的文件，一边嗯嗯地听着。嘴上虽然不说什么，心里却有些生气。这样几次下来，对他的印象便差了。

后来，单位里几次提拔干部，丈夫都没有被考虑到。女编辑表面上虽然安慰丈夫，说，没事没事，我并不在乎你是不是当领导。但是，在心里却是有些介意的，因为这从一个侧面反映出丈夫在众人心目中的能力问题。

对提拔本身她倒也并非十分看重，女编辑不能容忍的是，丈夫竟然也像她一样，被别人看轻。丈夫是个敏感而自尊的人，女编辑的心思虽然没有说出口，却是一眼就能看出来的，越发在心里恨自己不争气。

丈夫在单位里整日谨小慎微，时时退让谦卑，人也显得有些灰头土脸的。现在又有这么一个短处捏在女编辑手中，在家里也要处处赔女编辑的小心，看她的脸色。女编辑的话锋里时常暗藏着讥诮，丈夫表面上似乎没有听出来，人却变得越发压抑苦闷起来。话越来越少，烟瘾倒是越来越大。时常一个人坐在一边一声不吭地抽烟，可以连续抽掉一整包。

见丈夫心情郁闷，女编辑原本想劝慰几句的。可那安慰的话一说出口，不知怎么却变了味。而且，丈夫只是面无表情地坐在那里，也不知是不是听明白了。见丈夫这么无动于衷地面对她的体贴关心，女编辑便生气地闭了嘴。

但是，不知从什么时候起，丈夫的身体却开始一天天地变坏了。先只是普通的头晕发烧，疲惫乏力，后来一检查，竟然是得了癌症，而且已是到了中晚期。病情确诊之后，丈夫的精神防线便彻底垮掉了，好像是等这一天已经等了很久。期盼已久的结果终于确定无疑地出来了，人也可以彻底地放心了。

看着丈夫终日闭着眼睛在病床上昏睡着，女编辑忍不住百感交集。她在私下里痛哭了一场，哭完之后，便开始小心侍候丈夫。女编辑直到这时才发现，原来自己竟是爱他的。虽然以前对丈夫总是不满，鸡蛋里头挑骨头，但其实只有丈夫才是真心实意地对她好，容忍她的张狂、不讲道理和坏脾气。不像单位里的那些人那么容不下她，总是时时处处跟她作对。现在，丈夫的生命危在旦夕，这个世界上最疼爱自己的人就要离去了，只剩下自己孤零零的一个人。一想到这里，女编辑禁不住又红了眼圈。

女编辑把全部心思都用到了照顾丈夫身上。虽然请了看护，但无论大事小事还需要她来操心做主。女编辑每天天不亮便起床，做好一天的饭菜，匆匆忙忙地送到医院，再赶去单位上班。晚上不管多晚，女编辑都要到医院了解治疗情况，陪丈夫说话。但不知怎么，丈夫却似乎根本就不领她的情。女编辑以为，她这样细心照料，即便丈夫对她不是感激涕零，也应该满怀愧疚才对。但是，丈夫的脾气却在病床上一天天地大了起来。

以前，丈夫总是宠着她，无论什么事，都是听女编辑的，即使心里不愿意，也大都忍气吞声地迁就她。现在，知道自己的时日不多，自然不愿意再像从前似的忍耐了。而且，身体的不适几乎掩盖了一切。丈夫整日沉浸在病痛的世界，昔日那个好脾气的丈夫早已经荡然无存，很快变成了一个暴戾尖刻的男人。

女编辑每天在单位、家和病房之间疲于奔命，丈夫又不像从前那样体谅自己，女编辑常常感觉十分委屈。因为化疗的药物反应，丈夫几乎吃不下任何东西，但为了增加营养，提高抗病能力，又必须逼着自己吃。

有一次，女编辑把煲好的鸡汤送过来，丈夫刚喝一口便吐了出来。女编辑不甘心，劝他再喝一点，谁知丈夫一抬手便挡了回来。女编辑的手一抖，碗里的热汤洒到了胸口上。女编辑惊叫一声，碗"当"的一下掉在地上摔碎了。丈夫却毫无愧色，一翻身把脸冲着墙躺下了。

女编辑忍住泪悄悄收拾好东西，回家之后却忍不住放声大哭起来。女编辑越哭越伤心。自己在单位里处境艰难，几乎每个人都在跟她作对。原以为这个世界上只有丈夫是疼爱她的，现在却发现，就连这样的疼爱竟然也是自己的幻觉，完全靠不住。女编辑虽然依旧每天坚持到医院里送菜送饭，前前后后照应着，但脸色却不像以前那么柔和了。女编辑第一次感觉到了厌倦。等到女编辑意识到自己的付出根本就不可能得到回报的时候，女编辑终于开始厌恶起眼前的这个男人。

这厌恶来得如此迅速而猛烈，几乎有点让人猝不及防。女编辑站在那里，忍不住重重地打了个哆嗦。但是，这样的厌恶却是藏在心底见不得阳光的。表面上看起来，女编辑对丈夫的照顾越发精心起来。无论丈夫怎么冲她发脾气，女编辑都低头一声不吭地听着。女编辑每天端茶送水，嘘寒问暖，半夜里起来扶丈夫上厕所，连句抱怨的话都没有。

晚上，丈夫疼痛难忍的时候，总是要打止痛针的。这样的止痛针其实就是杜冷丁，打多了是要上瘾的。开始的时候，一夜只要打一针就可以睡得着，后来间隔的时间越来越短。医生早就警告过，说不能再多用了，再用就要成瘾了。丈夫自己大概也已经意识到了什么，昏睡时的梦境其实就是他的幻觉。

在梦中，所有的东西都是夸张变形的，就像是摄影镜头的取景框。"呼"的一下拉长，又"呼"的一下缩小了，周围的世界忽然变成了一缕轻烟或者是一团可以随意揉捏的泥巴，旋转升腾，任性而为。人在这样的情境中就像是被什么东西缚住了，柔弱无力，任人摆布。但这样的柔弱却是令人留恋、快慰无比的。

丈夫在梦中看见自己的黑白照片贴在一座荒凉陈旧的坟头上，女编辑撑着雨伞一动不动地站在坟前，不知在想些什么。丈夫大声地喊她的名字，女编辑却似乎什么也听不见。丈夫就站在她面前，女编辑却看不见他。丈夫急了，伸手去抓女编辑的肩膀，结果却什么也没有抓住，手中只有一缕虚飘飘的轻风。丈夫大声说，我的照片怎么会在这儿？你站在这里做什么？

虽然弄出这么大的动静，女编辑却依旧不动声色地站在那里。丈夫终于意识到，自己大概是死了，坟头上的那张照片就是自己的遗像。丈夫终于惊叫一声，吓得醒了过来。

丈夫从梦中醒来时依旧满头大汗，浑身颤抖。他把自己的梦讲给女编辑听，说自己不能再打针了，这肯定是上瘾的表现。而且，做这样的梦实在是太不吉利了。女编辑静静地听着，替丈夫掖了掖被角，没有说什么。但等到晚上丈夫又痛得呻吟不止、睡不着觉的时候，却很坚决地喊护士过来打止痛针，几乎不容分辩。

丈夫睁开眼睛，说我不愿意再打针了，这样我会上瘾的，我不想上瘾。女编辑说不行，你一定要打止痛针。不打针你想干什么？想闹死我吗？你要是不想死，就只有我去死了。

现在医院的医生们为了多赚钱，每次都拣那些价格昂贵的新药开给病人。丈夫得的是治不好的癌症，又是单位可以报销的公费医疗，当然是想着法子给他多用药。现在，既然病人家属主动提出额外再用什么药，自然是全都答应。于是，止痛针越打越频繁。

每次打完针之后，丈夫总是一动不动地躺在那里。女编辑坐在旁边，看见丈夫的脸上开始慢慢升腾起一缕古怪的微笑。丈夫依旧闭着眼，脸颊上的肌肉却皱缩在一起。激情从那一小团肌肉开始，慢慢地往下移动，像风一般掠过丈夫的身体。丈夫慢慢地在床上颤抖着、微笑着，忽然，猛地掀起大半个身子，咕咕地笑出了声。然后，再让身体重重地落下来，像被刀子割了似的打了个哆嗦。女编辑知道，丈夫正沉浸在那个外人无法体察的极乐世界中。

这样的情形几乎每天都要出现一次。后来，连医生都有些看不下去了，出面阻止女编辑。但是，丈夫现在对毒品已经彻底成瘾了。而这时医生却声称，不能再给他使用过多的止痛针了。彻骨的疼痛让丈夫开始怀念起那些可以随意注射止痛针的日子。

按照医院的相关规定，丈夫的止痛针已经超量，医生已无权再给他增加剂量了。但是这样的剂量对丈夫的疼痛来说，几乎毫无作用。被疼痛折磨得死去活来的丈夫，开始央求女编辑再给他弄点止痛针来。

女编辑坐在那里，冷冷地看着他，一字一顿地说，人都必须受苦，这是做人的代价，每个人都一样。有些人的疼痛是一时的，有些人的疼痛却是一生一世的。你只是现在痛，很快就会得到解脱。而我却还要留在这个世界上，还要继续忍受很多年。

女编辑忽然哭了起来，说让我去死！让我代替你去死吧。女编辑哭得撕心裂肺，肝肠寸断，病房里的每一个人都为之动容。只是他们不知道，女编辑的眼泪并不是为丈夫而流，她是在为自己哭泣。

女编辑到底没有挽留丈夫的生命，医院很快便给丈夫发出了病危通知书。丈夫老家的亲友们也都集中到了病床前。现在，止痛针早就不打了，女编辑不提，别人自然也不便再说什么。而且，大家都知道那止痛针是毒品，也都有些忌讳，不用也罢。

大多数时间，丈夫就像是在昏睡。疼痛到了极致的时候，那痛便有些不像是痛了，而像是别的什么不相干的东西。丈夫偶尔会睁开眼睛，轻声地叹息着。绵长而沉重的叹息声，听起来几乎不像是从胸腔里发出来的，完全是从另一个世界里传出来的声音。

　　那声音停了一下，忽然又裂帛似的响了起来，把身边的人吓了一跳。那声音一点也不像是呻吟，倒像是某种不为人知的吟唱，尽心尽力地。丈夫脸上的表情似笑非笑，是那种被人搔了胳肢窝，痒到了极处却又竭力忍耐住的奇怪的表情。忽然，又累了似的放松下来，闭上了眼。

　　女编辑现在差不多日夜陪在丈夫的病榻前，有时两个孩子也在一边静静地站着。丈夫偶尔清醒的时候，见到一双儿女，眼睛里便弥漫出一股淡淡的温情，想说什么，却又什么也没有说。但是当眼睛移到女编辑身上时，目光却一下子变得十分生冷。

　　弥留之际，丈夫忽然挣扎着想说什么。有人在一旁帮忙抬他的肩膀，被推开了。女编辑赶紧上前扶住他，许多天滴水未进的男人，这时竟自己用手臂支撑起了半个身子。丈夫的眼睛直视着她，说，你、你、害我。说完这句话，丈夫便像是把全部的力气都用尽了，重重地摔了下来，咽了气。

　　虽然丈夫的话说得口齿不清，众人差不多都没有听清楚，但女编辑却一下子便听懂了。她忍不住心中一怔，原来丈夫虽然神思恍惚，这些天却一直在记恨她呢。可是，不是她一直在前前后后照顾他的吗？即便没有功劳也有苦劳吧？而且，那止痛针就是毒品，不能多用，这是大家都知道的常识，她原本是为了他好，怎么倒成了害他呢？

　　众人的哭声一下子响起的时候，女编辑踉跄着站起身。女编辑觉得有一股气流正从丈夫冰冷的身体中慢慢地升起，丈夫的灵魂就在那股气流中升腾飞舞，被她吸进了胃里。为了阻止住这一切，女编辑只能拼命地忍住呼吸。最后，终于忍不住扶着墙哗哗地呕吐起来。

何小遇发觉模特老太的家庭关系也是十分复杂。虽然模特老太不像邻床的胖老太似的，总是把家务事津津乐道地挂在嘴上，但何小遇却总有些疑惑，怀疑在她的背后或许隐藏着更为曲折离奇的身世。

以模特老太现在残存的几分姿色推断，年轻的时候应该算是个美女了。可不知怎么，却嫁了个残疾人。老伴不仅腿脚不好，两只眼睛也被白翳覆住了大半。每次到病房来看望模特老太的时候，总是坐在一边，把在路上买来的报纸举在半尺远的地方，翻来覆去地看。等看完报，也不说话，就这么一声不吭地坐着。等坐的时间差不多了，这才有些艰难地站起身，替模特老太掖一掖被角，再踽踽地离开。

不知怎么，平日里很健谈的模特老太在老伴面前却显得十分沉默。每次老伴来看她的时候，不是闭着眼睛假寐，就是借口去上厕所，大半天不出来。偶尔，模特老太也会问起家里养的花怎么样了，那只猫是不是该下崽了？

于是，老伴便很认真地一五一十地告诉她。一个月前刚买的那盆吊兰已经死掉了，开始的时候只是叶子发黄，他以为是营养不良，便上了点肥料，又浇了几次水，以为能缓过劲来，没想到反倒是烂了根，到底也没有救过来。倒是那只母猫，上星期刚下了三只小猫，都是纯黑的，十分健壮。但是不知是中了什么邪，那只母猫下完崽之后死活不肯让小猫吃奶，害得他每天要给它们喂牛奶。

于是，模特老太便大惊小怪地说，是不是你偷看了？你是属虎的，不能看。我早就跟你说过，别看那是猫，它什么都懂。

老伴便不吭声了。他有些记不清早上来的时候是不是给小猫喂过牛奶了，又怕模特老太知道了会骂他，于是便说起了别的。老伴的口齿不太清楚，说起话来有点瓮瓮的，就像是正迎着凛冽的西北风，因为风太大，说不了几个字便被打断了。等到喘口气想再拾起话头的时候，原来说的什么却已经有些忘记了。于是，再犹犹豫豫地重新开始。

模特老太皱着眉头听着，便有些不耐烦起来，说算了，别说了，我头有些痛，想睡一会儿。于是，老伴便听话地点点头，停下了。

除了老伴，还有个三十多岁的男人也是常到病房来的。模特老太对邻床的胖老太介绍过，说那男人是她的儿子。可不知怎么，男人却从未与模特老太的老伴一起来过。有一次，模特老太的老伴坐在病房里看报纸的时候，何小遇发现那男人正躲在走廊的窗前看风景。等老头走了之后，这才慢慢地踱进来。

见男人来了，刚才还在闭着眼睛装睡的模特老太顿时来了精神。一会儿让男人削苹果，一会儿又要给她的后背抓痒。男人先还在一边待着，有些不情愿的样子。可没过多久，便甜腻地与模特老太靠在一起。倒也不见他们说些什么，男人只是握着老太的手揉捏着，不时很洋派地放在唇边亲一下指尖。老太也配合着，曼声吟唱道，我想你呀……既像是撒娇，又像是在调情。临别时，男人还不忘在模特老太的腮帮子上再夸张地一边亲一下。然后拍拍她的脸，让她好好表现，乖一点。

何小遇每次见到这样的场面，总会有一种奇怪的感觉。觉得他们不像是母子，倒更像是一对有着特殊关系的情人。关系融洽的母子之间虽然也会有一些亲昵的肢体动作，但其中洋溢着的亲情却是让旁观者一眼就能看出来的。不像模特老太与那个男人之间，总像是有一股隐秘的淫荡隐藏在里头。

但是，对模特老太的热情，男人似乎也并不总是这么投桃报李。要是模特老太对他的事情过于挑剔，有时还会冷下脸不耐烦地说，你别烦了好不好？于是，老太便有些生气，说嫌我啰唆，嫌烦就别来呀。

男人低着头不吭声，半天才说，能不能再给我点钱？有急用。模特老太十分响亮地"喷"了一声，说，上次不是刚给了你好几千吗？这还一个月不到，怎么又用完了？

男人抬起头，说我没有跟你算账，你倒先算起来了。上次为了给你做手术，光请客吃饭就花掉了不少。还有每次到这里来，吃的用的，哪一样不要花钱？要是你觉着吃亏，那我不来就是了。

下一次，男人果真一连好几天不再露面。模特老太表面上不动声色，暗地里却有些着急。等老伴离开之后便给男人打电话，倒也不问他为什么不到医院来看她，只是絮絮叨叨地诉说着自己的病痛，想吃什么东西了，让男人给她买了带来。等到男人再次露面的时候，两个人似乎又像从前似的和好如初了。

何小遇饶有兴致地观察着那个男人的脸。发觉他的长相既不像模特老太，也不像她的残疾老伴。而且，就连男人说话的口音也与他们不同。有一次，模特老太的丈夫抱怨说，不知是谁替她打过一个电话回家，说是想吃馄饨。可等做好送过来之后才发觉听错了，原来老太要的不是馄饨，而是红枣炖汤。

模特老太一听，赶紧说，馄饨也很好呀，我这几天正想吃呢。然后夹起一只馄饨咬了一口，又表情夸张地称赞道，这馅子是谁调的？味道蛮不错的。见模特老太高兴，还表扬自己的手艺，老伴便把刚才已经开始的话头忘掉了。

那天，何小遇曾见过那个男人给模特老太的家里打电话。盯着那个男人的背影，何小遇忍不住有些疑惑。如果那人果真是他们的儿子的话，怎么连彼此的话都听不懂呢？这样的失误显然只能是陌生人所为。可是，要是那个男人不是模特老太的儿子，那么他们之间到底是什么关系呢？难道果真是情人吗？

何小遇忍不住偷偷打量着，发觉模特老太虽然比一般的老年人看起来干净顺眼些，可毕竟已是六十多岁的人了。何小遇注意到老太患有严重的皮肤病，每天都悄悄躲在卫生间里用浮石搓洗身体，何小遇每次不小心撞见都忍不住觉着有些恶心。难道那个男人对这一切会视而不见吗？

何小遇躺在床上，悄悄地看着那个男人在模特老太的身边忙碌着，忍不住有些感慨。在这个世界上，总有些让人感觉奇怪的关系。虽然外人看不明白，但是对于他们自己来说，却可能是最自然不过的事情。那个男人显然是因为金钱的缘故才与她在一起的，模特老太当然不可能不知道。但是现在，交易肯定已经变得不那么重要了，支撑他们在一起的一定是别的东西，比如相互的需要和厌倦，或者是别的什么外人无法了解的缘由吧？

以前，要是讨厌谁，何小遇决不会与那个人在一起。等到长大成人之后才发现，喜欢、爱慕之类的常常是转瞬即逝的，倒是别的一些情感，比如厌倦，反而会持久得多。一个人与另一个人在一起，也并非都是由于爱。就像姐姐每次回家抱怨丈夫，咬牙切齿地说姐夫坏话的时候，何小遇每次都以为他们肯定过不下去了。但是，他们至今仍然生活在一起。

姐夫是那种不多说话的人，这样的人几乎在每个单位都会有这么一两个。老实平庸，缺乏热情，没有什么朋友，多半还有些木讷，在领导眼中是可以忽略不计的那种。无论遇上什么事，总是自觉地站在众人的后头。

按说姐夫各方面的条件并不比别人差，但在众人眼中，却总像是比别人差一截子似的。就连姐夫自己，也认为这是理所当然的事。因此，越发地不自信起来。

　　当初姐夫刚从部队转业那会儿，姐姐还曾对他寄予厚望，认为他正处于年富力强的时候，以后怎么着也应该混个一官半职吧？但是，她很快便失望了。周围那些该提拔的人大都变成了大大小小的领导，只有姐夫依旧还在原来的位置上，做着一成不变的杂事，连个科员也不是。眼看着年纪渐渐大了起来，升迁的指望也一天天变得遥不可及。姐姐望着姐夫的背影，总是忍不住恨道，你为什么这么不争气呢？

　　姐姐每次回娘家的一个重要任务，就是向母亲倾诉丈夫的窝囊无能。有时，母亲也会因为什么事情与她一起埋怨着。姐姐说，我现在连一分钟也忍受不下去了，人家一个人占着好几套房子，连儿孙们的新房都提前预备下了。他倒好，分一套面积没有达标的顶楼房子，钥匙还没有拿到手，倒要把现在住的先交出去。

　　因为到底交不交房子的事，姐姐与姐夫吵过无数次的架。每次吵架，姐姐都少不了抱怨他事先没有请客送礼做工作。要不然做无赖也成啊！让领导见到你就发怵，自然吃不了大亏。谁知却连做无赖的本事也没有，在领导面前连一句硬话都不敢说。这样老实无能的人，不欺负你欺负谁呢？

　　大多数的时候，姐夫只是一声不吭地听着，有时微弱地为自己争辩几句。却常常引来姐姐更加激烈的数落，声音一声比一声高。于是，姐夫便闭嘴不吭声了，也看不出姐姐的那些话是不是听进去了。

　　其实，姐夫在内心里也是不愿意交房子的。只是因为领导逼得太紧，他实在是没有办法。在单位里，像姐夫这样的情况当然不止他一个，但是人家都有过得硬的理由，放在桌面上也是冠冕堂皇的，几乎让人难以辩驳。相形之下，他自己的理由却显得十分牵强，缺乏说服力。

领导对姐夫说，没有达标的住房面积以后可以再补嘛！但这一次要是不交，那你就是超标占房，就是违反规定！

姐夫在机关里只是个可有可无的小职员。这违反规定的事在别人那里或许是无足轻重的，但在姐夫听来，却有些承受不起。而且，每次领导找他谈话的时候，姐夫总是会没来由地紧张。原本想好了要说的话也总是因为紧张，很快便忘得精光。

领导拍着姐夫的肩膀，说，组织上还是了解你的，虽然你也有实际困难，但跟别人相比总还是好得多。而且，你也是老同志了，应该给年轻人做个榜样嘛！有什么问题我们以后再说。

领导的手掌很大、很热，落在身上十分温暖，姐夫的心里忍不住一噤。他平时在单位里是被人冷落惯了的，原以为从没有人在意自己，没想到原来领导竟也注意到了。姐夫沉浸在这意外的温暖和感动中，心里空茫茫一片，禁不住点了点头。

领导见姐夫表了态，越发变得热情起来。原本放在肩头的手又移到了姐夫的手掌心，重重地握着。同时，伸出另一只手诚恳而热情地拍着姐夫的肩膀。然后，这才点点头离开了。

单位的领导是那种天生应该当干部的人，高大结实，双眸明亮。平日里，总能见到领导在众人面前谈笑风生，既热情洋溢又光明磊落。许多在一般人眼中十分棘手的事情，到了领导那里，三言两语便被解决了。姐夫在一边看着，常常忍不住既佩服又崇拜。

姐夫一直认为领导是有能力的，他相信，在有关清房的问题上，领导也肯定能够一碗水端平。姐夫并不知道那些跟他一样需要交房子的人，是不是在背后做了什么手脚。他觉得，即便他们真的像姐姐说的那样，私下里请客送礼，他也相信领导一定能抵挡得住这样的糖衣炮弹。领导是那种能做大事情的人，而且势头正好，哪能被这点小恩小惠拉拢住，误了自己的前程？因此，虽然姐姐一直在旁边不停地唠叨，他到底没有听她的话。

但是，没想到领导最终还是欺骗了姐夫。姐夫直到后来才知道，原来单位里只有他一个人按照规定交了房子，其他的人都因为这样那样的理由没有交。现在，姐夫有点为自己当初的表态后悔了。但大丈夫一言既出，驷马难追，哪有再反悔的道理？而且，那几个不交房的人不是因为父母生病就是自己的身体不好，需要别人照顾。姐夫私下里最引以为傲的就是自己的身体，自然不愿意跟他们比。

反正自己现在有房子住，权当是把自己该得的那份捐了出去。姐夫一直相信吃亏是福，老天是公平的，这里失去了，肯定会在别的什么地方补偿自己。所以，虽然明知道自己吃了亏，却私下里硬生生地忍下了。就是姐姐整天在家里吵吵闹闹，他也从没有露出过一点口风。

谁知姐姐却不知从哪里知道了消息，自然气愤难平。眼看着交房的日期一天天临近，姐姐的情绪也变得越来越坏，几乎天天与他吵架。姐夫当然也想到过反悔，可是，拿什么做理由呢？妻子想出的那些理由，他觉得哪一条都站不住脚。而且，他也有点不相信，领导真的就能让那些人把房子占住？因此，无论姐姐怎么唠叨，他总是一声不吭地坐在一边，不搭理她。

因为这件事，两个人还曾经打过架。姐姐自然不是姐夫的对手，他只一掌便把姐姐推倒在地。姐姐从地上爬起来，恶狠狠地冲过来，抓破了姐夫的脸，又把家里的锅碗瓢盆之类的东西噼里啪啦摔了一地。之后，愤愤不平的姐姐跑到姐夫的单位大吵了一顿，没想到却被人家一句话便顶了回来。这又不是你的单位，你凭什么在这里大喊大叫？

这样的质问虽然无理，却是无法辩驳的，就连平日里能言善辩的姐姐也被噎得半天说不出话来。而姐夫那时就在一旁站着，竟然低着头一声不吭。姐姐哪里受过这样的窝囊气，冲过去抓住姐夫的衣服领子，咬着牙恨道：走，到法院离婚去！这样的日子不能过了。

没想到那边却传出一声冷笑，说，这是你们家的私事，犯不着把这种事拿出来张扬给大家听，要吵架回家吵去！

就在这时，谁也没有想到，平日里老实窝囊的姐夫不知怎么却忽然发起火来。一抬手推了姐姐一个趔趄，红着眼睛让她赶紧走，别在这里丢人现眼了。

以前，家里的大事小事都是姐姐做主惯了，即便有什么事姐夫想按自己的意见办，最后也总是拗不过，到头来还是要听姐姐的。现在，丈夫竟然当着众人的面让她下不了台。姐姐一气之下甩开手回了娘家，临走的时候丢下话来，要交房子就离婚，无论如何不能再跟这样窝囊的男人过下去了。

姐姐在娘家一住就是半个多月。平日里，母亲虽然总是跟着姐姐一起数落姐夫的不是，但等到姐姐真要离婚的时候，却又开始不停地劝导起来。两个人毕竟过了这么多年了，儿子都已经上小学了。那个男人虽然窝囊无能，却是让人放心的老实人，从没有在外面给你添乱惹过是非。你的脾气又爆，三句话不说就炸了，每次都是人家让着你。居家过日子不容易，总不能因为一套房子就把一家人给拆散了吧？

姐姐不服气，说他脾气好？只差没当着众人的面打得我鼻青脸肿了。一个窝囊废，吃里爬外的东西！欺负家里人倒像是个人物似的，这样的日子没法过了！

母亲停了停，又接过话头劝道，话说回来，就是真离了婚，你也占不了多少便宜。常言道，男人三十一枝花，女人三十豆腐渣。人家离了婚还是香饽饽，连没结过婚的大姑娘也能娶到手。你这都四十的人了，又拖着个孩子，再嫁就难了，到时候吃亏的还是你。

姐姐恨道，我哪里还想再嫁？要是再遇上个像他这样的男人，还不如自己一个人过一辈子呢。

虽然表面上仍旧不服输，母亲的那些话姐姐肯定是听进去了。下次，等到姐夫低着头来赔礼道歉接她回去的时候，姐姐虽然把他臭骂了一顿，倒是乖乖地跟着回去了。

姐姐到底没有拗得过，房子最终还是委委屈屈地交了出去。因为有这么个短处捏在姐姐的手里，姐夫在家里的地位变得越发微妙起来。几乎所有的家务活儿都理所应当地落到了姐夫的头上，而姐姐的情绪却并没有因为他的勤快而有所好转。无论什么事，只要他稍有不满，都有可能引来姐姐的愤怒，然后便是小题大做地争吵。姐夫吵不过她，因此只能一声不吭地听着。

其实，当初姐姐与姐夫结婚的时候，脾气一点也不像现在这样。那时候，姐夫还在部队当兵，两个人一年见不了几次面。偶尔在一起的时候，也总显得有些生分。等到差不多熟稔起来的时候，又到该是分开的时候了。因此，留在记忆中的都是对方的优点和好处。后来虽然有了儿子，需要操心的事一天天地多了起来，但因为有母亲帮着，姐姐倒也没觉着有多少不满意的地方。

姐姐从小就是那种争强好胜的性格，虽然这样的个性并没有给她带来什么好处，但在暗地里却一直希望丈夫以后能有些出息，让她在周围人的眼中扬眉吐气。但是，姐夫看起来却连一点进取心都没有，这让她忍不住暗自着急起来。

而且，不知从什么时候起，姐姐发现丈夫对自己的感情也早已变得十分淡漠。姐夫以前是在野战部队服役，现在却一天到晚要坐在办公室里。虽然姐夫自己在私下里也颇想有些作为，但人总是放不开，反倒凭空地显出一副笨拙相来。

他似乎天生就是那种打不开局面的人，听上级的命令听惯了。人又没有心计，凡事总是在原地打转转，反应不过来似的。满身的上劲心却不知道该往哪里使。于是，便处处都是疙疙瘩瘩的阻碍，明里暗里的不顺心。很快，原先的那点上进心便消沉了许多。但是，这些烦心事他从不会在家里说，总是一下班就不见了人影。就是偶尔在家里待着，人也显得有点恍恍惚惚的。

见他这样，姐姐便忍不住跟他吵。于是，姐夫很快便妥协了，下班之后便按时回家做家务，照顾儿子。等到丈夫断了升迁的指望，姐姐的心也渐渐变冷了，倒是把她的脾气一天天养大了。

看着丈夫在家里忙碌的身影，姐姐时常会没来由地生气。其实，她一点也不稀罕丈夫是不是做家务。要是姐夫能升个一官半职，她倒是宁愿心甘情愿地侍候他。有时，满腹怨恨的姐姐甚至希望丈夫还像从前似的不归家。见不到丈夫的面，姐姐或许会少生些气。

但是，姐夫在单位里的处境并没有因为交了房子而变得好起来。众人虽然都知道他吃了亏，但因为他妻子的缘故，姐夫一下子被人看轻了许多。一个如此怕老婆的男人，别人嘴上不说，心里总是有些不屑的。而且，既然吃那么大的亏都忍下了，以后再遇上点什么事，自然也不把他放在眼里。

而那些没有交房的人，对姐夫的积极配合，暗地里更是恨成一个洞。因为有他的先例，他们那些多占的房子，早晚还是得交。当初对姐夫信任有加的领导，自从交了房子之后，目光又重新变得空泛起来，就好像他这个人根本就不存在似的。姐夫虽然心里忍不住有些难过，却从没有说过什么。这倒不是因为肚量大不在乎，而实在是因为懒惰、怕麻烦的缘故。而且，自己笨嘴拙舌的，就是遇到有什么好处去争，也未必能争到手。索性就这么不管不问的，倒也轻松自在。

周围的人只当他是看不出来，或者是吃亏吃惯了，竟也把这当成是理所当然的事。开始的时候，姐夫也曾在暗地里伤心失望过，很想找个人倾诉一下心中的委屈。但这样的事情自然不能跟妻子说，说了就等于是自己找骂。但是除了姐姐，他却发现，自己再也找不到可以诉说的人了。

为了不让自己失望，姐夫总是装出一副视而不见的样子。久了，竟像是真的看不出来似的，整个人都变得有些迟钝起来。一点点的失望日积月累地积攒起来，就像是腌臜难闻的秽物，小山似的在心头隆起着。表面上看起来不妨事，可那沉甸甸的分量压在身上，似乎连他的身材都有点被压矮了，人也一日日地变得瘦弱憔悴起来。

现在，姐姐几乎每天都要数落唠叨一遍，随便一点什么事都可以让她大发雷霆。姐夫就在姐姐的愤怒声中做饭洗碗，养花喂鸟，就像什么事也没有发生过一样。只有在深夜一个人的时候，他才会抬起头，眯缝着眼睛仰望着那座被无数的龃龉和失望滋养得枝繁叶茂、花木茂盛的小山。

那时候，姐姐和儿子都已经入睡了，他在灯光下独自回味着那些早已经变得陈旧模糊的往事。每一段往事都与尖锐的失望相连，自尊被压缩到了极限。每一次他都以为，自己不能再忍了，再忍就活不下去了，但最终都挺过来了。姐夫不禁暗自讶异，这难以忍受的一切，自己竟然都忍下来了。现在，好多事情都已经记不清了，只有那些像秽物一样的刺痛还血淋淋地留在眼前。

姐夫发现，几乎所有的人都在欺辱自己。单位的领导、同事，还有睡在身边的这个女人。就连儿子也从不把他放在眼里，姐夫经常能从儿子一声不吭的脸上发现那种类似于仇恨一样的表情。每当这时，姐夫总是会想象着儿子长大成人后的样子。

看儿子现在的骨架，到时候肯定会长得比他高大粗壮，脸盘宽大结实，蓄着硬硬的胡须。只是那时儿子脸上的表情肯定早已不再是仇恨，而是变成了不屑。那属于未来的不屑深深地刺痛了姐夫。他很想冲上去对着儿子拳打脚踢一顿，但最后还是悄悄地忍下了。姐夫知道，打了儿子之后会是什么样的结果。

儿子肯定会到姐姐那里去告状，姐姐一定不会善罢甘休的。于是，又是无休止地争吵，翻出些陈芝麻烂谷子的旧账，再把已经结痂的伤口撕开，重温一遍过去的刺痛与龃龉。这样的场面，就连想一想都让人疲惫不堪。不！他宁愿像现在这样，什么也不做。

　　晚上睡不着觉的时候，姐夫常常会把自己四十多年的人生在心里细细地过一遍。他发觉，自己从没有爱过谁。他从小就是在父母严厉的管束中长大的，父母几乎每天都在说他这也不行那也不行。能记得的都是挨打的事，不是挨外面不相干的人的打，就是挨父母的打。小时候，姐夫曾经很想悄悄地杀了父母或者是那些曾经打过他的人，然后再逃到哪个不为人知的地方藏起来。姐夫从小就知道自己长相难看，又笨拙无能，几乎从没有遇到过快乐的事。那时候，仇恨让他的心整日都是满满的，几乎没有空间再去承载别的情感。

　　等到长大成人，不再挨父母打，也不再有外面的人敢明目张胆地欺负他的时候，那仇恨便变成了淡漠。甚至直到与姐姐结婚，他也从没有真正地爱过谁。因为知道不可能有女人喜欢自己，因此那些漂亮女人对于他来说就变成了与自己毫无关系的风景。偶尔，姐夫也会偷偷地跟在哪个漂亮女人的后面，忍不住做些让人耳热心跳的美梦，但在心里却十分清楚，她们是永远不会属于自己的。

　　姐夫与姐姐是通过别人介绍认识的。他尽管不喜欢她，却也并不讨厌。姐姐虽然长相普通，脾气又不好，但他却从没有挑剔过她，因为他知道自己没有挑剔的资格。虽然并不讨厌，却也从没有达到过爱的程度。从结婚的第一天起，姐夫就已经十分清楚地预见到了将来。但是，那时候他相信人生很短暂，要不了多久，他们就会相继老去。直到后来很久才意识到，从衰老到死亡之间，还有一段十分漫长的路程。

　　现在，姐夫早已经不再有任何幻想，甚至不再幻想衰老之后的僵硬与痴呆。因为，他现在的肌肉依然结实有力。每天清晨刮完胡须之后，他都能感觉到自己健康而充满活力，身体里有一股莫明其妙的力量正在悄悄地涌动。外面的阳光很明媚，一切都是那么美好，他的未来还很长，还有许多不可预料的事情等着他。或许，还会有意外的惊喜。

但是，等到太阳一点点地升高，那股莫名的力量就会像清晨的露水一样，很快便消失了。新的胡须又开始长出来，伸出手去，可以摸到坚硬的胡子茬儿。他缩着脖子坐在办公桌前，捧着茶杯喝茶，翻当天新到的报纸。不断有人从他身边经过，几乎没有人看他一眼。他知道，明天和今天一样，会是完全相同的一样的日月。他还会继续受别人欺负，还得继续吃喝拉撒，制造垃圾，听那个女人的唠叨。这样的现实常常让他绝望无比。

姐夫经常觉得自己应该爱点什么。可是，有什么东西值得他爱呢？他曾经幻想过去爱一个人。那应该是个女人，他可以在那个女人的崇敬与抚爱中体味自己的力量。那个女人或许并不漂亮，但却年轻而娇媚。重要的是，女人应该非常地爱他，这爱因为陌生和执着而变得十分疯狂。他忍不住闭上眼睛，看见那个女人正对着他谦卑而温存地微笑着，那样的笑容不知怎么忽然让他前所未有地激动起来。但是，有时姐夫又觉得，这样的女人根本就是不存在的。没有哪个女人会爱上像他这样的男人，他也没有机会在她面前展示什么。而且，自己是否真的富有力量也是一件值得怀疑的事情。

姐夫也曾认真地打算做个好父亲。并不是他真的有多么爱儿子，而是因为张口闭口谈家庭是当今的时尚。他心甘情愿地洗尿布，不厌其烦地教儿子牙牙学语，牵着他的手，为他的每一点微小的进步而欣喜万分。那是一段令人怀念的好时光，他至今仍能回忆起站在儿子的小床前，看着他入睡时的幸福情景。

可是，儿子很快便长大了。在很长一段时间里，姐夫依旧把儿子当成是一个可以随意摆弄的小玩意。但他很快便发现，这个昔日的小玩意已经不那么听话了。又因为有姐姐的怂恿，竟经常公然与他对抗。于是，气愤不已的姐夫开始背着姐姐打儿子。

等到巴掌落到儿子身上的时候，他忽然发现，原来自己并不是真的爱儿子。这个发现多少让他有些释然起来。因为，这样他就可以不必为儿子的对抗而感到伤心失望了。

姐夫就是在那时忽然一下子变成了一个脾气暴躁的父亲，打起儿子来毫不留情。虽然儿子经常会到姐姐那里告他的状，但等到下一次，他就会将这作为理由再把儿子痛打一顿。他一边打一边气咻咻地说，让你去告状！让你去告状！你还去告状吗？

但是，每次打完儿子，他都会感觉十分内疚。于是，又会千方百计地讨好儿子。把自己攒下的私房钱偷偷给儿子，或者给儿子做一只漂亮的弹弓。但是，他发觉儿子常常并不领他的情。儿子低着头接过钱，连一句感谢的话也没有。有时，干脆说他不想要他的钱。就是在他身边的时候，他也能感觉到儿子肌肉僵硬，浑身不自在。要不是因为怕挨打，肯定早就一溜烟跑掉了。就连他检查作业的时候，儿子也是一脸的不信任，甚至不相信他告诉他的计算题的答案是正确的。他知道，生活中那些数不清的失败早已让他失去了儿子的信任。

而且，姐夫很快便发觉，儿子一点也不可爱。脾气古怪，长相难看。五官身材几乎集中了两个人的短处，越看越不像是自己的儿子。姐夫经常会无来由地怀疑这个儿子是跟自己毫无关系的陌生人。但是，有时又会在儿子身上恍惚发现属于自己的影子。那样的相似，常常让他觉得既欣喜又恶心。

在对儿子的兴趣消失之后，有一段时间他开始热衷于国际形势，对世界大事十分着迷。世界上每一个偏僻地区发生的战争和政权更迭都能引起他的兴趣。单位里订的报纸他总是翻来覆去地看，每天晚上七点的电视新闻联播从没有落下过。他还戒了好几个月的香烟，自费订了一份《参考消息》，以便深度了解全球经济的发展和世界强国的变更。

有了这些知识储备之后，姐夫觉得应该和别人交流一下了。但是，和什么样的人交流呢？单位里的人显然不合适，他早已经习惯了在他们面前保持沉默。对他们来说，他只是一个会说话的影子而已。这些事当然也不能和姐姐说，女人对这样的话题总是不感兴趣的。而且，就是感兴趣他也不愿意说。他不愿意让她知道他竟然懂这些事情，也不愿意在她面前侃侃而谈。姐夫已经习惯了让妻子生气失望，即便只是为了激怒她，他也宁愿自己在她的心目中保持着一个最下等无能的形象。

而除了他们，姐夫发觉自己竟然再也找不到可以交流这些知识的人了。但是，他仍然不甘心。于是，便试着和那些光着膀子在马路边乘凉的男人们说话。但是，这些男人个个都像是国际问题专家，他还没有说完，他们便不愿意听下去了，还拿出一套自己的理论反驳他。那全都是他们在生活中积累的人生经验，放之四海而皆准的真理。虽然偶尔也会有相符的时候，可不知怎么，用来分析那些错综复杂的国际形势，总显得有些滑稽。

他们也像他一样，大都在单位里窝囊惯了，有的早已下岗了。但却都不像他似的，那么隐忍认命。他们一边伸出手啪啪地拍着蚊子，一边伸长脖子为那些远在天边、与己无关的事打抱不平。他们说的全都是毫无根据的外行话，却理直气壮得像是联合国新闻发言人似的。开始的时候，他还耐着性子跟他们解释，告诉他们他说的这些都是有出处的，并非是自己的胡编乱造。但是，那些男人根本就不听他的。他还没有说完，他们已经开始说别的了。

这样几次下来，姐夫便不愿意再跟那些男人说什么了，而他们再见到他的时候也像是根本就不认识他的陌生人。等到姐夫发觉根本就没有人可以与他交流国际知识的时候，他这才忽然意识到，原来自己对美国的选举、非洲的饥饿，还有那些五花八门的恐怖活动一点也不感兴趣。以前，自己那么热衷于此，只不过是希望自己因此会变成一个有趣的人，或者是赢得别人的几声附和与称赞。既然这个目的达不到，那么那些不同肤色的人们在那些遥远的地方到底做了些什么，便是一件无关紧要的事情了。至少，是与他无关的。

发现这个事实之后，姐夫颓唐了很长一段时间。伤心失望之余，他在花鸟市场买了一只画眉鸟，挂在阳台上每天精心侍候着。可是，当初在卖鸟人的笼子里叫得欢畅清亮的可爱的画眉鸟，在他这里却跟哑了似的，就是不开口。于是，他只好拎着鸟笼子再去找卖鸟人。没想到那鸟被卖鸟人一逗弄，又开始叫了。姐夫拎着鸟笼子兴冲冲地回家，但是等回来之后，那鸟又变成了哑巴。这样反复了几次，他终于失去了耐心，一气之下便把那只画眉放了出去。

画眉鸟被放走之后，阳台上一下子干净了许多。原来因为鸟屎弄污了姐姐的衣服，他还被臭骂过一顿。现在，那只鸟眼看人低的画眉不在了，他倒是感觉有点失落了。每天下班之后，姐夫就坐在原来挂鸟笼子的地方，也不说话，就这么一动不动地坐着。姐姐见姐夫这样，以为他还在为画眉的事生气，便劝道，鸟养不成就养点别的嘛，难不成大活人让尿给憋死？

下一次，姐姐下班的时候果然就带了一盆鲜花回来。于是，他便开始一心一意地养花。但是姐姐买的都是些不值钱的花草，过于精心地打理，反倒养不活了。不管不问的时候，却长成一副枝繁叶茂的葱茏景象。这让他忍不住感叹，怎么这些花也像人一样的下贱？

可是，那些名贵的花草价钱太高，就是姐姐愿意买，他也舍不得花那个钱。很快，当初养花的那点闲情雅趣便淡化了许多。等到姐姐骂他是天生的笨蛋，什么事情都做不成的时候，他的心里倒感到有几分欣慰了。

姐姐说着说着，又翻出了过去的陈年旧账。那些积年的痛楚就像厨房里的油烟，平时落在角落里无人注意，与日积月累的灰尘混杂在一起。原以为早已经不存在了，谁知一碰却狼烟四起，能激出眼泪来。现在，姐姐因为又想起了过去的那些吃亏上当受人欺辱的事情，家务活儿做了一半便丢在一边，生气离开了，只留下他和被姐姐重新搅起的记忆一起留在厨房里。

姐夫不动声色地看着姐姐离去的背影，眼睛里却忍不住露出几分喜色。姐姐唁唁的吵闹声，让他觉得生活还在原来的轨道上按部就班地向前滑行着。他忍不住低下头，嗅着厨房里隔日的有些变了味的菜香。现在，昔日的一切早已变成一片模糊而浅淡的痛苦，停留在他的舌尖上和每一个关节之处，一动便牵着身体里面的某个地方，钝钝地痛。但是，这样的疼痛却是让人欢喜的。他忽然发觉，就是那些像秽物似的往事也是自己的财富。它们虽然肮脏不堪，却是体己温暖的。要是没有它们，他还有什么呢？

姐夫站起身，拍了拍手，把姐姐扔在地上的鱼儿捡了起来，重新收拾干净。心里开始犹豫着，该怎么炒这条鱼，是清蒸呢还是红烧？

何小遇后来曾经认真地设想过，当初如果自己真的嫁给了谢邀，会怎么样呢？那么现在她肯定早已变成一个平平常常的主妇，生儿育女，过着平静而普通的家庭生活。虽然也会时常有烦恼和痛苦，但就连那烦恼和痛苦也和无数普通人一样，没有什么特别的。而且，何小遇相信，谢邀肯定会把她的生活安排得十分妥帖，不会让她像现在这么孤单无助的。

那种波澜不惊、四平八稳的生活，自然没有什么好的，但又有什么不好呢？何小遇至今仍有些不明白，当初自己为什么会拒绝呢？

那时候，谢邀已经离开报社自己创业，开了一家律师事务所。虽然每天总是在忙，但不管多忙，谢邀一定会抽出点时间给何小遇打电话。周末的时候，也不会忘记约她出来一起吃饭。何小遇发觉，自己并不讨厌谢邀。有一段时间，与谢邀约会成了她生活中唯一的乐趣。

两个人在一起的时候，大多数时间都是谢邀一个人在说话，何小遇只是静静地听着。谢邀说着说着就会说到自己从前的那些事情，她似乎也是百听不厌。何小遇每次都会有一种错觉，觉得谢邀说的那些陈年往事，其实并不仅仅只属于他一个人。这其中，也有她的份儿。谢邀中学没有毕业就退学、与外面的女孩胡混，在工厂里吃苦受累，左右逢源，无论怎样出人意料，何小遇都会觉得亲切无比。

那时谢邀的离婚大战正处于胶着状态，两个人虽然生活在同一座城市里，却相互漠不关心。尽管两个人之间早已经貌合神离，但因为谢邀执意要离婚，妻子赵彩云却公开扬言，决不会让他称心如意。不让谢邀称心如意的具体内容，就是提出各式各样的离婚条件。

谢邀费了九牛二虎之力刚与她谈好的事情，要不了多长时间，赵彩云可能就会全盘推翻，就连曾经答应过的条件，也会矢口否认。此外，就是故意拖延时间，迟迟不办离婚手续。被离婚搞得焦头烂额的谢邀总是对何小遇说，我再也无法忍受了，无论如何也要离开她。何小遇每次听到，只是笑笑，什么也不说。

谢邀第一次去工厂上班的时候，就听见有人在议论赵彩云。那时正是中午休息时间，车间里几个穿着油脂麻花的脏工作服的女人正围坐在一起，捧着铝皮饭盒呼哧呼哧地吃饭。忽然有人高声说，我就是看不惯赵彩云的那副做派，做出那个样子给谁看？难道她就比别人高贵不成？

正说着，有个穿套装的年轻女人从远处走了过来。几个人见了，便很谨慎地住了嘴。车间里的机器那会儿恰好停了，女人的高跟鞋发出的笃笃声，在空旷的厂房里传出很远。

几个女人的议论声早已被她听见了，年轻女人看起来却并不怎么在意。目光很空泛地在众人的头顶上停了停，很快便掠了过去，然后不动声色地走开了。谢邀后来才知道，那个年轻人就是赵彩云。

那一年，赵彩云虽然只有二十出点头，却已经是厂里的老职工了。虽然跟别的女工一样，每天要在轰隆隆的车间里三班倒，但赵彩云却显得十分与众不同。厂里规定工人在上班时间必须穿工作服，她当然不能例外。但只要一下班，赵彩云马上就会把肥大难看的蓝色工作服脱下来，换上干净整齐的套装。就连中午休息、吃午饭的时间，也不嫌麻烦。

赵彩云慢条斯理地换衣服，细心地把白衬衣的领子翻到西服上衣的外面，再穿上长筒袜、高跟鞋，有时，还会在胸前别一粒显眼的胸花。赵彩云换好衣服之后，并不到外面去，只是在厂子里慢腾腾地溜达，或是站在隆隆作响的车间门口，一站就是大半天。

车间里机器的噪声就像是一头奇形怪状的野兽，一边疯狂地摇晃着自己，一边愤怒而耐心地揉捏着周围的空气和每一个靠近它的人的身体，把人所有的焦躁和坏脾气从脚掌心慢慢地逼到头顶，再从耳朵洞里一点点地扯出来。赵彩云一动不动地站在那里，却似乎对这样的噪声充耳不闻。没有人知道她为什么要站在那儿，也不知道她到底在想些什么？

谢邀很快便发现，赵彩云虽然爱打扮，但却从不像别的那些赶时髦的女工一样，把自己抹得花红柳绿的。赵彩云的脸上几乎看不出化妆的痕迹，她总是穿浅灰或深蓝色的套装，头发高高地绾在脑袋后面，用一根素色发卡固定着。这让她看起来就像是个尽职尽责的办公室文员。而且，赵彩云从不跟厂里别的女工一起扎堆吃饭，脸上的表情里也总有一股淡淡的若有若无的倨傲。

周围自然有不少人对她看不惯。按说赵彩云并没有读过几天书，只有初中毕业。长相虽然还算漂亮，却也没有到让人惊艳的地步，又是在城墙根的棚户区里长大的。他们怎么也弄不明白，赵彩云的自我感觉为什么会这么好？她为什么非要让自己跟周围人不一样呢？谢邀就不止一次听见有人在私下里说她过于心高气傲，是有病，不正常。

那时候，谢邀其实对自己的生活状态也是一点都不满意。从到厂里的第一天起，他便发觉自己是不属于这里的。因此，他一眼就看出了隐藏在赵彩云内心深处的不满，这不满因为没有出口而变得深不可测。还有那些面目模糊、虽然芜杂不堪但却生命力强健的各式各样的渴望，连赵彩云自己都说不出个所以然来，但却悄悄地孕育着、生长着，一波波地在她的身体里汹涌澎湃地涌动。赵彩云就像是怀着不为人知的孩子，因为一个人拥有惊人的秘密而忍不住辗转反侧，坐卧不宁。

谢邀悄悄站在赵彩云的身后。从她的身旁，可以看见车间里发出刺耳噪声的机器。几个穿着油腻的工作服、戴着难看工作帽的女人，正在机器旁忙碌着。旁边的几个人因为什么事，正旁若无人地追逐打闹着。赵彩云的目光，一直感情复杂地停留在他们身上。

不知怎么，面前的这个女人有点让谢邀感动。一颗心很快变成了倾倒在宣纸上的一块块墨迹团，顿时枝枝蔓蔓地洇染出一大片，湿漉漉地颤动着。等到女人转过身来的时候，谢邀便冲着她笑了笑。先夸赵彩云的那身套装很漂亮，衬托出了她身材的高挑、苗条。然后，谢邀忽然小声对她说，你别管她们，我支持你。

赵彩云听了，愣了一下，对着他淡淡地笑了笑，又别过脸去。

那时，谢邀刚来厂里不久，就有不少女工喜欢他。有人还主动出击，悄悄地向他表达爱慕之情。谢邀置之不理，暗地里却向赵彩云频频放电。赵彩云虽有些得意，却只是不动声色地听着，嘴角露出一丝若有若无的微笑。谢邀一时也弄不清那到底是羞怯还是讥讽。

其实，赵彩云一点也不讨厌谢邀，甚至还有点喜欢。但是，她却并不打算接受谢邀的爱慕之情。周围的女工差不多都是嫁给本厂或是外厂的工人。每天下班的时候，时常会有穿戴整齐的小伙子推着自行车在厂门口等着。刚下班的女工甚至来不及换下工作服，便跳上自行车后座，再把脸颊贴在小伙子的后背上，风驰电掣般地一路远去了。

偶尔，也会有人给赵彩云介绍对象。因为大都是一线的工人，她甚至连面都不愿意见。车间里那几个正在谈恋爱的女工，几乎所有的话题都离不开自己的恋人。虽然漫不经心地抱怨着，眼睛里却忍不住溢出感动和骄傲来。面对这样的情景，赵彩云虽然也时常会有几分眼热，但却从没有真的动心过。

她知道，别看这些年轻女工现在一副幸福快乐的模样，等结了婚之后，要不了多久，就会被清苦忙碌的生活挤压得变了形。她们早晚会变得和车间里那些一声不吭在机器旁劳作的中年女人们一样，苍老、麻木而倦怠。要是赵彩云接受了谢邀，就等于是把自己降到了与车间里别的女工相同的位置。那么她的骄傲、她的套装，都将会变成一件十分可笑的事。因此，赵彩云毫不犹豫地拒绝了他。

但是，谢邀到底不是等闲之辈。虽然谢邀当初连高中都没有毕业，但却活络能干，还有些写写画画的才能。车间里的那块黑板报，原本只是用来统计大家每星期的工作量的，在谢邀的手中却很快变成了一大片春光灿烂的菜园子。从国家大事、时政要闻，到大家关心的政策法规、社会新闻，车间里的新鲜事、笑话逸闻，再配上鲜艳生动的插图、漫画，煞是引人注目。厂里差不多都是女工，男人本来就少，谢邀的才干很快引起了领导的注意。不久，便被调到了厂部办公室，负责厂里的通讯报道工作。

让赵彩云心仪的男人始终没有出现，而她的年龄却一天天大了起来。父母开始整天在身边唠叨，赵彩云虽然每次总是说自己年龄还小，早着呢，暗地里却也忍不住有些着急。于是，赵彩云又想到了谢邀。要是没有别的合适的人选，嫁给谢邀倒也算是个不错的选择。现在，谢邀虽然仍还是工人身份，但在厂里已经混得有模有样了。尽管谢邀还有那么多让她不满意的地方，可天底下的事情哪能都尽如人意呢？还是走一步算一步吧。

于是，当谢邀挺着腰杆在车间门口走来走去而不需要进去干活的时候，赵彩云的目光便有些急切地迎了上去。这时的谢邀对赵彩云依旧不改初衷，她便也不再摆出当初那副凛然不可侵犯的模样。半年之后，赵彩云终于半推半就地嫁给了他。不久，由于谢邀的关系，赵彩云被调到另一家工厂做起了机要秘书，终于可以名正言顺地穿套装了。

与谢邀结婚之后，赵彩云安静了一段时间，衣着和谈吐也变得越发讲究起来。赵彩云原本就是那种善于察言观色的人，因为谨慎，说话总是字斟句酌的，一副文绉绉的样子。要不是因为文化水平低，连个通知都写不好，字也写得太难看，一切看起来几乎是天衣无缝的。然而，赵彩云很快便感觉有些不满足了。她不愿意继续待在工厂里，想做一名真正的机关干部。

谢邀那时已经离开工厂，到报社做起了记者。虽然有些神通，却一时难以满足赵彩云的愿望。于是，便劝她算了。家里孩子还小，现在的工作既不费什么心力，又可以名正言顺地穿她喜欢的套装，瞎折腾什么呀？

见谢邀这么不理解自己，赵彩云顿时有些生气了。难道她只是为了能穿套装吗？看机关里那些女干部们的档案，哪一个当初不是苦大仇深的？有许多还不如她呢，现在却可以坐在气派的大机关里，一脸的优越和倨傲。凭什么她们行而她却不行？尤其让她伤心的是，谢邀竟然只看到表面现象。两个人虽然都结婚这么久了，却至今都不明白她的心气，这让赵彩云感到了前所未有的失望。为这事，两个人几乎三天两头吵架，任何一点鸡毛蒜皮的小事，都可能引发起一场战争。

以前，谢邀觉得赵彩云上进努力是一件好事情，多少有点纵容她的任性。现在见她如此胡搅蛮缠，便有些生气了。谢邀耐着性子给她解释，虽然现在的机关干部大都是在混日子，可他们哪一个没有些背景？还有学历、资历等等条件，赵彩云却一样也没有。

而且，赵彩云虽然现在也是坐办公室的，但却还是工人身份。要进机关的第一步，就是要改变身份。当初谢邀为改变身份的事几乎脱了一层皮，现在一想起来都有些后怕。赵彩云却一点也不理解他的苦衷，这让谢邀越想越生气。下次两个人再吵架的时候，谢邀终于忍不住吼道，这日子真他妈的没法过了，离婚！

见谢邀发脾气，赵彩云这才不吭声了。

表面上看起来，赵彩云似乎是被谢邀的脾气给吓住了，许多天没有再提调动的事。谢邀以为她这次终于听进去自己的劝告，忍不住暗自得意，很快便将这事丢到了一边。但是，没想到赵彩云却在私下里自己悄悄做起了准备。

一次偶然的机会，赵彩云认识了一家大机关的一名副处长。副处长已经有些老迈了，因为意识到自己的好日子不多了，因此人看起来十分随和。虽与赵彩云是初次见面，却显得热络而谦恭，脸上的笑容几乎与身份有些不相符合。赵彩云那时正私下里四处找门路跑调动，对副处长自然热情有加。聊到尽性时，从自己的心气一直谈到现在的种种不如意，说到伤心处，女人的眼眶中已有了隐隐的泪光。

副处长开始的时候还只是点头嗯嗯地听着。面前的这个女人年纪很轻，女人动容时的模样颇有几分娇媚，一副信赖而无助的样子。副处长的心不由得变柔和起来。

副处长虽然是在机关里混了大半辈子，但却一直运气不佳，到快退休的时候，这才提拔了个没有多少实权的副处长。在机关里待久了，年轻的时候虽说没有捞到多少好处，但周围那些人的底细，却是一清二楚的。那些家伙别看表面上道貌岸然，背地里却都是有情人的。女人们之所以愿意跟他们鬼混，还不是冲着他们手中的权力？要是自己年轻时就在现在的位置，也可以跟他们一样。可惜这一切来得太迟了。

一想到这里，副处长便忍不住有些愤愤不平起来。凭什么他们就可以为所欲为？凭什么他们可以私下里玩女人，自己却不行？再说，他还并不算太老，难道就真的没有机会了吗？

再抬起头来的时候，副处长便收住笑，很认真地说，机关里也不像别人表面上看见的那么风光，里头不如意的事多着呢！再说，去机关上班也算不上什么大不了的事情。

赵彩云低着头听着，没有说话。机关里有不好的地方，这是肯定的。但是哪里好呢？这个世界原本就是丑陋肮脏的，活着本身就意味着烦恼不断。但是，每个人却都希望能活得好一些，名利双收、令人羡慕。

赵彩云见副处长话中有话，忍不住问道，你能帮我吗？副处长不说帮，却也不说不帮，只是闲闲地扯开话题，说起了别的。临别的时候，副处长忽然上上下下把女人打量了一番，夸奖赵彩云的身材好。然后，像是无意似的，要与她比比身高。赵彩云立刻热情地响应，向副处长身边凑近了些。于是，副处长便伸出手揽住了女人的腰肢。赵彩云虽然有点意外，却浑然不觉似的咯咯地笑着，心里还有些遗憾，副处长的手在她的腰间怎么只停留了一下便松开了？

其实，赵彩云在打定主意自己想办法进机关之后，便做好了心理准备。她知道要进机关只有两条路可走：一是请客送礼，二是跟人睡觉。请客送礼需要有经济基础，而且，也需要有些门路，要有人引荐才行。而要做到这一切，没有谢邀的支持，根本就行不通。第二个办法就简单多了。跟人睡觉是每一个女人都会的事，况且她的长相还算漂亮，应该是有竞争力的。而且，只要处理得当，可以神不知鬼不觉地达到目的。现在，虽然赵彩云还不能确定面前的这个副处长是不是真的能帮她，但如果不试一下，怎么能知道呢？

副处长离开之后，赵彩云忍不住有些兴奋起来。她明白舍不得孩子套不住狼的道理，下一次，便主动发出邀请。等到副处长再次要求与她比试身高的时候，这一次，副处长的手终于没有离开她的腰肢。赵彩云很快便与副处长上了床。对于这件事，她并没有多少羞耻感，甚至也不觉得有什么对不起谢邀的地方。赵彩云确实是个做机要的好材料，保密工作做得很好。虽然与副处长偷偷来往了大半年，谢邀竟然什么也没有察觉。半年之后，赵彩云开始要副处长兑现他的诺言。他这才开始隐隐感觉有些不安起来。

副处长没有想到女人这么容易得手，他原以为要费一些周折的，没想到赵彩云看起来竟像是比他还要着急的样子。副处长虽然暗自惊喜，却忍不住有些疑惑，怀疑在这背后是不是隐藏着什么他没有发现的阴谋。副处长悄悄观察了一段时间，依旧没有看出什么破绽。而且，女人在副处长面前的表现也让他彻底放下心来。

赵彩云虽然有所企图，但却是一副十分投入的样子，娇媚而温顺，看起来几乎忘了自己是在偷情。有时，副处长甚至觉得赵彩云就是他的另一个老婆，一个消失了很久却在某一天忽然失而复得的亲人，这样的感觉总是让副处长忍不住激情勃发。

副处长在百思不得其解之后，有一天终于明白了一个道理：或许，赵彩云真的是爱他的。但是，到底是为什么呢？只是因为想让他帮忙？但是女人与副处长在一起的很长一段时间内，几乎从没有提起过这件事。虽然想让副处长帮忙是赵彩云与他在一起的主要原因，但肯定还会有别的什么原因存在，要不然又该如何解释女人对他的好呢？

副处长想起有个伟人曾经说过：世界上没有无缘无故的恨，也没有无缘无故的爱。但是，他一直没有找到可以站得住脚的原因。赵彩云到底是为什么与他在一起呢？如果找不到原因的话，那就只能把这一切归结为他的个人魅力了。一想到这一点，副处长终于释然了，也有些飘飘然起来。原来他并不算老嘛。副处长在镜子前仔细审视着自己的身体，发现自己虽然早已经不可收拾地发福了，但身上的皮肤却红润而光泽。副处长伸开手臂握了握拳头，发现两臂的肌肉依然结实有力。这个发现让他顿时找回了许多自信。

其实，副处长当初对赵彩云随口许下的诺言，只不过是由于愤愤不平的缘故，是因为想到机关里的那些人而有些愤愤不平。而且，要是仔细地推敲起来，他其实并没有真的答应过什么。他只是给了女人一个希望，一个有可能会成功的希望。但是，就连这个希望也是含糊其词、似是而非的。所以，要是赵彩云真的追究起来，副处长觉得自己也是完全可以进退自如的。

况且，即便真的答应过什么，他也完全可以食言。因为没有人可以证明他说过什么。而要是不能证明，那就等于什么也没有发生过。想到这里，副处长终于放下心来。虽然这让他感觉有些对不起女人，但副处长很快便把这件事忘掉了。

副处长自然是喜欢赵彩云的，也曾在私下里认真考虑过把她调到机关的事。但副处长思思忖再三，最终还是决定放弃。像女人的这种情况，办起来十分麻烦。自己并非是能直接处理这事的领导，就是想帮忙也得去求人。要是他出面帮赵彩云办这件事，人家一问起他与女人是什么关系，肯定就把他给问住了。

那些人都是鬼精鬼精的，一眼就能看破其中的隐情，根本就瞒不住他们。不仅瞒不住，或许还可能因此带来一连串的连锁反应。事情能不能办成不仅一点把握都没有，别人看他的目光或许就要从此改变了。自己在机关里谨小慎微了一辈子，难道临到退休的时候，倒要背上一个花名不成？

一想到这里，副处长便觉得有些不值了。但是，副处长仍然舍不得就此放弃。于是，副处长便问赵彩云，与他在一起的时候是否感觉到快乐？女人很认真地点了点头。副处长说，他也一样，与她耳鬓厮磨时，会觉得自己依旧年轻，充满了活力。

副处长停了一下，忽然抓住赵彩云的手，十分热切地说，让我们彼此用身体给对方带来快乐，别的什么都不要考虑，好吗？然后，副处长便对赵彩云谈起了人生哲理，人活着到底是为了什么呢？所谓的名啊、利呀，其实都是身外之物，最终的原则只有两个字：快乐！这是他用了大半生的时间才领悟出来的一个真理。在机关上班又怎么样？我就是在机关里混了一辈子，到头来不就是落了个可有可无的副处长收场？所以，我劝你不要进什么机关，就像现在这样有什么不好？虽然没什么太多的前途可言，但是轻闲自在。再说，你一个女人家，要那个徒有虚名的前途有什么用处？有些东西不要看得太重，只有快乐才是最重要的。

副处长依旧喋喋不休地说着什么，这个他忽然想到的快乐原则，似乎一下子燃起了他的欲望，手又向女人的胸脯伸了过来。

赵彩云一下子愣住了。这些似是而非的大道理，听起来似乎无懈可击，可实际上就是要让她安于现状。不仅如此，她还应该满怀欢喜与感激，为了能跟他睡觉而欣喜若狂。而这个得了便宜的老男人，却什么也不需要给她。女人忽然发现，原来副处长不仅没有能力帮她，而且根本就不愿意帮她。现在，又拿这些陈腐可笑的劳什子来糊弄她。

当初，她之所以愿意委身于这个跟自己父亲的年纪差不多大的糟老头子，只不过是希望他能帮自己的忙。难道她竟会愚蠢到在他这里寻找什么快乐吗？再说，又会有什么样的快乐可言呢？一张落满皱纹的泥脸，还有那个像小山一样隆起的大肚皮，她必须要装着对这一切视而不见才可以接受。现在，这个肮脏丑陋的老男人竟然与她谈什么快乐原则，赵彩云不仅觉得荒唐可笑，而且实实在在地被激怒了。那是上当受骗，猛然间发现自己手中的钱一下子全打了水漂的感觉。

赵彩云推开副处长的手，咬着牙根骂了一声。然后，一脚把副处长踹到了床下，裂帛似的叫道：滚！你妈的滚！

与副处长分手之后，赵彩云曾经伤心失望了很长时间。但是，这次遭遇并没有让她就此收心，反倒激起了不服输、不达目的誓不罢休的劲头。赵彩云的言行也因此变得越发诡秘起来。现在，赵彩云看起来已是一个十分典型的机关女干部形象。整洁、干练，还有几分刻意装扮出来的优雅。

赵彩云经常躲在房间里偷偷打电话，然后打扮得整整齐齐地出门，有时回家的时间甚至比谢邈还要晚。谢邈虽然能感觉到赵彩云可能有什么事瞒着自己，但每次问她，得到的回答总是什么也没有。要不就是骂谢邈神经过敏，疑神疑鬼不相信她。谢邈那时正忙得不可开交，又怕过于追究下去，赵彩云又要重提进机关的老话。而且，谢邈实在是太忙了，很快便把她的事忘到了一边。

赵彩云后来又遇到过几个声称可以帮她忙的人。因为有了与副处长在一起时的那段经历，她已经有些不敢相信他们了，但又舍不得丢掉这样的机会。于是，便迟迟疑疑地与他们来往起来。但是，赵彩云这时多了个心眼，不像当初那么容易得手了。只是暗示事成之后，少不了要感谢他们。

那些人差不多都是在女人堆里混惯了的，见赵彩云这么小心谨慎，知道就是把她弄到手，估计也是个难缠的角色，于是便很自觉地知难而退了。这样几次之后，赵彩云便有些灰心了。而且，赵彩云发觉，她现在已经不算年轻了。孩子一天天地大了起来，家里家外，需要操心的事情也越来越多。赵彩云觉得，自己进机关的梦想可能永远只是个梦想而已。

其实，赵彩云现在的处境并不算差。厂部的办公用房虽然不算宽敞，赵彩云却独占了其中的一大间。里面除了她之外，还有一只只灰绿色的文件柜，分门别类地存放着职工档案、文件资料，以及各式各样一般人看不到的统计数据。除此之外，赵彩云还拥有一个特殊的权力，掌管着厂里的公章。

每天，赵彩云穿着整洁漂亮的套装独自坐在电脑前。办公室厚厚的防盗铁门把她与外面的世界隔了开来。一般人见到这扇门总会有几分敬畏，有什么事也大都是站在门外说。那多是请赵彩云盖章，或者是查什么资料。他们常常把手中的东西递进去，然后便站在门口等着。有时，赵彩云会客气地让他们进去坐一会儿。于是他们便有些拘谨地走进去，但却只是僵站着，并不坐下。等盖完了公章，便赶紧离开了。

他们能感觉到赵彩云的屋子里似乎有什么东西，那东西神秘而暧昧，就是站在门口，也可能会被意外地沾染到身上。但那到底是什么，似乎谁也说不清。那东西说不上好，却也说不上不好，但却让他们微微地有些害怕。这几乎有点类似于那枚公章，他们本能地被它吸引，却又总是被一种无言的权威提醒着，让他们多少感觉有点自惭形秽。

公章当然不是随便可以盖的，需要有厂领导的签字。但是，有时也会有人私下里请女人帮忙。那多是些说小不小、说大不大的事。比如，孩子上学是按学区划分的，但是不少人为了能让孩子上个好学校，总是想方设法改换家庭住址。厂里的证明虽然未必能起多大作用，却也是个少不了的程序。或者，出差时不小心弄丢了车票，在报销的时候也需要打个有公章的证明，以便在会计那里证明自己的清白。这都是些需要求人的事，因此，赵彩云的地位也在无形中提高了不少。

能自由出入赵彩云办公室的，除了她自己，还有厂里的领导。有时，几个厂领导在私下里要商量点什么事，也多会想到赵彩云这里。这时，赵彩云便会坐在一边，稍稍地做些笔录，觑着机会再给领导们的茶杯里续点茶水。因此，厂里几乎所有的秘密，赵彩云都知道。领导们也知道她可靠，无论什么事，从不背着她。要是遇上分配住房、调工资之类的大事，也有人想从赵彩云这里了解点什么内部消息，却从没有得逞过。赵彩云的嘴就跟贴了封条似的。赵彩云之所以能严守秘密，除了长期做机要工作养成的职业习惯，更主要的原因是她根本从心里就瞧不起那些人，自然不屑对他们说些什么。

赵彩云还掌管着单位里的人事档案，由于有保密制度，一般人无法看到。因此，女人还承担着给每年新进厂的人员计算工资的任务。不知从什么时候开始，传出了她会有意把别人的工资算错的流言。这个流言让赵彩云的形象越发变得诡秘起来，就连打理得十分妥帖的背影也显得有些暧昧。人们忽然发现，赵彩云的身上散发着某种气息，那是权威、慵懒、漫不经心、恶毒、嫉妒等等词汇集于一身之后，所产生的一种斑驳而含混的气息。

但是，有关工资标准的问题，实在是太复杂了。什么工龄津贴、职称、职务津贴、奖金等等，都有着各不相同的细则和计算方法。这样的内部文件别说一般人根本看不到，就是不经意之间看到了也未必能看得懂和算得清楚。偶尔有人有亲朋好友也干这个工作的，这才发现，原来赵彩云给自己少算了工资。于是，便会拿着相关文件找上门来。但这样的情况毕竟是极少数，大多数人都是浑然不觉的。因此有关赵彩云的那个流言，也只是个流言而已，根本就无法考证。

算错工资按理说应该存在两种情况，算多了或是算少了。但在赵彩云这里，却只有少算的事，从没有发生过多算的情况。那些被女人算错工资的人，大都是新分到厂里来的大学毕业生。虽说赵彩云与他们无冤无仇，有的甚至根本就不认识。但因为他们一毕业就是干部编制，而她虽然穿着套装坐在办公室里，却一直是工人身份，这常常让赵彩云感觉委屈万分。那些少算了的钱虽然落不进她的腰包，但一想到那些人每个月都要吃些亏，这多少让赵彩云感觉到些安慰。还有的人是她看着就讨厌的，赵彩云便会根据让她讨厌的程度，在那个人的工资上反映出来。

赵彩云做这一切的时候，是极其小心的。赵彩云知道太过分了会给自己惹麻烦的道理，在挑选人选时，也多会选择那些经历复杂的人。这样，即便事情真的败露了，也情有可原。而且，那算错的数额也并不大，就算是真的有人追究起来，也有回旋的余地。因此，赵彩云至今从没有失手过。

现在，赵彩云对进机关的事已经不怎么上心了。独自一人的时候，赵彩云经常会感叹自己的命太不好了。这样的感叹，总是会引来满腹的愤恨。那些与她上过床的男人，哪一个不是无情无义的东西？当初都曾信誓旦旦地说过要帮她的忙，到头来她却什么也没有得到。赵彩云早已经不相信他们了，也不相信他们真的会帮助自己。但是，要是遇上像样些的男人，她却又总是习惯性地想去勾引，几乎控制不住自己。

与那些男人悄悄来往的时候，赵彩云常常会忘了当初自己是想利用他们的初衷。而且，大多数男人都像那个副处长一样，帮不上什么忙，或者根本就不想帮她。那些能帮她忙的男人自然是有的，只是赵彩云根本就没有机会遇上。或者，就是遇上了，也不一定能吸引住他们。那都是些有职有权、说话顶用的男人，身边自然少不了女人，怎么可能瞧得上她呢？赵彩云觉得自己正一天天人老色衰，这让她觉得离自己的目标已越来越远。

但是，赵彩云依旧悄悄地与那些男人来往着。她早已经发现，他们帮不了他，但却常常装出没有察觉的样子。那都是些普普通通的男人，在机关里小心翼翼地打发着平庸的日子。表面上看起来波澜不惊，其实在他们没有棱角的外表下，却隐藏着蓬勃的欲望。他们敏锐地捕捉到了她发出的信息，表面上不动声色，眼睛里却忍不住有些窃喜。他们都是些老谋深算的人，大都知道如何把握自己的分寸。

不久，赵彩云便有些绝望地发现，那些人只是想有个情人，想让一成不变的生活变得稍稍可以忍受些。但是，难道她自己不也是一样吗？在知道他们根本就不可能帮她进机关之后，仍旧与他们来往着，不也是因为同样的原因吗？所以，她根本就没有必要一定要那么认真，就像现在这样各取所需，倒也不错。

等到想通了之后，再处理这些事情的时候，赵彩云就变得不惊不乍了。赵彩云发觉，有时她真的喜欢他们，和他们在一起时就像是过了许多年的夫妻，有一种相濡以沫的感觉。与谢邀在一起时，反倒淡得像一杯白开水。

因为时间久远，赵彩云已经有些想不清楚自己当初为什么要嫁给谢邀了。是因为爱吗？即使当初真的爱过，这爱也早已经被时间稀释得差不多了。赵彩云也曾经打算收了心好好过日子，但是，难道就靠着与谢邀之间这像白开水一样的感情吗？赵彩云忽然感觉有点不自信起来。

而且，谢邀总是在忙，她简直弄不清他到底在忙些什么？又因为谢邀不知道从哪里隐隐约约地知道了她的那些事，虽然没有抓到什么把柄，却整天嚷嚷着要离婚。两个人平日里几乎见不到面，一见面便吵得天翻地覆。赵彩云甚至觉得，要不是因为进机关的事总让她放心不下，那些与她上过床的男人，才是真正的亲人，是他们给了她意外的温暖。

　　但是，赵彩云很快又会从这样的沉迷中清醒过来。因为她知道那些男人终究是靠不住的，那些看起来缠绵温暖的感觉也是转瞬即逝的，到头来她可能什么也得不到。这样的感觉常常会一下子让她的心变得生冷起来。

　　手术后的第二天，何小遇就可以下床活动了。虽然腹部的伤口依旧很痛，但那疼痛至少可以忍耐了。早晨查房的时候，医生说，一定要多起来活动，这样对身体恢复有好处。

　　查房的医生看起来长得十分粗壮，何小遇躺在床上，从她这个角度看上去，尤其显得身材魁梧。何小遇问道，我什么时候能出院？医生说，这要看你的恢复情况了，一般通气了就能出院了。何小遇一时没有听明白，疑惑道，什么是通气？

　　邻床的胖老太太笑了起来，接口道，通气就是放屁。放屁了就说明你的肠道通畅了，这样就不会得肠梗阻，免得再挨上一刀。

　　等到医生离开之后，胖老太羡慕地看着何小遇，不由感叹道，到底是年轻呀！我当初做完手术之后，在床上躺了一个多星期才能下地呢。

何小遇向老太太道了声谢，然后便开始下床活动。何小遇捂着肚子，在走廊里刚走一会儿，便感觉身体虚飘飘地发软。她一点也不喜欢这种对自己的身体失去控制的感觉。想想以前多好啊，身体健康，还拥有一个平滑结实的腹部。可是，她那时一点也不知道珍惜。或许某一天当她失去青春与健康的时候，也会怀念这段住院时候的日子吧？

但是，那时候就真的能想起现在吗？大概也不一定。人总是好了伤疤忘了痛，那些凝结着耻辱与失落的伤心往事，总是本能地想忘掉，所以也未必就一定能想得起来。

何小遇直到后来才知道，原来单位里竟然聚集了那么多伤心失意的人，他们自称是诗人、书法家、摄影师等等，可竟然蜗居在这样一个不如意的环境中。因此，自然免不了自怨自艾，牢骚满腹。何小遇开始的时候总是十分信任他们说出的每一句话，附和着他们的抱怨，真心诚意地为他们的委曲求全而痛惜不已。直到后来才意外地发现，原来这个几乎让他们难以忍受的地方，竟是许多人经过艰难的奋斗和意外的运气侥幸获得的。看来，他们已经将自己的过去和那些多少有些上不了台面的奋斗史全都忘掉了。

可是，谁想记得自己的伤心往事呢？她也很想忘掉过去。但是，很快便发现根本就没有用。何小遇很羡慕那些人，他们是怎么做到这一切的呢？她几乎一闭上眼睛，那些事就开始没完没了地在面前打转转。

何小遇刚到编辑部上班的时候，曾经对未来充满了幻想。那时的她年轻、敏锐，充满激情，未来对于她来说，还是一团含糊不清的东西。虽然看不清楚，却是充满诱惑和吸引力的。不像现在，一切都看得见摸得着。何小遇以为，要不是因为"大拖把"，那样的幻想至少还要维持很长一段时间。但自从发生了与大拖把之间的事情之后，何小遇觉得自己便没有理由再继续幻想下去了。

大拖把的长相是让人一看便能产生信任感的那种。敦实的身材，粗壮而有力。方头阔脸，一脸的忠厚相，怎么看也不应该与龌龊的心计联系在一起。那时候，大拖把已经在印刷厂做了七年的排字工，与何小遇同时进编辑部做起了编辑。

何小遇曾经听别人谈起过，当年大拖把因为逃学，与社会上的小流氓一起闲混，连中学都没有毕业，便在印刷厂当起了学徒工。做学徒的时候，大拖把依旧恶习不改，整日吊儿郎当的，还因为打群架，差点被单位开除。

据说，那是大拖把人生中最辉煌的一段时期。有一次，大拖把因为在夜总会喝醉了酒，一连砸碎了十多只酒杯，被看场子的小流氓痛打了一顿。第二天，被打伤了一只胳膊、气愤难平的大拖把，吊着绷带跑到老大面前痛哭流涕地诉说委屈。平日里，因为大拖把是他们那个团伙当中年龄最小的，总是被人欺负，几乎没有人把他放在眼里。没想到，老大这一次却十分客气地把他搀到椅子上坐了下来，连夜打起了电话。

很快，老大便把几乎半个城的流氓都调集了过来。那一夜，数百名流氓分乘七八辆面包车和十几辆摩托车，几乎阻断了那个地段的交通。其中，有二十多人当时正被人请到外地救场子，只是因为老大的面子大，这才连夜赶了回来。直到他们下车之后，老大才发现里面竟然有一半是女人。

打扮得花枝招展的女人们看见一下子来了这么多人，还以为遇上了什么好玩的事，兴奋得吱吱乱叫。老大见了，虽然有些生气，却并没有发作，只是客气地点点头，说大家辛苦了。

直到凌晨两点多的时候，一行人这才浩浩荡荡地来到那家打人的夜总会。数百名流氓从车上下来，呼啦啦把夜总会围得水泄不通。

老大挥了挥手，让那些人在外面等着，然后带着大拖把大摇大摆地走了进去。

夜总会老板见这阵势吓得脸都白了，一个劲对着老大点头哈腰赔不是。老大仰着脸，哼了一声，只是让夜总会老板以后看管好手下人，不要连脸都看不清就开始打人，伤了兄弟之间的和气。

夜总会老板听了，连连点头称是。赶紧让人把那个打人的流氓拖出来，让大拖把过来打。使劲打，往死里打！

打人的流氓这时早已吓得抖成一团，瘫倒在地上。老大不屑地摆了摆手，说算了，有你管教他就行了。

直到老大与夜总会老板握手告别的时候，大拖把始终坐在门口的一把椅子上，心里忍不住微微有些失望。他原以为今晚会有一场恶战，即便打不死人，至少也要把对方放倒几个在地上。没想到，事情竟然如此轻而易举地解决了，总让人有些怏怏然。但是，一想到身边的这数百名流氓，还有老大，都是在为自己忙碌着，他才是今晚的真正主角，大拖把忽然又开始热血沸腾起来。

不久，大拖把便成了那个流氓团伙中的铁杆成员，还成了老大的心腹，终于过上了过去向往已久的潇洒生活。打架撒野、喝酒嫖妓，由着性子随心所欲地活着。这样的生活一晃就是五年。直到某一天清晨，躺在床上的大拖把忽然感觉到了疲倦。

这疲倦来得如此突然，让他在那一瞬间忽然意识到自己的生活似乎太单调了。除了是个流氓之外，他是否还应该再做点别的什么？做点让大家认可的正经事？但是，做什么事好呢？经过认真思考，大拖把决定先认认真真地谈一次恋爱，然后像别的男人一样结婚成家过日子。

其实，大拖把的父母现在几乎整天在他面前唠叨这件事。以前这样的建议他是连听都不愿意听的，但现在不知怎么却被某些东西打动了。于是，大拖把在二十五岁那年忽然在一夜之间意识到自己的荒唐，决计改邪归正。

做出这个决定之后，大拖把便开始在身边认真搜寻起目标来。按说他的生活中并不缺少女人，从十五六岁刚懂男女之事的时候起，便开始走马灯似的换女朋友。但是，那些女孩大都是跟他们混在一起的小太妹。与她们在一起时，大拖把并不需要怎么当回事，当然也从没有认真过。现在既然要正儿八经地谈恋爱，就应该跟从前一刀两断，在普通女孩中间寻找目标。

不久，大拖把便看上了报社的一名资料员。

资料员并不算漂亮。人长得瘦刮刮的，一张白净端正的瘦长脸，一头修剪得十分匀称的短发，看起来就像是个孩子。五官虽然浅淡了些，倒也眉清目秀，十分耐看。而且，与以前那些跟大拖把一起玩的小流氓不同，资料员还是个刚毕业不久的大专生。

资料员自然是瞧不起大拖把的，但他却似乎一点也不在意。当初做小流氓的时候大拖把便有了经验，只要自己用心去追，什么样的女孩最后都能搞到手。因此，只要有空，大拖把便去跟资料员套近乎。

开始的时候，资料员根本不为所动，连眼皮都懒得抬一下。大拖把却毫不气馁，依旧穷追不舍。每天下班时，准时在门口等着送资料员回家。情人节送玫瑰花，圣诞节买礼物，请客吃饭看电影，更是样样考虑周全。虽然资料员总是拒绝的时候多，但总会有一时心软的时候。实在不行，大拖把就拿出做流氓时的招数，连哄带吓唬，倒也把资料员带出去玩过几次。

资料员表面上虽然高傲简慢，其实只是个平常本分的女孩。上大学时，班上一多半都是女生，从没有被人追过。又是家里的独生女，从小娇生惯养长大的，稍有个风吹草动，父母便如临大敌一般，生怕有个什么闪失。因此，连个学坏的机会也没有。现在，哪里架得住大拖把这么不要命似的狂轰滥炸？很快便犹犹豫豫地答应与他谈恋爱。

但是，资料员仔细想了想，到底还是觉得有些不甘心。于是，便很郑重地跟大拖把约法三章：第一，不准再像以前似的胡闹了，她可不想让别人说自己嫁了个流氓。第二，换个体面的职业，进报社做编辑。第三，脱胎换骨，改变工人身份。

资料员原本是想用这约法三章把大拖把给吓住的，谁知，他竟然毫不犹豫地满口答应了。大拖把发现，这约法三章中的第一条其实很容易做到。自己的年龄一天天大了起来，对做流氓已经没多少兴趣了。以前跟着别人学坏，只是因为不愿意读书，觉得跟在别人后面胡闹既潇洒又风光。现在，自己早已不是学生了，当初的那点学坏的动机也就不存在了。

而且，大拖把发现，做流氓其实也是一件十分麻烦的事情。不仅要受得住别的流氓的欺负，还需要铆足了劲时时处处跟人作对。即便是心里不愿意，也要故意装出一副凶巴巴的模样。有很多次，大拖把跟别人一起在路上扒车偷东西，忙活了半天，最后只是拎了只盐水鸭回家。

开始的时候还觉着有趣好玩，但大拖把很快便有些不满足了。而且，就是玩女人也大都是别的流氓玩剩下的。大拖把发现，做流氓除非当老大，不然似乎也没有多大意思。但是当老大又有许多风险，说不定哪天就被抓到局子里去了。所以，就是资料员不提，他也早不想做流氓了。

但是，后两条要想做到可就不是那么容易的了。虽然报社编辑们的底细他差不多全都一清二楚，但是，要想加入他们的行列，自己欠缺的东西还很多。还有那改变身份的要求，也是一件十分困难的事情，牵扯到许多很麻烦的关节。但是，沉浸在爱情之中的大拖把哪里顾得上这么多？大拖把一只手从资料员的领口伸进去，一边上上下下地揉捏着，一边一迭声地点头答应。

大拖把原本就是个要强上进的人。以前之所以不愿意认真读书，只是因为没有意识到学习的好处。现在，为了赢得资料员的青睐，只好硬着头皮往前走。而且，大拖把私下里认真考虑了一下。资料员的那约法三章虽然有点为难他的意思，但要是真的做到了，得到的好处却是他自己的。因为，在报社这么个人人自称是文化人的地方，凭大拖把现有的学历，那可是一辈子都不会有出头之日的。

经过一番苦思冥想之后，大拖把终于下决心洗心革面重新做人。但是，路到底该怎么走呢？这却有点让他犯愁了。再回到学校重新上学吧，显然不合适。首先，能不能考上大学就是一件拿不准的事。而且就是考上了，大拖把也觉着没有多大意义。现在的大学生就业越来越困难，报社虽有这样那样的毛病，却有不少人削尖了脑袋想进来。说不定萝卜刚刚拔起，那坑便被别人给填上了。真要离开了，以后再想进来可就难了。

于是，大拖把决定参加成人自学考试。但他这么多年一直懒散惯了，要想通过全部课程可不是一件容易的事情。但大拖把毕竟是个聪明人，懂得功夫在诗外的道理。虽然对考试的准备不足，但每次总是通过关系事先打点好监考老师。因此，考试的时候夹带上几张写满答案的小纸条偷偷地抄，监考老师大都装着没看见。有时，见大拖把写在试卷上的答案太离谱，监考老师还会趁别人不注意的时候，伸出根指头指点一下。由于工作做在了前头，虽然磕磕绊绊地，竟然也把相关课程考得差不多了。等到只差一两门功课，眼看着就要拿到大专文凭的时候，大拖把便开始了让自己改头换面的努力。

大拖把做的第一件事，便是尽可能地抛头露面，让别人注意到自己。本来在印刷厂做排字工几乎不需要见什么人，大拖把上的又大多是夜班，别人根本就见不到他。为了引起大家的注意，大拖把挖空心思与来印刷厂送大样的出版部的编辑搞好关系。有时甚至越姐代庖，主动替人家跑腿，这样几次下来，便跟里头的人混熟了。

出版部主任是个上了些年岁的女人。女主任年轻的时候是个漂亮人，现在虽然明显开始发福了，却依旧风韵犹存。手下又管着十几号人，自我感觉自然不会差。因为时刻意识到自己的出色能干，别人的短处便会时时看在眼里，却又因为碍于情面或者是别的什么原因不好发作，所以，女主任的一张脸看起来便有些冷。

开始的时候，女主任对大拖把总是爱答不理的。大拖把在屋子里进进出出的时候，就跟没看见似的。但是，架不住他这么软磨硬泡。别看大拖把表面上看起来一副憨厚相，实际上却机灵活络，有眼色，嘴巴又甜。几次下来，女主任的脸色便柔和多了。偶尔遇上大样还没有出来的时候，大拖把便闲地坐在那里等着。觑着机会开几句玩笑，逗得女主任抿住嘴偷偷地乐。

女主任那时候正低着头计算版面，为头条后面到底用什么稿子犹豫着。被大拖把这么一打岔，脑子更成了一团糨糊。便皱着眉头说，你要死呀？别这么贫好不好？闹得我都不知道该用什么稿子好了。

见女主任发火，大拖把连忙站起身。他站在对面约莫半米远的地方，揣摩着女主任的心思。这时候女主任的表情看起来多少有些含混，既像是发火，又像是娇嗔，大拖把一时倒有些拿不定主意了。于是，便犹犹豫豫地伸出根指头，借着去拿报纸的机会，无意似的碰了碰女主任放在桌子上的手。发现女主任就跟没有察觉似的，大拖把的胆子便有些大了。

那天报纸的头条是一组群众来信:《检查名目繁多，企业有苦难言》。大拖把想了一下，便说，这是负面的问题报道，二条当然要用正面的稿子来托一下了。两篇稿子放在相邻的地方，即使一字不说也能产生一种文字所没有表达的话语。那就是咱们的政府不仅正视问题，也是能够解决问题的。单凭这两篇稿子，读者就可以进一步信任政府，增强战胜困难的信心。

　　女主任听了，忍不住抬起头，有些诧异地看了大拖把一眼。女主任的眼神鼓励了他，大拖把索性在一旁拉了把椅子坐了下来。然后，把女主任桌子上的备用稿拿过来粗粗地看了一遍。等看完标题之后，他的心里便有数了，很快挑选出几篇稿子。然后，开始在版面设计上提出自己的意见。

　　大拖把对女主任说，应该在两封读者来信之间加一根直线，这样可以引人注目。配发的评论可以用反6式围框，不仅具有形式美的意义，而且能显示出评论和来信之间的联系，强化宣传主题。照片下面的文字说明可以加一条横线，表明报纸对这一事件的关注。左下角则可以安排一篇直题直文的文章，再在两旁加两根竖线，增加这篇消息的力量。而且这样也可以使版面的线条显得更加错落有致，活泼好看。

　　大拖把说话的时候，女主任只是静静地听着，未置可否。大拖把也弄不清女主任对他的建议到底是什么意见，又有些担心自己的话说多了，影响女主任对他的印象，心里忍不住有些惴惴的。但是，等到大拖把离开之后，女主任倒是很快按照他的意思把版子画好了。

　　第二天，这个版面受到大家的一致好评。在评报栏里，有人用毛笔加上了旁注，称赞报纸的版面设计。后来，女主任把这个版面拿去参评，据说还在省里得了个什么奖。

　　初战告捷，大拖把忍不住暗自有些得意。这次行动貌似无意，实际上却是早有预谋的。在这之前，大拖把早就把事情的前前后后不知思量过多少回了。虽说自己从印刷厂到报社是属于单位内部的调整，按说不应该太困难。但是，这一步要是走不好，却有可能前功尽弃。自己虽然马上就能拿到大专文凭了，但肚子里的那点墨水，就算是真到了报社，又能做些什么呢？思来想去，只有到出版部画版最适合了。画版是个技术活儿，对文化水平要求不高。自己做了这么多年的排字工，看得最多的就是大样。没吃过猪肉，总看见过猪跑吧？

打定主意之后，每次再拿到大样的时候，大拖把总要在私下里先仔细研究一番。为了进一步加强学习，大拖把还到书店买来相关书籍。开始的时候，他根本就看不懂书里说的那些理论。但是大拖把毫不气馁，一遍不行就看两遍、三遍。然后，对照实际，细心地揣摩。很快，画版的过程和诀窍便烂熟于心了。而且，大拖把很快便在其中体味到了乐趣。

大拖把发现，要想在报纸的版面设计上做到主次分明，条理清晰，比例得当，还要时不时地出点新花样，并不是一件容易事。不同的设计能表达不同的观念，就连使用不同的字体，也能传递出不同的情绪内容。宋体稳定舒坦，适合那些内容严肃庄重的；楷体生动活泼，内容轻松有趣的可以选用。秀美典雅的，当然要用仿宋体；气势雄伟战斗性强的，就要用魏碑了。这里面的弯弯绕似的曲曲折折，不仅需要点小聪明，经验和积累也十分重要。他相信，要是自己真到了出版部，要不了多久，就能成为一个版面高手。

有了上次的经历之后，女主任对大拖把的态度明显发生了转变，见面时客气了许多。偶尔闲下来的时候，还会跟他聊几句家常话，很随意地问起他以前的事。于是，大拖把便把当初读书时怎么不知道用功，荒废了学业，等到明白过来时已经晚了的话，又说了一遍。

女主任说，你还很年轻，就是现在努力也还来得及呢。然后便现身说法，谈起自己当年也是因为种种原因没有受过多少正规教育，几乎全凭着自学，你看！不也到了今天这个地步？女主任有些得意地看了他一眼，然后郑重地说，只要努力，总会有收获的。

女主任的话让大拖把深受鼓舞，人也变得越发勤勉起来。只要一有空，便泡在女主任的办公室里。女主任值夜班的时候，大拖把不仅陪着说话，下班时，还自告奋勇送她回家。开始的时候，女主任还推辞，说不用不用，一个人走夜路已经习惯了。大拖把便说，我正好顺路，再说，坐了一天了，也想趁这个时间散散步。女主任听了，便不再说什么了。

这样的时候差不多已经是下半夜了。夏夜的马路上静悄悄的，路灯也像是盹着了，射出一团团混沌含糊的光晕。两个人一下子从灯火通明的屋子里走出来，现在都有些被这样的静谧感染了。默不作声地并肩走了一会儿，女主任忽然叹了口气，说，你知道我为什么总是值夜班吗？

大拖把听了，心里忍不住一惊，不知该怎样回答才好。算起来，他与女主任相处的时间不算短了，可大多数时候都是他谈自己的多，要不就是插科打诨开玩笑，从没有说过女主任的私事。大拖把一时拿不准对这样的话题该采取什么态度，只是沉默着。女主任似乎也并不在意他的反应，慢慢地讲起了自己的事。

女主任的丈夫是一家中央级大报驻月城记者站的站长，据说不仅活络能干，人也长得十分帅气。可不知怎么，两个人的关系却一直时冷时热的。男人年轻时曾经因为一篇新闻稿受牵连，被发配到农村接受劳动改造。女主任那时还是当地供销社的一名营业员。那是那个特殊年代的一段特殊婚姻。男人虽然落魄失意，到底还是有些身份的。女主任呢，虽然是在当地土生土长，却是那个地界上数得着的漂亮人。两个人经别人介绍相识后，很快便结婚了。虽没有过难分难舍的热恋，倒也温暖妥帖，平静和睦，相互之间没什么可挑剔的。不久，儿子出生了。

男人原以为要在乡下过一辈子的，没想到自己的命运却随着一个新时代的到来而出现了转机。不久，按照有关落实政策的规定，两个人一同来到了月城。男人很快走上了仕途，女主任也因为男人的关系，进了这家报社。

男人忙于自己的事业，整日都在外面。女主任辛苦持家，家里的杂事和儿子的教育问题，都是自己一个人顶着，从没有让丈夫操心过。在单位里，女主任更是勤勉努力，口碑甚佳，很快便做上了中层干部。

虽然她的水平有限，但是因为善于藏拙，不懂的时候便默不作声听别人说，又会察言观色，左右逢源，倒也没露出过什么破绽。偶尔，女主任也会觉得这样太辛苦，但她自小便是要强的个性，样样事情都要出头拔尖，至少也要让人高看一眼，自然不愿意在单位里被人瞧不起。因此，虽然心里虚飘飘的没有底，脸上却是镇静自若不露一点声色的。私下里更是拼命努力，倒也风平浪静地坚持了下来。

但是，等到女主任觉得自己终于可以松一口气的时候，却忽然发现不知从什么时候起，丈夫开始变得一天天陌生起来。儿子这时已经长大成人，到外地读大学去了，家里常常只有她一个人。丈夫似乎总是在忙，忙着开会出差、听汇报，和各式各样的人一起吃饭应酬。常常一走就是好几个星期，在家的时间变得越来越少。偶尔闲着的时候，便把自己关在书房里。吃饭的时候两只眼睛只顾着看电视，连话都懒得说。

开始的时候，女主任还有些不以为意。后来，便隐隐约约地听说丈夫在外面的一些拈花惹草的事情。女主任也曾大吵大闹过。吵完之后，丈夫便一声不吭地搬到办公室去住。女主任责问他为什么？丈夫回答说，等你心平气和的时候再来问为什么，现在我什么也不想说。

女主任不甘心，还伺机悄悄去捉过奸，但几次都扑了个空。倒是给丈夫留下口实，闹着要离婚。女主任自然是不愿意的，只好再忍气吞声赔着笑脸讨丈夫的好。现在，丈夫更可以堂而皇之地不回家了。

女主任去丈夫的单位里找过几次，都被男人以各式各样的理由顶回去了。这些理由都是冠冕堂皇让人无法辩驳的，她虽然生气，却只能听之任之。女主任原本想就此撕破脸皮的，可想想自己一大把年纪了，就是离了婚也未必能占到多少好处。反正丈夫早已不年轻了，又是有些身份的，就是由着他的性子胡闹大概也不会出格到哪里去吧。倒不如就此不管他，等到他哪天厌倦了，说不定还有回头的那一日。

女主任就此打定了主意，只是坐在丈夫办公桌的对面，默不作声地淌了一会儿眼泪，便回来了。临走的时候，她却发现丈夫的眼神里意外地流出了些歉意。但是，丈夫依然没有回家。晚上，独守空房的女主任忍不住暗自垂泪。可是，这样的事情却是没办法跟别人说的。女主任又是那种争强好胜的个性，自然不愿意让别人看自己的笑话。抹干眼泪离开家门之后，看起来已经跟平时一样了。

伤心失望的女主任从此把全部心思都投入到工作当中去。不仅白天泡在单位里，还特别热衷于晚上加班。即使没有轮到她上夜班，也总是坐在办公室里迟迟不回。有她在，手下的人自然不敢懈怠，出版部很快变成报社的先进部室。女主任也颇有些得意。渐渐地，加班竟变成了她的一种习惯。要是哪天不加班，倒像是丢了魂似的。

每天晚上，女主任在宽大的办公室里慢慢地踱着步子，侧着耳朵倾听自己的部下低低的交谈声，偶尔吩咐几句。每当这时，她总是感觉十分平静。就连那些折磨人的伤心事，也有些渐渐地淡忘了。

快到家门口的时候，女主任忽然别过脸去，盯着黑暗中的夜色看了一会儿，然后慢慢转过脸来对大拖把说，我喜欢工作。

那一晚，大拖把留在了女主任家，没有回去。他已经记不清是自己伸出手去，还是女主任主动投到他怀里的。等到大拖把用手臂慢慢把女主任圈住时，感觉自己就像是拥住了一个原本属于自己却一直不知情的什么东西，陌生中夹杂着一丝温暖的亲切。黑暗中，女主任的身体就像是一件穿了很久的旧毛衣，有一种奇怪的柔软。

大拖把无论朝哪个方向伸展，都被那件旧毛衣挡了回来。很快，大拖把便大汗淋漓了。忽然，他感觉到那件旧毛衣猛地一下将他缠住了，裹挟着他，让他像窒息似的喘不过气来。但是，这样的窒息却是令人快慰的。在窒息中，他感觉自己的身体在一点点地缩小，变得像婴儿一样，柔弱而无助。

这样的感觉是新奇的，却多少有些恐怖。以前，大拖把在外面胡混的时候，就连那些肆无忌惮的女流氓也常常被他拾掇得像猫一样温顺。在那样的温顺里，大拖把感觉到了自己的力量。可是现在，他却忽然发觉自己一下子变得柔弱无力，就像一小堆吃剩下的脏面条，还是那种用受潮发霉的劣等面粉做出来的面条，用一根指头就可以把它们捻成齑粉。

柔弱无力的大拖把感到了前所未有的惶恐，失望像排山倒海似地涌过来，压得他透不过气。大拖把终于忍不住哭了起来。他一点也不知道自己现在为什么要哭，可是，眼泪却止不住一下子流了出来。

女主任见大拖把这样，也不劝解，只是一声不吭地伸出手去。大拖把觉得那个躺在自己怀里的身体既不像以前跟自己一起胡闹的女流氓，也不像那个清瘦的女资料员。那身体虽然陌生，却像至亲骨肉般地让人心疼。大拖把含含糊糊地意识到，这是自己一直想要却永远无法拥有的东西，即使他现在用双手紧紧地握着，却依旧得不到它。

彻骨的绝望终于让他变得疯狂起来。大拖把感觉到女主任被自己抓痛了，但他一点也不想放弃，不知不觉中又加了些力气。女主任轻叫一声，睁开了眼睛。他觉得女主任的叫声就像是一种宣告，他今后再也不会像现在这样想要得到什么了。泪水又一次模糊了他的眼睛。大拖把又开始想哭了。

那些像潮水一样汹涌澎湃的泪水，似乎让他一下子变成了一个婴儿。变成婴儿的大拖把很想钻进去，钻进女主任的子宫中。有一刻，他觉得自己已经做到了。橙红色的子宫像一间温暖而厚实的房子，他就像是一个真正的婴儿，舒畅、自由而疼痛。大拖把终于忍不住酣畅淋漓地痛哭起来。

但是，大拖把与女主任的关系并没有继续下去。

下一次，女主任再见到大拖把的时候，又恢复到了原来的样子，不冷不热的，就像是不认识他似的。女主任甚至不再与他开玩笑。大拖把几次试图向女主任示好，都被她装聋作哑地拒绝了。大拖把惴惴不安了好长时间，弄不明白自己到底是哪里得罪了她，又不敢轻举妄动。有一段时间，大拖把甚至以为女主任讨厌他了，但仔细想想似乎又不像。而且，当初她对自己一副情意绵绵的样子，怎么可能一转眼就翻脸不认人了呢？

后来，女主任终于找了个机会对大拖把说，他们的关系不能再继续下去了。大拖把早就料到会有这么一天的，乍一听到，还像是挨了当头一棒，傻了似的问道，为什么？女主任说，不是她不喜欢他，而是因为别的原因。

大拖把连忙问，那到底是什么原因呢？女主任看了他一眼，忽然咧开嘴笑了笑，开玩笑说，怕真的像个孩子似的恋上了离不开，可又不能真的在一起，倒不如现在就分开，免得以后伤心。

女主任的绝情让大拖把又想起那天晚上的情形，黑暗中那种彻骨的温暖与绝望。大拖把的眼睛忍不住有些湿润起来。女主任见状，禁不住有些心软，犹犹豫豫地伸出手来，大拖把急忙握住抓紧了。两个人就这么手牵手站在那里，沉默中，能听到各自怦怦的心跳。大拖把把女主任的身体往自己身边拉了拉，然后盯着她耳朵后面的一小团红润，忽然说，嫁给我，好吗？

女主任的眼皮猛然间跳了一下，受了震动似的甩开手。这样的荒唐话实在太出人意料了。虽然有些令人耳热心跳的东西隐藏在里头，却是当不得真的。不仅当不得真，而且还十分令人羞耻。因为，这明显是把女主任看低了，让她觉得自己和面前的这个小流氓一样的无耻和下贱。一想到这里，她的脸禁不住绷紧了。

女主任睁大眼睛，责问道，你这是什么意思？

在几分钟之前，大拖把还从没有动过这个念头。现在，这个念头却像是早就深思熟虑计划好了似的，一下子从脑袋里蹦了出来。连他自己都有些被感动了。大拖把忽然发觉，获得女主任的好感虽然十分吃力，却是一件十分有兴味的事情。与女主任在一起，就像是在移动一座山，每向前推进一步，都有一种出人意料的成就感。

大拖把热切地说，他可以马上离开资料员，而她也不必再把那个死亡婚姻维持下去了。他们应该马上结婚，如果担心别人的闲言碎语，还可以离开月城。只要能和她在一起，他什么事情都愿意做，甚至可以再去做流氓，或者去死。

大拖把紧紧握住女主任的手，双目灼灼发亮。大拖把说，他发现女主任依旧十分美丽，身体像一床棉被一样温暖。难道你不希望每天晚上有人在身边陪着吗？我会对你好的，一生一世，行吗？

大拖把像个孩子似的乞求着。女主任先还骂他是个天生的流氓坏子，后来脸色终于慢慢和缓下来。现在，她看起来就像是个宽容的母亲，正偏着脑袋，静静地听自己的孩子胡说八道。

忽然，女主任冷静地打断大拖把，说，我还有别的事情要做，你回去吧！

女主任虽然拒绝了他，但对大拖把的好感却保留了下来。不久，大拖把便正式来到出版部，成为一名版面编辑。从此，女主任对他悉心栽培，严格要求。虽然少不了偶尔还会有些肌肤之亲，却从没有让别人看出过蛛丝马迹。

不过，老是把大拖把放在自己手下总让她感觉有点忐忑不安。现在大拖把虽然已经改邪归正，早已不是当初的那个小流氓了，但却常常会在不知不觉间露出几分痞子相，让她多少有些放心不下。女主任是吃过苦的人，对自己来之不易的现状有一种天生的警觉。而且，她从小便知道权衡轻重得失，凡事适可而止。

当初有人给女主任和现在的丈夫牵线搭桥的时候，那时她其实正偷偷与别人谈恋爱，私下里如胶似漆。那人是当地的一名复员军人，只是因为她不满意复员军人的农村户口，这才迟迟不肯公开关系。那时，女主任一听媒人介绍现在的丈夫的情况，当下便保证说，自己一直守身如玉，从没有谈过恋爱。后来，女主任还常常忍不住庆幸，幸亏自己当初没有嫁给复员军人，要不然，她大概至今还生活在那个灰暗落后的小镇里。那里的生活，她现在是连想一想都不愿意的。

女主任就是靠着那点精明和当机立断才有了今天，哪能因为一点微不足道的软弱毁了来之不易的一切？女主任自然是喜欢大拖把的，但这喜欢就像是钟爱一个偶然遇见的什么物件。那物件恰好是她喜欢的，又对脾气，于是便悄悄拿过来把玩一番。但是，那样的喜欢却不是爱。而且，就是大拖把年轻而健壮的身体对于她来说，也只是个类似于自慰器一样的东西。对大拖把，她从未有过不切实际的非分之想。要是因此给丈夫留下什么口实，她可能永远都不会原谅自己。

后来，等到报社人员重新调整的时候，大拖把便通过女主任的关系来到编辑部，正式做起了新闻记者。这时的大拖把已经在出版部画了四年版，虽然连一篇新闻稿也没有写过，做记者还是个生手，但那神情却早已与当年不可同日而语。大拖把总算是在报社扎下了根。

现在，资料员早已经对大拖把崇拜得五体投地，就是在众人面前也常常旁若无人地仰着脸赔着小心。倒是大拖把，现在的态度早已经发生了变化，虽然脸上依旧时常挂着笑，但那笑容里却隐隐地藏着几分倨傲。

何小遇的第一篇新闻稿就是与大拖把合写的。在周一的策划选题会上，何小遇刚把自己的想法讲完，大拖把便在会后主动找到她，还热情地提出，可以给她帮忙打前站。何小遇那时刚到单位不久，对一切都还十分陌生，有大拖把这样热心的同事帮忙，自然十分高兴，当即便应下了。

临到采访的时候，大拖把原本也说是要一起去的，不知什么原因却没有去成。倒是采访单位的人告诉她，之前有个记者来过。何小遇只当是大拖把除了打电话之外，又亲自跑来联系采访。虽然对他的过分热情不免有几分诧异，倒也没怎么当回事。后来，稿子虽是何小遇一个人写的，因为大拖把帮过自己的忙，便也给他挂了个名字在后面。这样的事情在报社也是十分普通寻常的。

本来，这事到这里就该结束了。但是，稿子在第二天的报纸上出来的时候，却出现了意想不到的结局。何小遇发现，大拖把的名字被放在了前面，自己倒变成了第二作者。

虽然这只是一篇普通的稿件，但因为是何小遇到单位之后第一次发稿，大拖把也是第一次作为记者身份亮相，因此，这篇稿子对两个人来说就显得十分重要，肯定会影响众人对自己的印象。何小遇觉得自己就像是凭空吞了只苍蝇，说不出的委屈。她很想弄个水落石出，至少搞清楚到底为什么会出现这样的差错。但是等到她忽然想起应该到出版部查找原稿的时候，却发现原稿不知什么原因早已经不见了。

在校对室阴暗的角落里，好几个月的原稿袋积攒在那里，已经堆成了一座小山。按照相关规定，报纸出来之后，原稿就应该及时整理归档。但因为无人过问，又没有专人负责，这项规定几乎等同于虚设。几个女人见何小遇来找原稿，表面上虽然不说什么，心里却有点不高兴。

丢失原稿是经常会发生的，因此报纸上出现的各式各样的差错常常会变成一桩桩无头案。经常会有读者打电话过来，反映报纸上的差错，有的差错听起来甚至近乎搞笑。因为大都属于校对的责任，校对们为了推脱干系，常常有意把原稿毁掉。这样，即便追查起来，也弄不清到底是谁的责任。因为查无对证，常会有人跑到领导那里告她们的状。

但是，有时也会有一些别的情况发生。比如，哪个编辑记者为了某种目的，悄悄到校对室修改原稿，或者抽走原稿，造成原稿已丢失的假象。因此，一听说有人查原稿，校对们便本能地警觉起来。现在，何小遇这么一副紧追不舍的样子，到底是什么意思？是不是也想去告状或者是做点什么小动作？

何小遇当初在校对室帮忙的时候早已经领教过她们的厉害，一看见她们审视的眼神，便有些不知所措。于是，只好支支吾吾地闲扯几句，赶紧知难而退了。

但是，何小遇还是觉得有些不甘心。既然是差错，就应该可以找到源头，也能弄清楚到底是谁的责任，怎么会越找越糊涂呢？何小遇私下里颇有些困惑。但是，像这样的差错在别人看来却实在算不上什么事。

报纸上哪天没有差错？错别字自然不在话下，就是丢了文章作者的名字，或者张冠李戴、弄错标题的事也是常有的。像这篇稿子的差错，算是小的了。而且，这到底算不算差错也是一件令人疑惑的事情。稿子到底是谁写的，只有何小遇和大拖把两个人知道。外人根本不了解其中的隐情，自然难做评判。

本来，何小遇也可以把这件事向报社的领导反映一下。但为一个署名的问题而斤斤计较总有些让人说不出口。而且，就是最后真的查出了真相，又有什么意义呢？人家又不是把你的名字漏掉，只不过弄错了位置，反倒显得她一副小肚鸡肠吃不得亏的尖酸样。自己是初来乍到，要是给人留下这样的恶劣印象，以后弄得别人都不敢跟自己打交道了，那就有点得不偿失了。

倒是大拖把，私下里拿着报纸像是无意似的安慰何小遇，说，怎么搞的？稿子是你写的，现在倒像是我想侵占别人的劳动成果似的……出版部的人真不像话！竟然会出这样的差错。

何小遇这时候虽然什么事还没有做，已经被这件事折腾得有点精疲力竭了。于是便很勉强地笑了笑，说，没有关系呀！本来就是大家一起做的嘛。但是，在心里却对大拖把的做法有些不以为然。既是这样，为什么不当着大家的面澄清一下事实呢？

何小遇在很长时间里都没有意识到，这一切与大拖把之间有什么联系？要不是后来又连续出现几次差错，她可能至今仍然蒙在鼓里。

有了何小遇的那篇稿子垫底，大拖把总算是顺利地过了第一关，没有在众人面前露出什么破绽。当初，大拖把虽然在出版部画版的时候灵气十足，现在做新闻记者，却发现自己的文字功底实在有些不像样子。大拖把又拿出当初学习画版时的劲头，私下里用功努力。无奈写稿子毕竟与画版不同，不是一时半会儿就能见出成效的事情。偷偷叨光的事又是可遇而不可求的，而且只能有一次，第二次大概就不灵了。以后的路还长着呢，这该怎么办呢？大拖把有点犯愁了。

然而就在这时，机会却来了。报社最近新开了一个专栏，决定由何小遇和大拖把承担。本来按照惯例，两个人共同主持的专栏在保持基本风格统一的基础上，差不多都是一人一期，互不干涉。

　　但是大拖把却在策划会上提出，这是新开的专栏，读者可能会不买账，所以最好还是两个人合作。而且，两个人的智慧肯定比一个人的力量大得多。这样的建议当然是无可挑剔的。领导把任务分配下来之后便算是完成了任务，至于两个人如何分工，倒是不管的。何小遇当时虽有些犹豫，却也没有多想，便答应了。

　　为了办好这个专栏，何小遇花费了许多心血。加班赶写专栏计划，联络作者，连专栏的子栏目设置、开栏絮语之类的，都经过反复推敲。因为有了上次莫名其妙吃亏上当的教训，何小遇特意事先与大拖把约定，说好了哪期专栏是谁主编，谁的名字就放在前面。谁知等报纸出来之后，与上次相同的情形却再次发生了。而且，连续出现了好几次。

　　惊讶万分的何小遇下决心找出差错的原因，但每次都是无功而返。查着查着便进行不下去了，而且，还在无意中把别人给得罪了。沮丧不已的何小遇只好找到大拖把，希望他能出面解释一下。但是让她没想到的是，何小遇这次却碰了个软钉子。大拖把有些不情愿地说，如果是差错就一定能查出到底是谁的责任！你再找找看吧，这个时候让我出面说什么也不合适的。

　　下一次，何小遇再谈到这事时，大拖把便一脸无辜地保持沉默，一声不吭。何小遇虽然不高兴，却也发现根本怨不得大拖把不肯帮忙。

　　何小遇曾经把这件事向领导汇报过，谁知领导根本就不把这当回事，还一脸狐疑地看着她。何小遇忽然意识到，他们肯定把这当成是何小遇与大拖把之间的某种不为人知的矛盾与不和。对这样的事情，根本就没有谁是谁非的问题，反倒是说得越多的人，可能输得越惨。于是，何小遇只好就此打住。

现在，这件事几乎变成了一桩悬案。但这样的悬案除了她自己，又有谁会关心呢？何小遇盯着大拖把不动声色的背影，忽然意识到，这一切或许都是他在背后捣的鬼，是他一手操纵的也未可知。

大拖把以前在出版部待过，在计算机上做点手脚是很容易的事。每期专栏的题头都是事先做好的，这个专栏因为是两个人轮流做编辑，因此应该有两个题头。大拖把神不知鬼不觉地掉了包，肯定连画版编辑都不会察觉的。即便是别人查问的时候，只要说是不小心弄错了，就可以蒙混过关。而且，报社里已经形成一个不成文的规定，不追究画版编辑的差错。这样，大拖把也不至于因此得罪别人。

后来，何小遇曾经认真考虑过，为什么大拖把做这件事的时候偏偏挑中了她而没有选择别人呢？而且一而再再而三地做，也不怕会有什么于己不利的后果发生？她发觉，大拖把选择自己是十分有道理的。何小遇那时是刚毕业的大学生，在众人眼里，就是吃点亏也是理所应当的。即使申辩，因为是初来乍到，也不一定有人相信她。要不，就只能怪她自己的命不好，是天生被人欺负的命。

但是，所有这一切只是何小遇在吃了哑巴亏之后的猜测而已。没有任何证据可以证明，就是大拖把在背后捣鬼。凭什么血口喷人说人家偷梁换柱呢？而且，大拖把是个好学上进的聪明人，这是大家都有目共睹的。虽然初到编辑部的时候还有点摸不着门道，但很快便把新闻写作的那点套路学得有模有样了。

现在，就是何小遇把自己的疑惑说出来，肯定也不会有人相信。而且，后来大拖把再也没做过这种不入流的事。一是不需要再如此费尽心机，二是他的写稿水平很快便有了突飞猛进的提高，不屑于再走这样的旁门左道了。但是，何小遇对大拖把的印象却再也无法改变了。

不过，何小遇对他的印象如何，却一点也不重要。大拖把在单位里的人缘很好，上上下下对他的评价都不错。当初可能只是情急无奈之下才出此下策，用一点雕虫小技掩饰自己初来乍到时的手足无措，又只有何小遇一个人知道内情。估计她也不会在外面乱说什么，而且就是她说了，别人也未必会相信，对她也不见得有什么好处。所以，大拖把丝毫也不用担心，他与何小遇之间发生的这点事会对自己产生什么不良影响。

吃了亏却又无处诉说，这让何小遇感到前所未有的颓丧。何小遇的智齿就是在那时候忽然发炎的。委屈万分的何小遇坐在办公桌前沉默着，不到两个小时，半边脸便肿了起来。丝丝缕缕的疼痛顺着牙神经像琴弦似的划过全身，拨动着身体的每一个隐秘的处所。

何小遇曾经在哪本书里读到过，疼痛是身体的呐喊。那么，按照这个理论推断，牙痛就应该是她对这件事保持沉默的惩罚了。何小遇捂着腮帮子嘶嘶地吸着气。疼痛让她暂时忘记了那些折磨人的烦心事，但却更多地意识到了自己的身体。何小遇觉得自己就像那颗因发炎而疼痛难忍的智齿一样，无用而多余。

17

何小遇发觉，自己就是从那时候开始走背运的。

她原本就不怎么爱说话，现在越发变得沉默起来。周围的同事虽然知道她与大拖把之间发生了点不愉快的事，但到底是怎样的内情却是不清楚的。见她这样，只当是她原本就是这种孤僻不合群的性格，也不怎么搭理她。何小遇又有些疏懒，不会主动与人搞好关系。见众人都跟说好了似的冷落她，竟也听之任之，就像是特意要印证别人的印象似的。久了，就算是她感觉到哪里有些不对，想主动改变自己的形象，众人却早已不领情了。何小遇见状，也懒得再多说什么，越发有些破罐子破摔了。

何小遇的家在外地，当初刚分到报社的时候，单位里便事先签好协议，不安排住房，连集体宿舍都没有。那时，大学生找工作已是一天比一天难，何小遇虽然觉得条件有些苛刻，也只能答应下来。无奈，她只好借住在亲戚家里。

寄人篱下的生活自然是不方便的。虽然大家都客气，但那客气背后却是让人十分疲倦的小心。住得久了，总有双方感觉不方便的地方。因为是亲戚，又不好意思赶她走，脸色便有些难看起来。何小遇自然能看出亲戚的心思，但因为无处可去，只好装着什么也没有看出来。

因为羞愧，何小遇平日里总是帮着多干些家务。虽然在亲戚家吃饭的时候并不多，每个月的生活费还是照交不误。下班的时候，还要顺便在超市买些时鲜上市的小菜带回来。亲戚先还客气，说都是自家人，不必这么讲究。后来渐渐习惯了，要是哪次何小遇空着手回来，倒要用奇怪的眼神看着她，认定了她要吃白食似的。

何小遇低着头，想解释一下，下班的时候忙着赶车，车上人又多。可还没等她说什么，亲戚的眼神已经移到了别处。而且，这些理由看起来都有些似是而非的样子，要是一说出口，可能更像是在说谎了。何小遇咬了咬嘴唇，一声不吭地转身回自己房间去了。

何小遇也动过在外面租房子的念头,可一打听行情却吓了一跳。价格高得吓人，而且差不多都是一个季度付一次租金。何小遇那时还在实习期，挣的那点工资还不够付房租的。便宜的房子当然也有，只是大都在郊区。要是租这样的房子，还不如继续住在亲戚家呢。

亲戚当然知道何小遇的难处,于是便经常过问起她的婚姻大事。这样的话题当然是以长辈关心的口吻谈起来的,而且总是在饭桌上。

年龄也老大不小了，该谈男朋友了。

何小遇先还认真地解释着，热心人倒是很多，但是给介绍的那些人呢，总有这里那里让人不满意的地方。

亲戚便有些不耐烦了，说也别老是挑三拣四的，这山望着那山高，还是实在一点好，只要有房子就行了。说完，"啪"的一声放下筷子，站起身转了话题。

经过儿子身后的时候，亲戚的声音不知怎么陡然间高了起来，忽然伸出根指头点着儿子的后脑勺，说，怎么你这吃相还跟个小孩子似的？老是掉饭粒。都是二十五六有女朋友的人了，还是这么不让人省心。看来该给你娶媳妇了，让媳妇给你立立规矩。

亲戚表面上看起来是在教训儿子，可何小遇老觉着那话是说给自己听的。何小遇愣了愣，咽了口唾沫，没有说话。她当然听出了亲戚话里头的意思，自己又不是人家的女儿，凭什么一直住在这里呢？而且，人家自己的孩子也是要结婚的，不能老把房子借给她住。再说，亲戚家离她上班的地方也实在是太远了，每天上下班在路上就要耽搁很久，确实不方便。

那一晚，何小遇在床上翻来覆去几乎一晚上没有睡，到底也没有想出自己该怎么办？第二天，她早早地起了床，连早饭都没吃便出门了。只对亲戚说，单位里有事，怕来不及了，就在外面凑合着吃一点吧。

清晨的市郊公交车里挤满了进城卖菜的农民，几乎每个人都是肩挑手提的，旁边还摞着一只只大箩筐。为了少花钱，农民们拼命把箩筐往公交车里塞。售票员不肯，坚持要让他们买货票。一边粗暴地推着他们的脊梁骨，一边大声吆喝着。都挤在门口做什么？往里面走，再挤一挤。农民们与售票员僵持了一会儿，见售票员冷着脸不肯通融，最终还是乖乖地掏钱买了货票。

售票员让农民们买完票之后，便听任那些箩筐占着车里的过道。

有人上下车的时候，只能从人缝里钻出来，再在箩筐上跨过去。车子直到塞得满满的，这才开始起动。车一开，高高摞起的箩筐便抵在何小遇的后背上。后背的另一侧，则紧挨着那些箩筐的主人。

何小遇第一次这么近距离地打量着他们。那是一张张被日光晒得赤红的面孔，上面落满一条条粗大的皱纹。脸上的表情虽然有些木讷，却并没有多少教科书中惯常形容的善良与老实。眼神躲躲闪闪的，里面有许多被掩饰住的谨小慎微的欲望，还有些自以为是的狡黠隐藏在里头，直直地看着她。何小遇见了，忍不住一噤，连忙把身体往里面缩了缩。

下午下班的时候，何小遇没有像往常那样急着往回赶。一想到亲戚客气而冷淡的眼神，便感觉有些畏缩，脚步也变得迟疑起来。马路上到处都是匆忙赶路的人。有女人从她身边经过，手里的挎包碰到了她的身体。然后，何小遇便看见那个女人在暮色中忽然奔跑起来。那是为了追赶一辆刚刚进站的公交车。

外面的风很大，吹在身上硬邦邦的，有些砭人。奇怪的是，那个奔跑着的女人的头发却是纹丝不动的。女人的左手紧紧抓住挎包，挺着胸脯扭着屁股往前冲，却到底没有赶上公交车，终于泄气地停了下来。

何小遇站在远处，悄悄地打量着她。女人长着一张阔大的扁平脸，脸上的表情木木的，眉眼看起来便有些模糊。引人注目的是她的头发，用发胶高高地固定起来，看起来就像是一只涂满了墨水的扇子，斜斜地罩在头顶上。何小遇饶有兴致地盯着女人头发里泻出的稀稀的天光，猜想着她会拥有怎样的生活呢？

女人应该有一个淘气不听话的孩子，还有个脾气暴躁又总是心不在焉的丈夫。各式各样的烦心事和辛劳就像是一桶桶开了封的油漆，整日龊龊地刺激着神经。可这样的刺挠却又是躲不开的，而且也无处可躲。于是，女人的表情便总是皱缩着，一张脸像是刚遭过大水的庄稼地，很茫然地悲苦着。

但是，何小遇觉得就连这样的女人也比自己幸福。因为，她在这座城市里还有一个属于自己的家。不像自己，连一间可以存身的屋子都没有。

整个晚上，何小遇一直在街上闲逛着。饿了便随便在外面吃点东西，直到实在是太晚了，这才搭末班车回亲戚家睡觉。第二天，仍旧早早出门。亲戚先还有些好奇，问她最近是不是有什么事情？何小遇只是含糊地摇了摇头，没说什么。亲戚以为她大概是在忙着与什么人谈恋爱，也就不再追问了。

后来，这竟变成了一种习惯。即便是哪天闲着没事，她也总是在外面拖延至深夜才回去。那时候，亲戚家的人都已经睡了。何小遇打开灯，悄悄到卫生间烧水洗脸。

灯光落在屋子里，连角落里也落满了昏黄的光晕。煤气灶上淡蓝色的火苗发出咝咝的声响，像是某种叫不出名字的动物发出来的。何小遇坐在凳子上盯着火苗，半天没有动。她发觉自己的心也像这间落满灯光的屋子一样。看起来装得满满的，仔细打量一下却发现，里面空空如也，什么也没有。

何小遇轻手轻脚地走路，生怕会影响别人休息。虽然把毛巾顺在水龙头上，到底还是能听到水流声。听见里面屋子里有人咳嗽了一声，何小遇赶紧关上水龙头，草草地擦了一把，便上床休息了。

因为不需要再看亲戚的脸色，开始的时候还有一种无拘无束的自由，但何小遇很快便感觉到了不方便。

每天在街上闲逛，身边来来往往的人都是与自己无关的。路灯一盏盏地亮了起来，城市的暮色中，每一张面孔都显得模糊而暧昧。商店的橱窗里陈列着各式各样的商品；巨型广告牌上，美丽的女人做出各种妖娆的姿态，丰满的嘴唇半张着，露出诱惑的表情。成双结对的恋人们牵着手，一路抛洒着热辣辣的眼神，女孩明亮而娇媚的笑声在夜色里传出很远。

何小遇在身后悄悄打量着他们。在不久之前，她还和那些正沉浸在爱情中的女孩们一样，年轻而充满幻想，但是现在，她觉得自己已经变得有些老迈了，心里空荡荡的。

在这样的时候，何小遇常常连一点食欲也没有。除了喝一点水，有时甚至一整天不吃任何东西。偶尔，何小遇会在路边的饮食店里吃点什么，那大都是面条、鸭血粉丝汤之类的小吃。小吃店里人来人往的，每个人都显得十分匆忙。面条在嘴里呼呼地响，要不了两分钟，碗里的东西已经到肚子里了。何小遇坐在他们对面，低着头慢慢地吃着。反正，就是吃完了也没有什么事情可做。面条很润滑，有一种奇怪的劲道。何小遇常常怀疑吃到嘴里的不是面条，而是别的什么有生命的东西，于是越发小心谨慎起来。

大多数的时候，何小遇总是什么也不吃，只是在街上漫无目的地走着。路边中学的大门忽然一下子打开了，身穿校服的学生骑着自行车，像潮水似的涌了出来。他们按着车铃，尖叫着，相互追逐着。何小遇站在路边看着他们，一点也弄不明白他们为什么会这样兴奋。

还有站在路边小店柜台后面的那个女人，正捧着一只不锈钢杯呼噜呼噜地吃着什么。一边吃一边睁大了眼睛往外看。何小遇原以为她是在看自己，仔细一看才发现，原来她谁也没有看，只是让眼睛盯在某个看不见的地方，里面却空茫茫的，什么也没有。

疲倦和饥饿一阵阵袭来，身体似乎已经不是自己的了，而是属于别人的什么不相干的东西。在那一刻里，饥饿忽然变成了一个有情有义的朋友，在何小遇的腹腔里低声呢喃，刻骨而温暖。何小遇觉得自己忽然一下子变得身轻如燕，一阵风就可以把她吹得飞起来。于是，她便开始在半空中仔细地打量着这座陌生的城市。

黑暗让城市一点点变得亲切起来，每一个背风的角落都像是自己的家。路边横躺着的流浪汉，就像是小时候总是匆匆从何小遇家门前经过的那些疲倦而辛劳的过客。他们大都是从很远的地方来，头发乱蓬蓬的，衣服上溅满了泥土。每个人都背着一只肮脏的编织袋，看起来十分消瘦，但眼睛却总是亮得吓人。

那时候，何小遇每次见到他们，总是忍不住有些好奇。偶尔，他们还会停下来讨水喝。母亲和姐姐总是不搭理他们，每次何小遇都感觉十分愧疚。但是等她悄悄把热水瓶从家里偷偷拿出来的时候，却发现他们早已经走远了。

有时，何小遇还会和一群孩子跟在那些陌生人的身后，与他们一起往前走。何小遇一路小跑着，身边响起一大片噼里啪啦的脚步声。何小遇每次都希望自己也能像这些神秘的过客们一样赶路，虽然并不知道应该到哪里去，但仅仅是匆忙赶路这件事本身，就足以令人兴奋了。还有耳边响起的脚步声，也是让人喜欢的。

那时，她很想知道他们是从哪里来，又是要到哪里去。但是，这样的问题，过客们当然是不屑于回答的。他们大声吆喝着，像撵一群苍蝇似的驱赶着，有时还会伸出尖尖的指甲吓唬人。于是，何小遇和那些孩子便吓得四散跑开了。但却依旧远远地站在一边看着，直到连他们的身影都看不见了，这才离开。

现在，何小遇觉得当年那些衣衫褴褛匆忙赶路的人，或许就是面前这些横躺在路边用冰冷的目光看人的流浪汉。这让她的心忍不住慢慢变得柔和起来。有时，她很想成为他们中间的一员，像他们那样随地睡觉，捡别人扔的剩饭吃。

于是，何小遇蹲在地上，试图像一个流浪汉那样躺下来，却终究没有做到。她低着头想了想，觉得自己还是无法像他们那样生活。首先，别人看他们时的那种鄙薄的眼神大概自己就承受不了。还有，她有痛经的毛病，每个月都会有腹痛难忍的一个星期。要是真做了流浪汉，她到哪里去喝一杯热水呢？

一想到这些，何小遇便有些泄气。于是，只好轻轻叹了口气，再坐车回亲戚家去睡觉。

不知从什么时候开始，何小遇在单位里的地位一天天变得微妙起来。

何小遇一点也不明白事情为什么会变成现在这个样子。她虽然对工作勤勉努力，但因为之前早有了斤斤计较的恶名，大拖把又总是在背后说三道四。何小遇虽然早有所闻，也不知道该如何为自己辩护，索性什么也不说。

偏偏大拖把除了对她，对别人都是一团和气，又是一副不图回报的热心肠，自然是众人眼中的好青年。即便是说何小遇的坏话，也像是在随随便便地评价一个人，含含糊糊地点到为止。好像自己吃过多大的亏，只不过不愿意与她计较的样子。

众人开始时还有些将信将疑的，但见何小遇整日淡漠着一张脸，也看不出到底是怎么回事，便也懒得深究。因此，何小遇虽然什么事也没有做，却似乎早已被众人提防着。

何小遇那时因为无处可去，每天晚上都在外面闲逛至深夜，第二天上班时自然少不了无精打采的。因为睡眠不足，脸色也有些难看，总是愣愣地坐在办公桌前发呆，连反应都有些迟钝。众人见她这样，越发有些戒备起来。这样的时候，她自己却大都是无知无觉的。

何小遇每天匆匆忙忙地来上班，一边低头编稿子，一边听别人说话。办公室的女人们总是在叽叽喳喳地议论着什么。议论的话题也离不开周围的同事、自己的丈夫，还有商店的橱窗里那些买不起的时装。虽然买不起，却多少有些艳羡，但这艳羡却是藏在心里的。

女人们的丈夫大都是在单位里做着科长之类的小官，似乎还够不上贪污腐化的级别。女人们的工资呢，自然也高不到哪里去。家里的日子虽然不愁吃穿，却是讲究不起的。而且，别看女人们表面上一副挑三拣四的虚荣相，从前大都是吃过苦知道生活艰难的人。父母的年纪一天天老了，身体也不好，虽然心里多少有些不愿意，还是要给他们留下些养老钱。孩子太贪玩，成绩连中等都够不上。虽然每个月花钱请家教，效果却几乎看不出多少，看来考不上重点高中应该是意料之中的了。因此，到时候要交的择校费还要事先准备好。

这些烦心事一桩桩一件件都是有些折磨人的，女人们私下里少不了要对丈夫抱怨几句，但在人前却总是装出一副万事早已打点得妥妥帖帖的清高相，偶尔还会莫明其妙地流露出一点优越感来。

每当这时，何小遇总是坐在一边一声不吭地听着。天气虽然刚过中秋，办公室里已经能感觉到有些凉意了。上厕所的时候两只手被水龙头里的凉水一冲，冷飕飕地砭人，何小遇不由把身体往衣服里缩了缩。因为匆忙，早晨从亲戚家离开的时候没有吃早饭。现在虽然已经快到中午了，她却并没有感觉到饿，只是脸色灰突突地不好看。

何小遇自己并没有感觉到有什么异样，女人们却以为是哪里不小心得罪了她。虽有些奇怪，却懒得深究其中的缘由。偶尔，何小遇也能意识到她们大概是误会了，却不知道该如何向她们解释。而且，又该如何解释呢？这样的误会多少是有些伤人的。因为，她们明显地把她当成外人。何小遇的脸色也越发变得阴沉起来，倒像是在印证女人们的判断似的。

现在，何小遇发觉自己对什么事都有些心不在焉的。虽然每天急火火地从亲戚家往外赶，等出来之后却发现，自己并没有什么急等着要做的事。

何小遇到办公室的时候，整幢楼几乎还是空的。女人们都还没有来，办公室里空荡荡的。平日里看熟了的一切，现在看起来却显得有些陌生，像是隐藏着某种不为人知的秘密。楼下的马路边站着一排卖早点的小贩，一掀起蒸笼，热腾腾的蒸气便一蓬蓬地往上飘。何小遇站在办公室的窗前，看别人吃早点。有时，她自己也会到楼下吃点东西。有时什么也不吃，就这么坐在那里，一直等到办公室的女人们一个个陆续地到了。

因为匆忙，何小遇早晨出门的时候常常连头发也来不及认真梳，只是随便用一根发卡拢着。现在，头发已经有些起毛了，发卡歪到了一边，人也越发显得憔悴暗淡。对于这一切，何小遇自己当然是意识不到的。女人们虽然早就看见了，却没有人告诉她。只是偶尔交换一下眼色，眼神里多少有几分鄙夷。于是，何小遇就这么蓬着头，黄着脸，无知无觉地坐着，可以一整天坐在那里一动不动。

报社虽说每天都像是在混日子一样，拼拼抄抄地凑版面。但是，却是领导们安插各式各样关系户的好地方。因此在里头上班的人，也大都有些来头。平时几乎看不出什么，偶尔遇上点什么事，别人还没有反应过来，他们却早已经不知从哪里得到了消息。因为有着这层优势，虽然表面上不动声色，那点优越感却是若有若无抹不去的。

据说以前报社也有过几个业务能力强的，因为受不了这里过于复杂的人际关系，加之看不到出路，大都想方设法调走了。还有一些另闯生路，一走了之的。剩下的大都是无处可去的，还有吃惯了轻闲饭的女人们。

单位里女多男少，因此办公室便成了女人们的天下。吃午饭的时候，男人们大都躲在一边，边吃盒饭边下棋，女人们却喜欢热热闹闹地结着伴出去。要不就是到附近的小饭馆里凑份子，然后再把饭菜带回办公室里吃。

虽然平日里女人们之间少不了钩心斗角，在背后说几句别人的坏话。现在看起来却是亲密无间的，就像亲姐妹一样知心。勾肩搭背拍拍打打地评价彼此的饭量,亲热地问,最近是不是又在减肥啊?另一个便说,哪里减得下去,喝凉水都长肉呢。旁边便有人打趣说,减什么肥呢?现在的身材正合适,你看人家电视上的那些官太太,哪一个不是丰满大方,一脸的富态?于是,又引来一大片笑声。说正是呢,等你家老公升了局长,你就是局长夫人了。到时候,可别忘了我们一起扎伙吃过饭。

　　这样的时候,自然不会有人邀请何小遇。女人们就像是把她不经意地忘掉了,虽然她就坐在离她们不到半米远的地方,这样的遗忘却显得十分自然。不仅是女人们,就连何小遇自己也没有意识到有什么不妥当的地方。偶尔,也会有人对她说,跟我们一起出去吃饭吧?何小遇总是说吃过了。或者说,你们先去吧,我手头还有点事情,等处理完了再说。

　　见何小遇这么回答,女人们便不再坚持了。于是,她们就在何小遇身边大声呵气地说笑着,因为意识到有这么一个观众而显得格外活泼。随便一点什么事都可以把她们引得哄堂大笑。

　　现在,何小遇已经成为众人眼中的大龄青年,还是那种有些问题的大龄青年。虽然谁也说不清楚到底是什么问题,但总归是有问题的吧?就是没有问题,至少也是有些怪的人。对于这样的怪人,众人即使不特意排斥,却多少有些不愿接纳。

　　老大不小的人了,既没有男朋友,似乎也不见与什么人谈恋爱。偶尔有热心人给她介绍对象,倒像是别人给她添麻烦似的,能躲就躲。而且，一天到晚冷着脸，也看不出到底在想些什么，受众人冷落自然是意料之中的了。

然而，何小遇对这一切看起来却显得十分冷淡。就像是脑子出了什么问题，虽然还不至于影响正常生活，但却早已被大家归入异类。因此，众人对她的反应迟钝也有些见怪不怪了。

女人们依旧在一旁说着什么，何小遇一直低着头看稿子，似听非听的。虽然没有认真听，她却常常觉得自己能看出她们貌似闲聊的谈笑背后所隐藏着的内容。不过，这样的内容却是难以说清的，常常只可意会不可言传。有时，何小遇感觉自己已经触摸到了那些内容的实质，有时又觉得依旧与它们隔着千山万水，相距遥远。

每天，女人们似乎总有说不完的话，就像是在用嘴巴娴熟地传递着别人看不见的什么东西。那东西先还在这个人的嘴里，只是一眨眼的工夫，却已经到了另一个人的口中。因为拥有着共同的秘密，女人们变得十分默契，时常忍不住哄堂大笑。

何小遇一点也弄不明白，她们为什么要这样笑呢？她竭力想弄清楚她们在说些什么，但是常常只能捕捉到一两个词，或者一些毫无意义的闲扯，几乎没有任何实际内容。难道她们就是因为这些东西而开怀大笑的吗？这总让何小遇感觉有些疑惑，怀疑在这背后还有一些别的什么她所不知道的东西。

何小遇这时的模样看起来多少显得有些滑稽。头微微地往前伸，侧着耳朵，因为专注和疑惑，脸上的表情便显得有些呆滞。就像是坐在候车室里等车，满屋子的人都已经走光了，她还在四处张望，满脸困惑地问，现在几点了？

见她这样，开始的时候，女人们还以为她对她们的闲聊有兴趣。偶尔会有人对她笑一笑，问，我说得对么？何小遇却像是刚在睡梦中被别人推了一把，顿时瞪大了眼睛，有些吃惊地问，什么？那模样倒把问话的人吓了一跳。那人也不回答，只是向别人丢了个眼色。

于是，屋子里又传出一阵哄笑声。

周围似乎每天都在发生着什么事情，有些是何小遇知道的，也有些是她不知道的。女人们差不多整天都在谈论着它们，但是，这些事对何小遇来说却毫无意义。而且，就是那些知道的事，过不了几天也差不多忘掉了。反正都是些与她无关的事情，有什么必要一定要记住呢？

不久，新一轮的报社人事制度改革结束了。有人欢天喜地，也有人怨天尤人，就连周围的空气里也洋溢着一股躁动不安的气息。但是，这一切却似乎与何小遇没什么关系。她一点也不在意，也没觉得人家不关注自己有什么不应该的。是的，他们有什么必要额外关注一个边缘人呢？但是，何小遇很快便发现，事情并非像表面上看起来那么简单。

这一次，当年的校对周丽作为重点培养对象，终于当上了部门主任。

以前何小遇在校对室帮忙的时候，周丽一直悄悄地跟她套近乎，不动声色地表露自己对她的好感。即便是一些微不足道的小事，也总是让何小遇感觉周丽在想着她。还经常找机会与她聊天，说一些女人之间的体己话。

然而周丽自从当上部门主任之后，却像是换了一个人。以前做校对时的牢骚与抱怨，现在早已经消失了，脸上整日挂着笑，一副热情洋溢的模样。虽然周丽不算是个能干人，也不像出版部的女主任那么善于藏拙，但因为年轻，又有几分姿色，在每天傍晚的编前会上，话虽然不多，偶尔也能说出几句中听的。

在一大群男人中间，有这样一个女人与他们坐在一起，男人们总是宽容的。周丽自然意识到了这样的宽容，有时甚至故意冒出一两句傻话出来。男人们与这样的女人在一起，因为没有威胁，不需要防备，总显得十分轻松。有时，还会觑着机会与她开几句玩笑。

周丽则一概来者不拒，兵来将挡，水来土掩，一路咯咯咯地调笑着。

但是，周丽只是在男人们中间是这样，回到办公室之后，马上就换出另一副面孔。办公室里全是女人，周丽这时候的脸便会很认真地紧绷着，考虑着一些何小遇所不知道的事。皱着眉头为标题里某个词的不同含义而苦恼着，有时还会把写稿人叫过来一起斟酌一番。

开始的时候，周丽在分配采访条口时，还特意把何小遇叫到一边，问她自己的意向。偶尔遇上点什么事，也总是私下里先叮嘱一番。但是，何小遇对周丽的友好姿态似乎并没有什么特别的反应。看起来也没有要拿周丽当自己人的意思，自然意识不到应该对她的好意投桃报李。

周丽见她如此不开窍，原本想拉帮结派的念头便淡了许多。而且，何小遇眼神中的犹疑与谨慎也有点把她给激怒了。有关钱大头的事，周丽一直以为何小遇还蒙在鼓里，现在却忽然发现，她可能什么都知道。当意识到这一点的时候，周丽顿时变得有些恼羞成怒起来。

其实，周丽当初之所以在钱大头面前搬弄口舌，只是为了与领导套近乎。那时，为了赢得钱大头的好感，周丽几乎每天都要找借口朝他的办公室里跑。周丽坐在钱大头对面的办公桌前，谈完工作上的事情之后，总是觑着机会再说几句闲话。

但是，钱大头却总是显出一副心不在焉的模样，因此她常常弄不明白他到底是不是真的在听。周丽微微地仰着头，眯缝着眼睛，一边说话，一边频频地抛着媚眼。但钱大头不知是没有看见还是别的什么原因，连眼皮都没有动一下。这让周丽的脸忍不住腾的一下红了起来。

其实，钱大头并非是对女人不感兴趣，周丽的心思他也早已经看在眼里。但是，钱大头仍然装出一副无动于衷的模样。周丽那时虽然三十已过，已是一个五岁儿子的母亲，但是身材仍然十分匀称，长相俏丽。在钱大头这种上了些年岁的男人眼中，倒是更有几分吸引力。对这种送上门来的好事，钱大头不可能不动心。但他在心里掂量了一下，最后仍然决定什么也不做。

钱大头是二十三岁时与副部长的侄女结婚的。那一年，副部长的侄女已经三十多了。

那时候钱大头已经当了两年半的兵，按照惯例，再过半年就该复员回老家了。虽说当兵时前钱大头已在当地的乡粮管所上班，即便是复员回老家，按照政策也应该安排工作的，最不济也能回到原来的粮管所。可是，他还是不愿意回去。

钱大头不想离开月城。从来这里的第一天起，他便喜欢上了这座城市。钱大头至今还清晰地记得当初从火车站刚出来时，面对满眼的高楼大厦和拥挤的人流时那种头晕目眩的感觉。三个月的新兵训练刚结束，钱大头便一个人偷偷溜了出来。

大街上的楼房挡住了他的视线，马路似乎一下子变窄了。陌生的气息从那些坚硬的建筑物里流出来，像沙子一样灼痛了他的眼睛。无数双腿和车轮从眼前经过，像一股神秘有力的气流，将他轻盈地托了起来。

钱大头在马路边站了很长时间，终于大着胆子上了一辆公交车。车里挤得水泄不通，钱大头感觉浑身不自在。扶手碰到了他的脸，有人的脚后跟狠狠地踩在了他的脚上，还有人在身后推他的后背。

中午的时候，钱大头花了两元钱在路边的一家小吃店买了一只肉包子。虽然有点贵，可那只肉包子简直好吃极了。包子皮薄肉嫩，里面没有一点下脚肉，咬一口便溢出满嘴清香的汁液。钱大头蹲在路边一点点慢慢地吃着，眼睛里忍不住浮出一层薄薄的泪光。

钱大头在大街上逛了一整天，直到天完全黑下来了，这才恋恋不舍地离开。路灯一盏盏地亮了起来，钱大头站在路灯下看自己短短的影子，忽然发觉他是属于这里的。路边昏暗杂乱的老屋、暮色里的楼房，以前虽然从没有见过，却好像很久之前就已经相识了。钱大头伸出手指触摸着那些深灰色的墙面、凸起的大理石装饰物，心里忽然升起一种异样的感觉。

不久，钱大头便被派到副部长家当勤务兵。副部长早已经离休了，还得了半身不遂的毛病，常年卧床不起。钱大头的工作就是给副部长做内勤，照顾他的生活起居。

钱大头表面上沉默寡言，不怎么爱说话，实际上却机灵活络、有眼色，干活也十分勤勉，不偷懒不惜力。因此，副部长很喜欢这个说话不多的憨厚小伙子。照顾副部长的勤务兵差不多都是定期更换的，因为副部长喜欢，只有钱大头在这里干的时间最长。

副部长一家住在一幢陈旧的小洋房里，两扇斑驳的灰漆大门终年都是关着的。从外面几乎看不出什么，只能看见围墙里露出的老式的哥特式建筑的尖尖屋顶。每天清晨，钱大头总是早早起床，先打扫完院子里的卫生，再到门口取牛奶、报纸。等副部长起床之后，钱大头帮他穿衣洗漱，再扶他坐上轮椅。

副部长是北方人，一直保持着从前的饮食习惯，因此钱大头每天还要用一爿小石磨磨豆浆。除了定期陪副部长去医院看病取药，每天傍晚，钱大头总是推着副部长去不远处的街心公园里散步。

每次散步的时候，副部长总喜欢漫无边际地说点什么。副部长说的大都是他年轻时候的事。小时候如何在乡下读私塾，后来因为家道中落读不下去了，这才跑出去当兵打仗。第一次上战场打仗时，听见子弹发出的尖锐的啸叫声从耳边飞过，吓得他两条腿直打哆嗦，简直连路都走不动。身边忽然有人被打死了，满脸是血，脑浆涂了一地。副部长顿时感觉一阵恶心，把早上吃的大半块面饼全呕了出来。

副部长说，他至今仍能很清晰地记得空气中的那股焦煳味，就像刚出锅的炒面，散发着一股模糊的香味，新鲜而生动。炸弹落在身边的时候，副部长几乎被吓傻了，只是呆愣愣地站在那里，连卧倒都忘记了。是班长狠命地推了他一把，这才免于一死。

副部长告诉钱大头，那时多亏有班长照应，否则他这条命早就没了。可惜，班长后来也牺牲了。副部长的声音忽然变得落寞起来。

由于时间久远，副部长对钱大头讲述他的战斗经历时，几乎每次都是不一样的。副部长常常弄不清那些事是在哪一年发生的，甚至那些事到底是不是真的发生过也有些不确定。但有关那个班长的事，却总是记得十分真切。副部长看了钱大头一眼，十分肯定地说，班长的个头和你差不多，牺牲的时候年纪跟你一般大。

小洋房里除了住着副部长一家，还有副部长的侄女也住在这里。不知什么原因，侄女从小就离开了老家，是在副部长家长大的。侄女因为患有严重的哮喘病，中学还没有毕业便休学在家。按照规定，钱大头并没有照顾她的义务，但每次侄女的哮喘病发作的时候，总是钱大头把她送到医院里。挂号做检查，取药挂水，楼上楼下地跑。侄女只是坐在一边眼泪吧唧地望着钱大头，咳喘成一团。

因为常年生病，侄女的脾气变得很坏，对钱大头尤其苛刻。平时只要哪里不小心得罪了她，不是摔东西，就是尖酸地讽刺挖苦。每次遇到这种情况，钱大头却只是笑一笑，什么也不说。

有一次，侄女与做饭的保姆不知因为什么事忽然吵了起来。

保姆是个四十出头的中年女人，丈夫几年前因为车祸去世了，孤身一人在城里。已经在副部长家做了很久了，一家人都已经习惯了吃她炒的菜。保姆那时似乎正与一个男人交往着。有时晚上做完活儿之后，会偷偷让那个男人从后门进来。有一次，钱大头无意中在厨房里看见他们正头顶头说着悄悄话。钱大头见了，虽有些意外，倒也没把这事张扬出去。

后来侄女也见过那个男人，自然不像钱大头这么客气。当时就尖着嗓子直截了当地问，那男人是谁？保姆一直有些怕她，不敢明说，只是支支吾吾地说是老家来的亲戚。

侄女不屑地撇了撇嘴，没吭声。下一次两个人因为什么事吵架的时候，侄女终于忍不住把这件事抖落了出来，说保姆把不知底细的野男人朝家里带，会让一家人都沾上晦气。

保姆那时正打算与那个男人结婚。要是结婚的话，就要离开副部长家。以前保姆没少受侄女的气，现在既是要离开了，自然不再害怕得罪了她。

保姆忽然冷笑一声，说我是明媒正娶，正大光明，姑娘就是想看笑话估计也是看不成的。只是姑娘今年三十多了吧？这岁数还嫁不出去，到时候，恐怕连野男人也找不到了。

侄女听了，顿时气得浑身颤抖，下巴颏抖得仿佛要落下来，张口结舌半天说不出话来，只是伸出尖尖的手指连声说，滚、滚、滚！

保姆又冷笑一声，说不用姑娘赶我，我这就辞工不干了。

钱大头在一边急得团团转，也不知该如何劝解，只是徒劳地让她们都少说两句。

正在午睡的副部长听见吵闹声，按铃叫人。钱大头只好丢下她们，再去照顾副部长。副部长问他，到底发生了什么事？钱大头犹豫了一下，只好把事情原原本本地说了一遍。副部长听了，叹了口气，半天没有说话。

保姆离开之后，侄女的脾气似乎变得更大了，家里几乎没有人敢招惹她。无端地发完脾气之后，侄女常常会一个人躲在楼上自己的房间里偷偷地哭。

每次见到侄女哭，钱大头总是会借故送点东西上去。泡好的一杯茶，还有她喜欢吃的零食之类的。去了之后也不说话，只是在旁边站着。开始的时候侄女也不搭理他，还把钱大头送去的东西扔在地上。钱大头也不理会，把东西捡起来放在桌子上，仍旧在旁边站着。等到侄女的情绪渐渐平复下来，这才一声不吭地离开。

由于钱大头的缘故，侄女似乎不再像以前那样乱发脾气了。除非生病不舒服，也能和大家坐在一起吃饭。偶尔，还会和钱大头说几句玩笑话，虽然仍旧是讽刺和挖苦居多，但终于慢慢恢复到了原来的状态。钱大头听了这些话也不在意，只是憨厚地笑一笑，并不作声。

有一天，钱大头在傍晚的时候照例推着副部长到街心花园散步。副部长忽然对钱大头说，你把在老家订的那门亲事退了吧。

钱大头听了，吃了一惊。他在老家定亲的事并没有告诉过别人，副部长是怎么知道的？钱大头没有吭声，心里却忍不住咚咚咚地狂跳起来。他知道，在他的生活中将要发生一件重大的事。这件事虽然现在还不能确定，但他早已经模模糊糊地期待很久了，他知道它早晚会发生的。

副部长坐在轮椅里还在含糊不清地说着什么，钱大头却并没有认真听，只是扬着脑袋望着远处。暮色中的街心公园空荡荡的，只有他和副部长两个人。远处的高楼里亮着灯，霓虹灯在路边静静地闪烁着。汽车引擎的轰鸣声传过来，像是一团轻薄柔软的丝织物，被暮色逼成了细细的一条，倏地一下便消失了。

钱大头忽然独自微笑了一下，伸手掖了掖副部长搭在膝盖上的薄毛毯，温顺地说好，我听您的。

钱大头与侄女的婚礼办得虽然简单，倒也十分体面。副部长在小洋房里特意给他们腾出了个套间做新房，又配了些家具。屋子里的生活用品等一应家什，也都准备齐全了。钱大头只带了些随身衣物，便搬了过来。

直至与侄女结婚之后，钱大头仍有些怀疑，这竟是真的吗？虽然很久之前就曾在心里有过模糊的幻想，但总觉着不可能。直到真的发生了，钱大头仍有些不太敢相信。

对睡在身边的这个女人，钱大头几乎弄不清到底是怎样的情感。由于常年生病，侄女看起来十分瘦弱。虽然已是三十多岁的女人了，身体却仍然还像是个刚刚发育的小姑娘，拥在怀里总有些不真实的感觉。就像是一株还未成熟便遭遇重创的小树，还没有来得及享受到足够的阳光与养分，便永远停留在某个伤心欲绝的时刻。两只细小的乳房苍白而松弛，因为总是被冷落而嘟着嘴。钱大头伸出手轻轻地握着，侄女便像一只猫似的，轻轻依偎了过来。

钱大头的心中一动，一种怜惜夹杂着丝丝缕缕的酸楚从心底里慢慢地浮了上来。钱大头的鼻子忍不住有些酸，于是便伏在侄女的胸脯上，呜呜地哭了起来。侄女也不劝解，只是伸出手慢慢抚弄着他的头发。

婚后不久，钱大头便从部队转业了。因为与侄女结婚的缘故，钱大头理所应当地留在了月城。先是在一家机关的办公室里做杂务，这原本就是钱大头所擅长的，倒也做得顺风顺水。可毕竟年纪一天天大了，整天被人呼来唤去的，也不是长久之计。钱大头在当兵之前，便喜欢写写画画的。于是，通过副部长的关系，钱大头又调到了一家机关报社，吃起了文字饭。

现在，钱大头总算是在这座城市里扎下了根。走在大街上的钱大头已是一副典型的城里男人的模样。衣着讲究，温文尔雅。钱大头的一口当地月城话已讲得十分地道，几乎听不出什么口音。虽然仍旧是骑着自行车上班，但因为是住着洋房，身上已染上一层若有若无的优越感。

钱大头每天按时上班下班，精心照顾着副部长一家。现在家里虽然仍有勤务兵，但与当初的钱大头自然没法比，一家人的饮食起居也还要他操心。每天下班时，钱大头总喜欢顺便拐到菜市场去，买些侄女爱吃的菜带回去。

菜市场离那幢小洋房不远，钱大头手里拎着刚买好的东西，慢慢地往前走。正是傍晚下班时间，冬日稀薄的阳光落在灰暗陈旧的巷子里。两旁密密麻麻的旧式楼房大都只有两三层高，虽然上了年纪，倒也没有显出多少邋遢相。有人正弯着腰收衣服，一边用力拍打着被褥上的灰尘。谁家的厨房里有砧板咚咚的响声传过来，油锅爆起的咝啦声伴着阵阵饭菜的香味飘过来，钱大头忍不住嗅了嗅鼻子。

两个穿着棉布睡衣的女人正在炒菜，不知因为什么事忽然咯咯咯地笑了起来，中间夹杂着一两句没头没尾的家常话。钱大头见了，脚步不由有些慢了下来。

因为干活碍事，一个年轻女人把外面的棉上衣脱了，露出里头的紧身毛衣。看起来就像是刚从外面的什么地方约会回来，还没有来得及换。毛衣是那年正流行的款式，各种明艳的红黄蓝紫混杂在一起，午夜疯狂烂醉后的颜色。而且，竟是无袖的。年轻女人很胖，但却胖得十分曲折有致，丰隆的胸脯，圆润白皙的双臂。虽然天气还很冷，但女人的双臂却在灶台上灵活地翻飞着。冬天里很少有机会看见人的皮肤，那样的肉和白，钱大头竟有些看呆了。

平时看惯了侄女的消瘦与病弱，钱大头几乎本能地喜欢那些健康丰肥的女人。但这样的女人却与那幢安静的小洋房无关。钱大头忽然想起，当年那个与他在老家定亲的女孩似乎也是很胖的。

钱大头只在回家探亲时见过一次。他还记得那个女孩的个头很高，身上穿一件碧绿的新上衣，脖子上翻出两片桃红色的圆领子，把她腮帮子上的两团红润映衬得越发显眼。脸上鲜艳的淡红色的两团，中间却是白的，气色简直太好了。

女孩有着饱满的胸脯和圆滚滚的屁股，看起来健康而茁壮。见到钱大头的时候，女孩忽然匆忙地咧开厚厚的嘴唇微笑了一下，之后便一直羞涩地低着头。女孩显然很不喜欢自己的胖，却又对这一切毫无办法。于是，便时不时地提拉身上穿的那件绿上衣。

钱大头的父母对女孩显然十分满意，不仅给女孩准备了一笔不菲的见面礼，还在家里请了几桌客人，算是给两个人定了亲。对那个女孩，钱大头说不上有多喜欢，但心里却一直暖洋洋的，感觉十分亲切。

要不是因为侄女，钱大头肯定是要跟那个女孩结婚的。有时，钱大头会忍不住暗自猜想着，要是当年真的与那个女孩结婚的话，会怎么样呢？那他现在肯定早已经复员回老家了。在乡粮管所或者别的什么地方做一份可以养家糊口的工作,早已经生了好几个孩子。

那时候，钱大头或许常常会站在老家窄窄的马路边发愣，发觉他在外当兵的三年就像是写在黑板上的几行粉笔字,只需轻轻一擦，便被悄无声息地抹去了。生活对于他来说就像是一场意料之中的约会，没有期待也没有惊喜。他会和老家的那些男人们一样，很快便学会喝酒、吹牛、打老婆。总是怀揣一个有关发财致富的梦想，但这些梦想却总也没有机会去实现。

而遥远的月城于他来说则变成了一个梦，一个属于远方的模糊而美丽的梦想。这梦想是那样飘忽不定，但只要一想起来就能让人兴奋得手心出汗，忐忑不安。于是，那些遥远的属于月城的日子便悬在了头顶上，一天天地长大，日益膨胀丰满，一下子照亮了脚下那片贫瘠的土地，就连平日里那些难以忍受的琐屑与平庸也因此而变得美丽柔和起来。

这样的生活说不上好，但肯定说不上有什么不好。于是，钱大头会忍不住有些疑惑，他当初的选择到底是对还是错的呢？但是，这样的疑惑总是在眼前一闪便迅即消失了。

他认真地想了想，觉得自己其实并没有真的后悔过。虽然侄女只陪钱大头回过一次老家，但因为娶了侄女，让他在老家挣足了面子。由于副部长的关系，钱大头替当地的许多人办过事。大家都知道，他娶的是高干子女，有身份，路子广。

　　每次回家过年的时候，县里的领导总是拿他当上宾招待。住的是当地最好的宾馆，在最贵的饭店里请客吃饭，席间还少不了要说些让他以后多帮忙多照应的话。钱大头虽然嘴上客气，心里却忍不住有些得意起来。钱大头的家人也因他沾了许多光，家中兄妹几个都在当地安排了工作，父母的房子也在村里风风光光地造了起来。

　　要不是侄女不能生育，一切几乎没有什么可挑剔的。然而就连这个问题，钱大头也从没有真的抱怨过。钱大头几乎把所有的心思都花在了工作上，踏实肯干，勤勉努力，在单位很快便做上了中层干部。

　　副部长去世之后，小洋房虽然被一分为二，又搬进了另外一户人家。但是属于他们的空间仍然很大，大得几乎可以在里头开舞会。以前，因为人少，房间多，家里总显得有些死气沉沉的。与以前相比，钱大头倒是更喜欢现在的样子。现在，钱大头已成为这里的新主人，继续享用着副部长留下的一切。

　　但是，侄女虽然身体不好，却是个醋坛子。因为整日待在家里无所事事，钱大头上班的时候，几乎每隔几个小时就要打一次电话过来，与他淡淡地说几句闲话。晚上要是钱大头有什么事回家晚了，更是跟审问罪犯似的，不放过任何蛛丝马迹。这样的审问从钱大头还是年轻小伙子的时候开始，一直持续到他的头发脱落了大半，变成一个臃肿难看的秃顶老男人。

　　年轻的时候，钱大头虽然也曾对别的女人动过心思，但那只是想一想而已，并没有真正付诸实施过。一是因为侄女看得紧，二是也没有遇到过合适的。那些对他表示过好感的女人们中间，自然也有钱大头喜欢的，但是那些人大都别有用心，暗地里指靠着用这样的手段达到别的目的。钱大头每次发现之后，总是顿感索然无味。

　　即便有的女人不是另有所图，钱大头觉得自己也没有多少勇气背叛那个总是在生病的女人。毕竟，自己的事都是副部长在帮忙照应着。从部队转业到调动工作、在职读大学，哪一样不是人家帮忙？要不然，他一个乡下出来的土包子，两眼一抹黑，怎么可能在月城站稳脚跟？说不定至今还在那个偏僻的乡粮管所里看磅秤。

虽然侄女长相平平，又有一身的病，但是，钱大头觉得这就是代价，他必须要付出的。有了这样的代价，这才算是公平交易。要是人家原本就是天仙美女，凭什么会看上他呢？因此，钱大头虽然在暗地里常常心怀不满，满腹的不甘心，但是与侄女的婚姻却一直平稳地维持了下来。

其实，在钱大头的生活当中也是发生过奇迹的。从部队转业后，在职读大学的那几年，钱大头曾经悄悄喜欢过班上的一个女同学。每次上课的时候，钱大头总是偷偷坐在女同学的后面一排。这样，她的一举一动、一颦一笑就全都在他的视野之中了。

女同学就坐在距离钱大头只有一臂之遥的地方，钱大头能看见女同学的衣服领子里露出的半截白嫩的脖颈，还有上面覆着的一小片纤细柔软的绒毛。钱大头每次看见，都会有伸出手去抚摸一下的冲动。

那是一个健康而活泼的女人。高高的个头，总喜欢穿一条短短的网球裙。似乎总见她在笑，随便一点什么事都能引来一阵咯咯咯的笑声。那时候，在职上大学的大都是些拖家带口的中年人，以前整日忙于工作、家庭，现在为了拿文凭，还要和那些二十出头的大学生们一样应付各式各样的考试，自然有些心力交瘁。因此，一个个显得心事重重的样子。但那个女同学却很年轻，又因为经历过社会生活的磨炼，还拥有一般大学生所缺乏的成熟的热情。

女同学的活跃，在那群穿灰蓝色衣服的男人们中间显得十分扎眼。他们在暗地里都有些喜欢她。班上有好几个男人对女同学有意思，女同学似乎也是来者不拒。那时候，社会上正流行交谊舞。每到周末，总有人早早地约她去舞场。女同学总是好脾气地一概应允，然后领着大家一起热热闹闹地去跳舞。

钱大头与班上的大多数男生一样，也喜欢那个女同学，但并没有什么奢望。那时，钱大头与侄女已经结婚十多年了，钱大头越发感觉心如死灰。女同学虽然年轻漂亮，却是不可能属于他的。这就像隔着层玻璃橱窗，看展览馆里陈列的各式各样美丽的昆虫标本。虽然会有一点诱惑，但却很清楚地意识到，那是离自己很远的另一个世界。钱大头觉得自己唯一能做的，只是在女同学的背后偷偷地看上几眼。

然而不知怎么，那个女同学看起来却偏偏喜欢上了他。钱大头在收到女同学写给他的信时，简直不相信自己的眼睛，把那封信反反复复看了好几遍。女同学在信里邀请钱大头在周末的时候与她一起去看电影。而且，约会的地点并不是大学校园里的电影院。也就是说，他将会有机会远离身边认识的人，与女同学单独在一起。

这是钱大头收到的第一封内容暧昧的书信，他兴奋得几乎一晚上没有睡好。虽然女同学的这封信并没有任何实际内容，但钱大头却在字里行间看出了许多意味深长的东西。这样的东西，自然是让人欢喜的。

后来，钱大头便与女同学恋爱了。钱大头虽然是有家室的人，却第一次尽心尽力地谈起了恋爱，认真而投入。女同学的青春在钱大头面前恣肆地绽放，大胆地挑逗着他沉睡已久的情欲。这样的恋情是私密的、不能公开的，又因为被蒙上了一层若有若无的罪恶感，因此越发燃烧得热烈而无所顾忌。

在那段日子里，钱大头几乎一有机会就朝外面跑。女同学那间狭小的宿舍，在钱大头的眼中就像她的身体一样，风情万种。两个人在一起的时候几乎不怎么说话，总是一声不吭地做爱，总也做不够似的。钱大头的欲望甚至连他自己都有点被吓住了，深不见底，惊悚恐怖。只要碰女同学的身体，甚至只要看她一眼，欲望便从他根本不知道隐藏在哪里的角落里毫无察觉地涌了出来。

钱大头浑身颤抖地站在那里，因为竭力想控制住自己的身体，牙齿发出一阵阵咯咯咯的声音，就像躺在床垫上的女同学发出的笑声。钱大头发觉自己已经被这无边无际的欲望彻底淹没了。强劲的欲望的巨浪冲击着他的身体，钱大头甚至根本做不了自己的主。他所能做的只是偶尔浮出水面透一口气，再深深地扎进去。

侄女虽然早已经看出了事情蹊跷，丈夫肯定有什么事瞒着自己，但到底是什么样的事情，却是一无所知的。而且，钱大头的脾气不知从什么时候开始，也变得出人意料地大。说不了几句话，便摆出一副要吵架的姿态。以前无论受到什么委屈，钱大头都是能忍则忍，现在见他这样，侄女倒有点被吓住了。但是因为不知道钱大头的葫芦里到底卖的什么药，也不敢过于追究。这越发让他变得大胆起来。

沉醉在爱情之中的钱大头曾经认真地考虑过与侄女离婚的事，甚至连要是和女同学结婚的话该如何操办都想到了。然而，就在这时，女同学却忽然对他说，她不能再与他在一起了，两个人必须分开。

钱大头一下子愣住了，连忙追问他哪里得罪了女同学，她对他有什么不满意的地方吗？女同学摇了摇头，停了停，又说，她已经厌倦了，不想再把这种关系维持下去了。而且，她以前的那个已经与她分手的男朋友，最近又找到她，希望恢复以前的关系。

钱大头有些不甘心，问道，既然这样，那么当初你为什么要与我在一起呢？

这个问题其实钱大头早就想问了。他一点也不明白，女同学为什么要与他在一起呢？他早已经结婚成家了，相貌平平，只是一家名不见经传的小报记者。即便是作为交易，也没有多少可做交换的砝码。那么女同学为什么还要和他在一起呢？钱大头曾经把这一切归结为爱，认为女同学肯定是爱上他了。至于为什么爱，那就说不清楚了。是的，只有说不清楚才可能是爱。

女同学忽然笑了起来，说不，恰恰相反，不是因为爱，而是因为不爱。

见钱大头一副摸不着头脑的样子，女同学解释说，除了以前的男朋友，她从没有爱过别人。她是因为男朋友抛弃了她，心情抑郁，这才跟他上床的。即便没有钱大头，也会有别的什么人与她在一起。

之所以选择了钱大头而没有选择别人，女同学想了想说，这是因为他的偷窥。她早就知道钱大头在背后偷偷看她，但却并不反感。不仅不反感，反倒有些喜欢。所以她最终选择了他而没有选择别人。但是，这却无论如何不能称作是爱。现在，她的男朋友已经回心转意了，她与钱大头之间的关系，自然也就没有再继续下去的必要。

钱大头站在那里，半天没有回过神来。如此看来，他只是做了一回替身而已，成了女同学失恋时用以消愁解闷的玩物。他原以为玩物只是那些类似奶油小生一样的男人才有资格充当，没想到也有人会喜欢像他这样平常无奇的男人。

但是，钱大头认真地想了想，发觉普通男人并非就一定不能充当玩物。帅哥与丑男之间的不同，大概只是各人的口味和兴趣上的差异而已，两者之间或许并非像一般人所想象的那样，存在着不可逾越的鸿沟。因此，女同学能对他另眼相看，情有独钟，自然也没什么值得大惊小怪的了。而他竟然在很长时间里，以为自己找到了真正的爱情。一想到这里，钱大头忍不住羞愤交加。

后来，两个人便平静地分了手。

钱大头以为，女同学应该不会忘记过去的一切，至少应该有所留恋才对。然而分手之后，女同学竟然连电话也没有打过一个，这让他越发心绪难抑。

深夜里，钱大头躺在侄女的身边，常常想象着女同学这时候会在哪里呢？肯定也是与丈夫在一起吧。那个过去曾经是她男朋友的男人，会不会在女同学的身上发现一些属于钱大头的痕迹呢？毕竟，他们曾经一起疯狂过。

钱大头觉得，做爱有时就像是在木板上钉钉子。女人是木板，男人是钉子，钉子钉在木板上，哪有不留痕迹的道理？即便是那根钉子早已经拔了出来，木板上也会留下一个类似伤痕一样的印迹。要是这样的话，那个男人会在女同学的身体上发现什么蛛丝马迹吗？

表面上看起来，女同学和她的男朋友又和好如初了，现在早已是一对恩爱夫妻。但是，钱大头觉得，他的影子却是那个女同学永远也抹不掉的，只要那个女人一闭上眼睛，他就可能会从她身体的某个角落中悄悄地溜出来，走进女同学的记忆里。

赤着身体躺在丈夫面前的女同学，看起来还是与从前一样，但是只有女同学和钱大头知道，曾经发生过什么。而这一切，现在就贮存在女同学身体的某个角落里。没有人知道在女同学的风情与练达中，又有多少是他钱大头培育出来的。

钱大头虽然一直无法原谅女同学，但一想到那个女人可能一生都会带着他的印迹，就像她胸口窝新长出来的一粒红痣一样，钱大头便又有些释然了。

这次不为人知的恋情风平浪静地结束了，钱大头的生活又恢复到原来的状态。

钱大头又变成众人眼中的模范丈夫，对妻子悉心照顾，疼爱有加。侄女每次生病住院，钱大头总是不辞辛劳地前后侍候着。侄女躺在病床上，钱大头就静静地坐在一边。她伸出手来，他便听话地握着。

因为常年生病，侄女的手看起来十分瘦弱，又冷又硬，上面布满了一条条青紫色的血管，握在手中就像是握着一只冰冷的青蛙，或者是别的什么叫不出名字的小动物。

钱大头发觉，在这个世界上根本就没有什么爱情。即便有，也只是人们生活的点缀。那个女同学没法在他的世界里出现，他也只能活在自己的世界中。倒是面前的这个总是辗转在病榻上的女人，让他忍不住生出无限的怜惜。这个女人需要他，也了解他，爱护他。在这个世界上，大概只有这个女人才是自己真正的亲人。

但是，就连这样的感觉也是转瞬即逝的。每一天都是相似的，如行云流水一般波澜不惊。上班下班，照顾病人，吃喝拉撒，一切几乎全凭着惯性。日子漫长得吓人，真让人有些承受不起呢。

幻想与渴望早已被现实一点点地磨蚀殆尽，激情与脸上的皮肉一样，一天天地变得松弛、变形。看不到边的没有尽头的挣扎与妥协把最后一点心力都耗费掉了，最后只好无可奈何地放弃所有的努力。人也因此一下子陷入空洞的懵懂之中，连不满与叹息也没有存身之地，就像是盹着了。这样的时候，倒是有几分宁静的幸福感慢慢地升腾而起。

委屈和厌倦只有在喝醉了酒的时候，才会趁着酒劲探头探脑地溜出来。这时候，钱大头会在猛然间意识到自己的一生都已经浪费掉了，浪费在讨好别人和照顾病人之间。他发觉自己在大半生里都是在为别人活着，照顾着别人的身体，也照顾着别人的感情，在权力与情感之间小心地做着平衡。这样的平衡其实并不容易，有时几乎是艰难的，如履薄冰一般。

虽然表面上看起来，钱大头一直是一副游刃有余的样子，但没有人知道他的吃力和难处，也没有人心疼过他。除了躺在病床上的这个女人，甚至从没有人怜惜过他。然而就是这样的怜惜，也早已被永无休止的病痛磨蚀得差不多了。

钱大头又想起了从前吃过的那些数不清的辛苦。小时候因为家境贫寒，在乡下总受别人欺辱。后来虽然好不容易参加了工作，却只是在乡粮管所跑腿。每到秋收季节，他的任务就是给排着长队交公粮的农民过磅秤。场院里到处都是飘扬的尘土、谷糠，乱哄哄的人群中，充满着嘈杂、疲惫与汗臭，就连天空都被染成了沉甸甸的灰色。

当兵时遭受的白眼与冷落，更是让他至今刻骨铭心。各式各样没完没了的规章制度，毫无道理可讲的整齐划一的服从。为了出人头地，钱大头丢掉自尊，忍辱负重，小心逢迎，总算是给自己找到了一片容身之地。他原以为，自己的苦难可以从此结束了，但是，没想到这只是再起炉灶重新开始。永无休止的忍耐，数不清的龃龉，就连对那个女同学的爱，现在能回想起来的也只是一个诉说不尽的羞辱。

于是，所有的辛酸与痛楚几乎在一瞬间迅速生根、长大、开花，硬硬地哽在心窝口。钱大头觉得自己也像那个生病的女人一样，柔弱无比，需要别人的呵护、照顾。然而就连这样的愿望也只是奢望，走完面前这十几级台阶，推开楼上的那扇门，他就该换上一副笑脸，与平常一样了。

钱大头低着头坐在楼梯口的台阶上，感觉半小时前喝下去的酒正在胃里一阵阵地往上涌。脑袋里像是有无数只蜜蜂在叫，一迭声地喊着，离开、离开、离开！吵得他烦躁不安，头痛欲裂。

钱大头很想站起来，可身体却滞涩得像有千斤重，根本抬不起腿。而且，就是站起来又能怎样？离开这里，他又能到哪里去呢？就是躲得了今天，还有明天、后天。跑得了和尚，还能跑得了庙？所以，归根结底，他哪里也去不了，还是得上去。

身后的楼梯上传来一阵细碎的脚步声，那是邻居家新来的保姆。小保姆看起来只有十八九岁，腿脚粗壮，长着一张胖大的赤红脸，眉眼与鼻子却小得出奇，鼻梁上落着一层浅浅的雀斑。

小保姆是认识钱大头的，见他衣衫不整地坐在台阶上，吓了一跳，也不知该如何反应。只是站在远处，吃惊地看着他。过了一会儿，这才有点怯生生地问，叔叔，你怎么了？

钱大头抬起头。灯影里小保姆的脸变得虚飘飘的，五官全走了形，眉眼像极了那个女同学。钱大头便疑疑惑惑地向小保姆招了招手，让她走近些。等到小保姆站在钱大头面前的时候，钱大头便伸出手一把抱住了她。

现在，这个抱在钱大头怀里的身体正在拼命地挣扎着，裂帛似的叫了起来，这又让钱大头想起了与女同学一起度过的那些夜晚，快乐、挣扎与妥协。于是，钱大头抱得更紧了。

钱大头发现，抱在怀里的东西让他有一种痛彻骨髓的亲切，扎心扎肺地疼痛。于是，钱大头便一头扎在那个柔软的高处，号啕大哭起来。

19

在很长一段时间里，周丽曾颇有些苦恼，不知道钱大头对什么感兴趣。到底什么样的话题才是他愿意谈的呢？为此，她花费了许多心思。周丽发现，男女之间的那种古老而亘古不变的吸引，在钱大头这里似乎并不适用。周丽忍不住猜测着，他的生活中大概并不缺少女人吧，要不就是自己还不够年轻漂亮，不足以吸引钱大头？

周丽十分自卑失望，几乎打算放弃了，直到有一次，她在闲聊时无意中说起周围的同事，没想到对周丽的话题总是无精打采的钱大头这次倒显得十分有兴趣，问道，他们有没有人在背后说些什么？

每个人都会在背后遭人议论，钱大头自然也不例外。而且，在有一段时间里，这样的议论也曾是周丽参与过的，直到她意识到自己要是想改换门庭，就得赢得钱大头的好感时为止。因此，周丽忍不住有些尴尬起来。

但是，周丽觉得自己必须要说点什么。既然钱大头对这个话题有兴趣，那她就不应该放弃。而且，她还可以把它当作是一个切入口。于是，周丽大着胆子说，单位里有不少人在背后说三道四呢。

钱大头抬起头来，不动声色地问，他们都说什么了？

周丽在心里迅速地盘算了一下。要想拉近她与钱大头之间的关系，现在只有一条路可走，那就是要让他觉得她周丽是自己人。不仅可以信赖，可以同舟共济，而且拥有共同的秘密。但是这么做却多少有些冒险，如果分寸掌握不当，弄不好就有可能把事情给搞砸了。不过，周丽觉得这个险必须得冒。不然她就无法赢得钱大头的好感，难以实现自己的梦想。

周丽停了停，舒了口气，说，有人背地里对您的升迁有些议论，说您在部队里做的是勤务兵，后来虽然在职读大学，但学的是政治理论教育，根本就不懂办报，做总编自然是不合适的。

钱大头听了，脸顿时变得阴沉起来，然后一点点变得铁青，腮帮子上的肌肉突突地跳。周丽见状，几乎有些后悔自己刚才说的那些话了。但是，钱大头愣了愣，忽然站起身，拍了拍周丽的肩膀，说他的工作太忙，没有多少时间去了解情况，以后再有人在背后议论什么，别忘记及时告诉他。

周丽临出门的时候，钱大头像是无意似的问，到底是谁在那里胡说八道？

周丽踌躇了一下，不知道该如何回答。那些话其实根本就说不清到底是从哪儿传出来的，反正在许多人的嘴巴里传来传去，已经难辨真伪了，当然也就弄不清到底是谁说的。但是，既然钱大头这么认真地问，要是她避而不答，反倒可能让钱大头产生误会。于是，周丽停了停，尽量让说话的语气显得平淡些，说，是何小遇，也可能是她在外头听别人说过什么。

为了让自己的话听起来更加真实可信，周丽像是无意似的解释道，现在的年轻人，跟从前可不太一样。钱大头听了，只是若有所思地点了点头，没有作声。

其实，连周丽自己都有些诧异，她为什么要说是何小遇呢？她只是模糊地记得，自己曾经对何小遇说起过钱大头的事。因此，当钱大头追问到底是谁的时候，周丽想到的第一个人就是何小遇。

离开钱大头的办公室之后，周丽这才隐隐地觉得有点对不起何小遇。但是，她很快便把这件事忘记了。而且，何小遇只是周丽随手拿过来使用的一个道具，倒也并非是对她有什么恶意。即便没有何小遇，也会有别的什么人，成为这样的牺牲品吧？一想到这里，周丽便又开始心安理得起来。

很快，周丽与钱大头之间的关系便有了突飞猛进的发展。现在，周丽几乎每天都要到钱大头的办公室里，一待就是大半天。等周丽把大家私下里的议论告诉钱大头之后，钱大头有时也会主动与她说些闲话。但是，钱大头却从不谈自己的私事，总是问她，对报社的发展有什么想法？要是让你当领导，会怎么做呢？

开始的时候，周丽还有些拘谨，怕说多了露马脚，暴露出自己的幼稚无知。后来见钱大头一副认真而宽容的样子，胆子便有些大了。但为了稳妥起见，周丽说，请给我点时间，让我考虑一下，以后再向您汇报。

下一次，周丽果然带来了一份十分详细的方案。那是她在网上下载来的，又经过仔细的改头换面，看起来几乎天衣无缝、滴水不漏。猛一看，方案里的每一句话都说得十分在理，但仔细推敲一下就会发现，其实里面什么也没有说。那都是些放之四海而皆准的大话、套话，用词讲究，思维缜密，因为经过无数人的手，早已经被打磨得精致爽滑，光可鉴人。

钱大头点了点头，让周丽把那份方案放在这里，等他认真看过之后，再与她细谈。

但是在这之后，周丽等了很久，依然没有任何消息。她以为钱大头一定是看出了破绽，发现那份方案是她从网上抄来的了。周丽十分后悔，也有些羞惭，再去钱大头办公室的时候，便有些惴惴的。但钱大头似乎早就把这件事给忘了，一直没有提起过。周丽已经有些绝望了。但是，等到下次报社再搞双向选择的时候，钱大头却力排众议，把周丽从一名校对变成了编辑记者。后来，又破格提拔做了部门主任。

在会上，钱大头当着众人的面大声说，我们当中的有些同志是有才华的，只是被埋没了。但是，金子总是会发光的。钱大头拿出来示人的证据之一，就是那份方案，只不过现在看上去，方案上已经多了许多钱大头画上去的条条杠杠和密密麻麻的批注。他举着那份方案慷慨激昂地对大家说，我们现在最需要的就是这样认真负责的主人翁精神，有了这种精神，我们的未来才有希望！

周丽坐在下面，几乎不相信自己的耳朵。这个她并没有花费多少精力的方案难道真的有这么好吗？虽然有几分疑惑，心里却忍不住有些飘飘然起来。这么说，她周丽的才华果然是被埋没了，她原本就不应该是久居人下之人。这个念头在她当初做校对的时候便有了，一想到是钱大头把她的梦想变成了现实，周丽的胸口便一下子变得热乎乎的。

后来，周丽在钱大头的办公室里再次因为感激而飞起媚眼的时候，这一次，钱大头并没有像往常一样装着没有看见，而是站起身拍了拍她的肩膀。当钱大头的手慢慢地从她的肩膀移至腰际的时候，周丽的身体忍不住微微打着哆嗦。

周丽从此热热闹闹地做起了部门主任。虽然不少人对周丽的春风得意不免有些吃惊，但知道在这背后肯定有什么他们所不知道的名堂。因为一时摸不着头脑，反倒不敢多说什么了。周丽倒也不是那种得意忘形的人，人前人后总是一张笑脸，周到而细致。因此，众人很快便习以为常了。

　　现在，周丽已经把分寸拿捏得十分得当了。当初刚上任时的局促与慌乱早已经消失了，人显得热情而自信。只有在遇上什么忽然而至又必须独当一面的事，而她又一时拿不准该怎么处理的时候，才会重新变得扭捏起来，下意识地谦卑地微笑着。但这样的情形通常不会持续很长时间。周丽总是能及时地从钱大头那里获得支持。当她再次从钱大头的办公室里出来的时候，脸上的表情已经变得松弛了，整个人也恢复到了原来的状态。

　　等到周丽的升迁终于变得理所当然的时候，何小遇脸上的那副什么都明白的表情终于把她给激怒了。周丽觉得，何小遇也应该像她一样，把什么事都忘掉。即便做不到，也应该装着什么都没有看出来才对。现在她这么一副难以释怀的样子，倒是让周丽感觉脸上有些挂不住了。

　　何小遇似乎也意识到了什么，不久便向领导提出调换部门，理由是现在的工作不适合自己。但是，何小遇刚从钱大头的办公室里出来，周丽便已经知道了这件事。因为是何小遇擅自提出的要求，事先她毫不知情。知道这件事之后，周丽在办公室里当即摔起了东西。

　　何小遇的要求自然被拒绝了，而且是被以十分冠冕堂皇的理由拒绝的。钱大头语重心长地对何小遇说，年轻人应该多锻炼，在我们单位的每一个人都应该成为多面手。因此，必须要学会克服自己的不适应。而且，一个单位就是一盘棋，所有的工作计划和人事安排在年初的时候就已经统筹安排好了，是不可以随便变更的。

何小遇低着头听着，不知道该如何应对。她要求调换部门的所有理由，现在看起来显得十分荒唐可笑。但是，何小遇又隐隐地觉得，事情大概并非像钱大头说的这样，肯定是在什么地方出了问题。可到底是出了什么问题呢？何小遇一时有些弄不明白。于是，只是支支吾吾地愣在那里。

钱大头见状，顿感不悦。于是便沉下脸说，单位到底不是你自己的家，哪能随心所欲，想怎样就怎样？

何小遇的脸唰的一下红了起来，想说什么，却到底什么也没有说。离开钱大头办公室之后，何小遇感觉十分羞愧。就像是光着身体站在众人面前，自己所有的缺点与隐私全部暴露在众人的目光之下。

何小遇到底也没有走成。现在，周丽甚至都懒得掩饰自己的不满。反正，像何小遇这种没有背景又不会来事的年轻人，就是得罪了也没什么关系。再说，自己几乎在每个人面前都小心逢迎着，原本就憋着一肚子的委屈，莫非现在还要再讨她何小遇的好？而且，周丽早已经看出来了，就是她真的愿意委曲求全，估计何小遇也不一定领她的情。这让周丽的心一下子变得冷飕飕的。

20

何小遇认识西村省二时，正是在单位里最落魄艰难的时候。

何小遇与李牧之间的恋情，在她大学毕业时便已经结束了。后来，谢邀为离婚的事一拖再拖，一直也没有与她正式确立恋爱关系。

后来，不知怎么原本已经要到法院打官司的夫妻关系又忽然和好如初了。谢邀虽然觉着颇有些对不起她，但与何小遇之间的联系却变得日渐稀少起来。何小遇虽然并没有真的爱过谢邀，这时却忍不住从心底涌出一股浓重的失败感。

而且，麻烦事似乎还不止这些。亲戚已经向何小遇发出最后通牒。亲戚家的儿子最近已经与女朋友领了结婚证，很快就要举行婚礼。因此，晚饭后，便把何小遇叫到一边，十分客气地让她尽快找房子搬家。何小遇已经在这里住了这么长时间，原本就搅扰了人家，现在已没有理由再继续住下去了，因此赶紧答应下来。

之后，何小遇便开始在外面找房子。可是，她跑了好几家中介公司都失望而归。何小遇直到很久之后才知道，在那段时间里，她生活的这座城市刚刚发生过一桩耸人听闻的碎尸案。一名年轻女子在吃完晚饭从家中离开后，便离奇失踪。等到被发现时，已经变成被肢解得整整齐齐的数十片尸块。那些被煮熟了的尸块被塞在手提箱或是包在床单里，丢在不同的地点。其中一包就扔在何小遇单位附近的一只垃圾箱里。

那时，碎尸案虽然还不为大众所知，但城里的警察却差不多全都出动了。到处都是风声鹤唳，草木皆兵。连倒过垃圾的人都要挨个排查，因此几乎每个人都可能是嫌疑人。像何小遇这种与死者年龄相仿年轻女人忽然跑过来要租房子，中介公司在这风口浪尖的时候，自然不想给自己惹麻烦，于是一口回绝。何小遇无奈，只好另想办法。

以前何小遇与谢邀关系亲密的时候，谢邀曾主动提出过给她找房子。何小遇因为不愿意欠他的情，也有些担心这会让两个人的关系变得更加纠缠不清，于是便拒绝了。现在，两个人早已经分手了，自然没有再去求助的道理。除了谢邀外，她竟然不知道可以找谁帮忙。

无处可去的何小遇只好在一家免费英文小报上登了一则求租广告。那是一张面向居住在月城的外国人的民间小报，为他们提供衣食住行、购物等方面的资讯。何小遇恰好有个在采访时认识的朋友在那里做编辑，于是便找了过去。

开始时何小遇还有些犹豫，担心在报纸上登求租广告会不会有点不合适。朋友便劝她，你现在连住的地方都没有，就不要考虑那么多了。何小遇见状，这才不说话了。

广告登出之后犹如石沉大海，连一点消息也没有。何小遇正要另想办法，这时西村省二却找上了门。

西村省二看起来一点也不像一般人印象中的日本人，人长得十分高大结实，看起来和善而礼貌，说一口流利的、几乎听不出多少口音的中文。西村省二告诉何小遇，他在月城的一家日资公司做经理。虽然有些犹豫，何小遇最后还是决定搬过去与西村省二合住。西村省二给她提供的条件也很优厚。何小遇不仅可以使用房子里公用部分的物品，付的房租也十分便宜。

何小遇在很长时间里都有点弄不明白，西村省二为什么会选择她做室友呢？对于这个问题，开始时西村省二总是不太愿意正面回答。直到后来才说，他想通过这种方式了解这个国家。停了停，忽然又笑了起来，说，大概因为你运气不佳，总是倒霉，所以不像一般的中国女孩那么锋芒毕露，身上有一种难得的温婉与隐忍。

但是，这样的解释却不能让何小遇感到满意。她想了想说，可是，像我这样的人应该会有很多吧？我还是有些不明白，肯定还有别的什么原因吧？但是，西村省二却只是笑，再不肯多说什么了。

西村省二住在东郊的一幢高档公寓里。房间收拾得十分整洁，几乎每个细处都经过仔细打理，干净得有些出人意料。西村省二看起来已经不算年轻了，却收拾得头光脸净，皮肤白皙匀净，带着长期处在良好生活环境中遗留下来的印迹。西村省二彬彬有礼地站在厨房门口，对何小遇说，这里的一切你都可以使用。

西村省二似乎总是在忙，除了在那家日资企业里按部就班地做着经理，还在不停地学习拉二胡、打太极拳、画水墨画、推拿针灸之类的被认为是属于中国传统文化的东西。西村省二的身上似乎隐藏着无穷无尽的精力，可以学习任何他感兴趣的东西。除此之外，只要一有空，便背着旅行包到处跑。有一次，何小遇甚至发现他在一家劳务市场上，与一群正在等待雇主的农民工挤挤挨挨地坐在一起。

终于有了一个属于自己的地方，虽然是与人合住，何小遇依然忍不住有些兴奋。以前她常常会习惯性地在外面闲逛，现在却一下班就回到自己的房间。西村省二由于总是在忙，整套房子里常常只有何小遇一个人。西村省二的房间开始的时候还上着锁，后来索性连锁都懒得锁，一览无余地暴露在她的视野里。

房间里只有几件必需的日常用具，也像它的主人一样，讲究而实用。如果要说有什么特别之处的话，那就是屋子里的各个角落散落着不同规格的奇形怪状的橡皮人，几乎看不出性别，裸着青灰色的皮肉。两只书橱里摆满了大大小小的漫画书。地板上有一只精巧而柔软的深蓝色圆形沙发，可以随着身体的需要变换出各种不同的形状；沙发旁整齐地摞着一沓色情杂志。封面上裸着身体有着饱满诱人乳房的女人，正露出一脸清纯的微笑。

据说，西村省二年轻的时候是个嬉皮士，有很长一段时间，整日在东京的涩谷一带闲混。那时，西村省二在那群以怪异的服装和前卫的生活方式而引人注目的年轻人中间颇有些名气。后来，又以游学的名义一直在国外生活。直到父亲去世之后，这才有些不情愿地回日本继承家业。与西村省二一同回去的，还有他的美国籍太太。但是，不知什么原因，西村省二的美国太太不久便带着他们漂亮的混血女儿离开了日本。半年之后，两个人平静地分了手。

何小遇曾经见过他们的照片。照片上的西村省二与前妻一人背一只像小山一样的旅行包，一同站在阳光下。那是个健康而快乐的女人，看起来高大而丰满，留着一头亚麻色的短发，皮肤晒成了深红色，脸上俏皮的雀斑与明亮的笑容，给何小遇留下了很深的印象。

后来，西村省二不知怎么忽然迷上了中国，不仅学会了一口流利的中文，还狂热地爱上了中国文化，在做生意的同时，变成了一名中国通。

这是个在何小遇看来多少有些怪异的充满着矛盾的男人。她常常捉摸不透西村省二到底在想些什么。有时，何小遇甚至连他的年龄都有些疑惑。虽然西村省二那时早已过了知天命的年纪，但她却发现，西村省二就像是个二十出头的小伙子，好奇，冲动，认死理。

单独外出的时候，西村省二几乎从不坐出租车。要是公司里的车一时抽不出空，他宁愿步行或者是与素不相识的人一起挤公交车。开始的时候，何小遇还以为他遇到过什么不公正的待遇。但西村省二摇了摇头，抱怨说，那些出租车司机的架子太大了，他付了车费，就应该享受他们的服务，接受他们的感谢。但每次他们看他的表情，倒像是他欠了他们什么似的。

每逢节日的时候，西村省二在给亲朋好友准备一大堆礼物的时候，也不会忘记给自己的室友买一份礼物。这曾经让何小遇颇有些为难。平白无故地接受别人的馈赠，总觉着欠了别人的情，执意不要又显得太小家子气了。于是，便想方设法还他的情。

虽然西村省二算得上是个中国通，但中国实在是太大了，总有许多他不了解的东西。后来，何小遇便觑着机会送他一些不太常见的土特产，虽然并不怎么值钱，西村省二却十分高兴。据说，西村省二把何小遇送他的礼物带回日本，很受朋友的欢迎。因此，后来西村省二要是买什么东西，总喜欢带上何小遇，让她给他当参谋。

何小遇过三十岁生日那天，连她自己都忘记了，西村省二在出差途中竟然没有忘记打来电话，还让人送了一大束鲜花过来，以示祝贺。那是何小遇收到的唯一一份生日礼物。在冬日里捧着那束娇艳而昂贵的郁金香，让她忍不住既感动又伤心。

但是，西村省二时常会有一些让何小遇看不明白的怀疑与警觉。与初次相识的人在一起，西村省二总是小心地沉默着，既像是在不动声色地观察着什么，又像是对面前的一切将信将疑。这样的不信任几乎反映在各个方面。有时，西村省二甚至不信任这里的食物、水和空气。何小遇常常忍不住猜想，这个他现在正在生活的国家，在西村省二的眼中是不是处处充满了陷阱和各式各样意想不到的危险？那么，他为什么会相信她，一个萍水相逢的陌生人？

虽然有这么多的疑惑和不解，但何小遇发觉自己并不讨厌西村省二，在私下里甚至悄悄地有些喜欢。但是，她从没有对西村省二有过什么非分之想。在何小遇的眼中，西村省二只是个外国人，一个友善而隔膜的来自另一个世界的人。虽然近在咫尺，却像两个不同的星球一样遥远。何小遇从没有想过，自己的生活会与这个看起来苍老而壮实的日本男人有什么联系？直到有一天，西村省二忽然对何小遇说，他喜欢她，想让她做他的女朋友。

那时候，何小遇正围着围裙在厨房炒菜。西村省二喜欢吃中国菜，却不信任外面餐馆里的卫生状况。何小遇搬过来不久便时常自己做饭，为了表达自己的谢意，偶尔也会请西村省二一同用餐。虽然何小遇的厨艺实在不怎么样，不是忘记放调料，就是放多了盐。但西村省二每次总是热情地致谢，也看不出只是出于礼貌还是真的没有吃出来。

何小遇听了吓了一跳，手中的锅铲"当"的一声掉到了地上。西村省二见状，倒有些不好意思了，连声说对不起。过了一会儿，又认真地说，他能请她考虑一下吗？

何小遇在很长时间里都没有弄明白，西村省二真的喜欢她吗？或者说，她到底什么地方吸引他了呢？两个人在一起的时候，何小遇时常会忍不住疑惑他们之间到底是什么关系。朋友？恋人？抑或是一对父女？有时，她甚至会忘记他是个日本人。何小遇直到后来才知道，同属于东方国家的日本人在很多地方其实与中国人一样保守，一般并没有与别人合住的习惯。那么是不是可以这样理解，西村省二希望用这种方式给自己找女朋友？要是这样的前提成立的话，也就是说，西村省二从一开始的时候就喜欢何小遇？但是，她到底是什么地方吸引了他呢？难道真的像西村省二说的那样，只是因为她的落寞与倒霉？

这样的疑问时常困扰着她，但何小遇的心情却一点点变得明朗起来。何小遇虽然依旧每天按时上班，单位里发生的那些恼人的事情，却渐渐变得遥远了。她的脸色开始变得红润起来，体重也有点增加。穿着白色绸衣、拖着长发在房间里忙碌着的何小遇，看起来就像是一个美丽而快乐的主妇。

现在，何小遇几乎所有的业余时间都是与西村省二一起度过的。两个人一同吃饭，一同在月城的大街小巷里闲转。但是，何小遇很快便发现，西村省二视野里的月城与她眼中的是完全不同的。有着精美石刻的破败陈旧的老房子，被时光驳蚀得有些面目模糊的深青色的旧家具，色彩迷离而艳丽的画着旗袍美女的二三十年代的月份牌，还有那些火红的年代里遗留下来的激情的碎片，都是让西村省二痴迷的东西。

时代的列车早已轰隆隆向前飞驰而去，这块土地上的每一个人都在或迟或快地跟着往前跑，虽然步履跄跄，丢下一地的废弃物，但他们的目光却是执着明亮、坚定不移的。与那些废弃物混杂在一起的，还有昨天的记忆。因为匆忙，除了那些喜欢收藏的人，在普通人中间已经少有人问津这些东西了。但是，它们却被西村省二细心地收拾了起来。西村省二就像是在无意间捡到了宝贝，难以掩饰自己的兴奋。何小遇发现，西村省二的眼睛里已经被这些东西装满了，其他的根本无法进入他的视野。

有一次，西村省二让何小遇看他以前的照片。照片上的西村省二与前妻一起驾车购物，去非洲旅行；两个人在生日 party 上接吻；包着花头巾的新婚的女人正伏在海边的吊床上午睡……那还是西村省二年轻的时候，一身典型的嬉皮士打扮，胡须茂密，长发飞扬，脸上的表情因过于阴沉而显得有些生硬。

那天，西村省二喝了些酒，看起来已经有些醉意了，眼睛里因为落满了回忆而变得湿漉漉的。这是个多少有点老套的故事，何小遇原以为至少应该有点出人意料的东西。没想到曾经周游过世界的西村省二的生活，竟也是这般平常无奇，听起来几乎有点像那些老掉牙的好莱坞电影中的情节。

西村省二的前妻是一名摄影师。那是个热情似火的美国女人，像风一般自由。女人有着典型的艺术家气质，却也沾染上了许多前卫艺术家常有的恶习，其中之一就是吸毒。那时候，西村省二曾经劝女人戒掉毒瘾，但却被告知，请不要干涉别人的私事。而且，毒品就等于是她的生命，要是西村省二还爱她，就不应该对她说这样的混账话。

那时，西村省二与前妻已经共同生活了十年。一个偶然的机会，西村省二在公园里遇到了另一个女人。

那是个只会偶尔蹦出几个英语单词、口吃得近乎失语的亚洲女人，从她颠三倒四的话语中，西村省二几乎弄不清她是从哪里来，现在又在做些什么？开始的时候，他甚至以为她是个妓女，但是当西村省二打算把她带走时，女人却十分坚决地拒绝了。

西村省二坐在女人对面，试图跟她聊天。女人常常只是用眼神和手势回答他，这让西村省二几乎有点怀疑她是个聋哑人。他一点也不知道自己为什么会喜欢这个女人，甚至无法确定女人的身份。但是，女人一点也不像公园里别的那些无家可归的人。女人的衣着整齐，头发虽然零乱，但却是干净的。吸引西村省二的是她的那张脸，微黑而柔和的线条中隐藏着一种无法言述的东西，几乎类似于某种神迹。

后来，西村省二几乎每天都到公园里来。这样的时候，总是西村省二一个人在说话。他明明知道女人可能一点也听不懂，但却忍不住滔滔不绝地说下去。身边发生的每一件事都可能成为他的话题，西村省二总是不厌其烦地统统告诉女人，连每一个微小的细节也不放过。他告诉女人这些年来他的生活，他的那些像风一样奔突疯狂的内心，还有他与妻子的生活。最后，西村省二看着女人的眼睛总结说，发疯没有用！真的，我们能做的一切都是徒劳的，生活原本就是这样，只是我以前没有意识到而已。

西村省二能感觉到额头上的血管在突突地跳，血液在一瞬间覆住了他的脸。这些念头，他甚至跟妻子都没有说起过。但是现在他却发觉，其实它们早就在他的心底发酵、腐烂，散发出难闻的气味，他早就想把它们连根拔起了，只是没有合适的机会而已。西村省二的后背淌着一层薄汗，浑身上下有一种从未有过的舒畅。

女人只是静静地坐在那里，用那种十分特别的眼神看着他。每当这时，西村省二都会有一种奇怪的感觉，认为女人不仅听懂了他说的话，而且明白无误地理解了它。于是，西村省二便站起身，拍一拍身上的土离开了。西村省二发觉，无论他怎样情绪激动，女人的那张脸总能让他一下子安静下来。

有时，西村省二也不说话，就和女人这么面对面地坐着。但是，西村省二能感觉到自己的心正在与她交流，这样的交流让坐在他对面的女人的那张脸看起来既熟悉又陌生。

西村省二很快爱上了这样的约会，一有空便会来找女人。见西村省二这样，他的妻子曾经打趣说，为什么不把她带回家来？谁知西村省二竟因为这句玩笑话而恼羞成怒，气得暴跳如雷。偶尔，西村省二还会给那个女人一些钱。她似乎也不拒绝，但只拿其中很少的一点，就像在大街上接受别的陌生人的施舍一样。

这样的状态一直持续到半年之后。有一天，女人却忽然一下子消失了。西村省二几乎问遍了公园里的每一个人，但没有人能说得清那个女人到底去了哪里。

属于女人的那个小小的庇护所还在，那是一个依着公园里的墙搭起来的破旧帐篷。西村省二的第一个感觉是愤怒。她怎么敢连招呼都不打一个就忽然消失了呢？西村省二站在帐篷面前，又一次想起他和她说过的那些话。女人不见了，他说过的那些话似乎也随着她一起消失了。现在，只剩下他孤单一人，还有面前的这堵墙和这顶破旧的帐篷。

之后，西村省二与妻子之间的矛盾开始变得日渐尖锐起来。妻子自然是爱他的，但是对别的男人的爱慕也同样来者不拒。西村省二以前曾十分欣赏妻子洒脱率真的个性，现在却开始为此苦恼了。

西村省二开始怀念那些脸上永远挂着笑容的温婉美丽的岛国女人，怀念"用眼睛吃饭"的日本料理，怀念整洁舒适的房间和平和安宁的家庭生活；渴望在清晨醒来时，有一个爱他的女人为他端上早已准备好的早餐。而且，那个女人除了他之外谁也不爱，他就是她生活的全部。

这些从前他几乎不屑一顾的东西，现在却常常在西村省二疲惫不堪地从外面回来、面对满屋子的凌乱时悄悄占据他的脑海。而那些曾经令他热血沸腾、狂躁不安的一切，现在却渐渐失去了当初的新鲜与刺激，变成了某种程式化的东西。西村省二开始疑惑，自己是不是已经老了？

西村省二最终还是离开了前妻。西村省二对何小遇说，虽然他喜欢女摄影师自由浪漫的个性，也欣赏她的才华，但是，这样的女人却是不适合做妻子的。

若干年之后，何小遇在日本看过荒木经惟的许多作品。这个因大胆和怪异而引起诸多争议的著名摄影家，拍过无数的女人、猫和鲜花，有时还会特别为某个女人拍专集。那常常是他爱过的女人。照片上的女人从梳着乌黑长辫的清纯女孩，变成一个被时间和欲望写满印迹的中年人。荒木经惟耐心而细致地用镜头把这一切如实地记录了下来。女人裸着身体、被捆绑着，或者穿着艳丽的和服，伏在榻榻米上，或者站在路边肮脏的垃圾堆旁，看起来妖冶而美丽。有时，女人就穿着艳丽的和服露出自己的下体，脸上的表情也是淡淡的。那既不是勾引，也不是放纵，而是完全说不出来的别的什么东西。

有一段时间，何小遇曾经十分迷恋它们。她发现，这些照片的作者和西村省二一样，看起来奇怪而暧昧。荒木经惟可以把猫拍得妖冶而娇憨，甚至把鲜花拍出十足的色情味，但却在本该色情的裸体女人身上，捕捉到了许多色情以外的东西。那里面有女人的内心，还隐藏着她们与那个总是戴着墨镜、留着一撇小胡子的摄影师之间许多难以言述的关系。

那时，何小遇站在东京大大小小的书店的人流中，一页页地翻看着这些艳丽而惊心动魄的照片。手中的纸张挺括而光滑，在灯光下发出柔和的光泽。不时有穿着讲究的女人从她的身边走过，何小遇悄悄地打量着她们。看她们脸上精致柔和的线条、领口露出的白皙的脖颈和从裙角伸展出来的小腿的弧度，设想着她们要是在荒木经惟的镜头中，会是什么样子？这样的时候，她常常会有一种莫名的感动。何小遇忍不住有点疑惑：当年西村省二喜欢的大概就是这样的女人吧？

离开女摄影师后不久，西村省二很快再次结婚，终于过上了自己从前竭力逃避的生活。在很长时间里，西村省二重又变成一个认真而刻板的日本男人。每天西服革履、提着公文包匆匆忙忙地上班，在拥挤而安静的电车上假寐；周末的时候，则与妻子、儿子一同开车去郊外钓鱼，打高尔夫球。

西村省二继承了父亲生前的事业。这是个对西村省二来说完全陌生的行业。以前父亲在世时，早就希望西村省二结束浪人一样的生活，回来规规矩矩地做事。那时候，西村省二的哥哥已经因病去世了。按照常理，西村省二应该回来帮助父亲料理家业，但却总是被他以这样那样的理由拒绝了。现在，一切都要重新开始。西村省二虽然感到了压力，却有些喜欢这种充满挑战的生活。

每天都有数不清的事情等着他去处理，等到下班的时候，人早已经精疲力竭了。这时候最渴望的事情，就是出去喝酒，放松一下身心。于是，西村省二像日本的大多数上班族一样，下班之后总是在酒馆里消耗掉大半的业余时间。酒精浸泡着西村省二的身体，也让昔日的一切变得像被雨水浸染过的水墨画，一点点地模糊、遥远起来。

五年里，西村省二承担起一个丈夫和父亲的职责，循规蹈矩、按部就班地生活着。西村省二做得很好，从父亲手里继承下来的公司，得到了重新振兴。动漫公司的业务一派蒸蒸日上。父亲活着时希望西村省二做的一切，现在他都已经做到了。一切都显得完美无缺。西村省二以为，自己会这样过一辈子，就像他已经死去的父亲一样。

然而，就在这时发生了一件意外的事。西村省二的妻子在驾车旅行时遭遇车祸身亡。给妻子办理完丧事的那天晚上，西村省二开始失眠了。

失眠来得如此突如其来。开始的时候，他以为只是过于伤心的缘故。但是半年过去了，西村省二已经从丧妻之痛中走了出来，但失眠却像是他身体里新长出来的一个器官，寸步不离地跟随着他。西村省二吃了无数的药，试过无数种治疗方案，却毫无效果。失眠就像是隐藏在他身体隐秘角落里的某个叫不出名字的小动物，每当他精疲力竭的时候，便会悄悄地溜出来，在他的身体里奔突、游走。令他辗转反侧，坐卧不宁。

　　西村省二整夜整夜地睡不着觉，只要一闭上眼睛，就看见自己疲惫不堪地在外面走。他看不清周围的风景，也不知道那到底是在什么地方，但却知道那是个陌生的国家，在黑暗中发出暗淡而暧昧的光泽。西村省二知道，这是有关他生活的某种启示，是神灵或者是内心某种不可知的力量赋予他的启示。西村省二虽然一时无法弄清那到底是什么东西，但却知道自己必须遵循它。

　　为此，西村省二只身一人花费了近一年的时间，四处寻找那个曾经在他的梦中反复出现的地方。西村省二沿着年轻时走过的路，又重新走了一遍，希望熟悉的风景能帮助他破解那些在梦中反复出现的像谜一样的东西。

　　这次旅行让西村省二在很长时间里心情沉郁，感情复杂。那些地方以前都是西村省二与女摄影师在一起，现在却独自一人。西村省二坐在波利尼西亚群岛的沙滩上，边抽烟边欣赏远处绚烂得让人炫目的落日。当年，西村省二就是在宁静的海边与女摄影师相识的，两个人也是在这里度过了新婚蜜月。如今，这里的一切又唤起西村省二久已消失的记忆。但是，有的地方早已发生翻天覆地的变化。中东的变化最大，许多地方已沦为炮火连天的战场。西村省二原本还想在这里缅怀自己的青春岁月，现在只好缩短旅程，去了欧洲。但是，欧洲的变化同样让他感伤不已。以前破败陈旧的伦敦沟岸，已经变得有点让人认不出来了。

西村省二站在 lounge lover 的吧台前，欣赏着这个混杂着荒野森林、奢华的巴洛克和私密性感风格的著名酒吧。身边走过的都是来自世界各地的衣着各异的创意人，在他们年轻的脸上，充满着这个时代的讯息与启示。西村省二忽然想起，这样的面孔当年曾是女摄影师最喜欢收入镜头的。

那时候，他们都还很年轻。女摄影师还在每一个从她身边走过的人的脸上，执着地追寻着她的梦想。西村省二也在找寻属于自己的未来，时时困惑不安。然而，相机终究没能实现女摄影师的梦想，底片上那些差之毫厘、谬以千里的浓淡变化也开始让她感到了厌倦。等到女摄影师发现了毒品、体味到毒品的快乐时，终于彻底丢开了相机。因为，用相机实现不了的东西，毒品却悄悄地给予了她。

如今，女摄影师在几年前便与她心爱的毒品一起故去了。西村省二也早已不再是当年的嬉皮青年。然而，西村省二却在这次旅行时忽然发现，时光似乎从他离开女摄影师的那天起便一下子停滞了。或许，女摄影师还活着，只是像从前一样，因为某个事先没有通知的忽然而至的聚会暂时离开了。而他呢，似乎从来就没有离开过这里。而且依旧和从前一样，心力交瘁，无所适从。只是，他现在要找的东西是与以前完全不同的，那不是迷惑与狂乱，而是宁静与感动。

还有一个发现让他的内心充满了难以言述的感伤。西村省二发现，自己已经老了。在瑞典北部省份 Lappland 著名的 ice bar，西村省二坐在吧台前，用冰做的酒杯喝 BacardiBreezer，但刚喝了两杯，便感觉有点头晕目眩。西村省二记得自己第一次到这里来的时候，整个晚上可以连续喝十多杯也毫无醉意。ice bar 的建筑全部都是用冰雕琢而成，但每年都是不一样的。西村省二记得，那一年的造型是童话里的小木屋。西村省二和女摄影师穿着臃肿的羽绒服，女摄影师的笑声就像杯子里的气泡一样，源源不断地往外冒。

在那次旅行后不久，西村省二重又离开了日本。不过，这一次西村省二来到了中国，而且，把自己的动漫公司扩展到了这个古老而庞大的国家。

何小遇发现，不知从什么时候起，周丽已经十分讨厌自己了。

周丽现在在办公室里几乎不与何小遇说话，遇上什么必须要告诉她的事，就在她的办公桌上留一张纸条。有时，虽然何小遇就坐在办公室里，也只是把纸条一声不吭地放在桌子上，便转身走开了。何小遇看见纸条上潦草地写着："下星期一没有版面，星期天下午不用来编稿子，特告。"

何小遇拿着纸条认真地看了一遍，想了半天仍然没有弄明白，自己与她就坐在同一间办公室里，周丽为什么不直接告诉她，却偏偏要写这张纸条呢？

要是有外面的人到办公室来，周丽总是会显得特别活跃。热络地与来人打着招呼，大声地开着玩笑。有时，显然是因为有什么特别的事情不便在公开场合说，言语间便小心而刻意地回避着什么。何小遇在一旁看着，时常会怀疑那个看着有几分猥琐相的男人与周丽之间是否有什么特殊关系？要不然为何要用这种有些特别的方式说话呢？但转念一想，又觉得不可能。因为要是果真如此的话，周丽倒不会在众人面前暴露什么了。何小遇直到后来才知道，那些人大都是她的广告客户。

何小遇的采访条口大多是那种不怎么出新闻的，表面上看起来似乎并不比别人少，但却都是些吃力不讨好的地方。为这事，她还曾很认真地与周丽理论过。于是，周丽的脸色便有些难看起来，大半天这才有些不耐烦地说，她对何小遇不存在任何私心，相反，还有些特别照顾的地方。说完，便从抽屉里抽出张纸，把别人的条口与何小遇的逐一对照，以进一步说明她只要具备开拓进取的精神与能力，敢想敢干，就一定能打开工作局面，奖金也一定能上去的道理。

何小遇站在一边，一声不吭地盯着周丽的嘴巴。发觉她说出的每一句话都是条理清晰、思维缜密的，就像是一大团乱七八糟揉捏在一起的钢丝绳，虽然坚硬零乱，那准确无误却是明摆着的。何小遇想反驳，却不知该说些什么，因此只能哑口无言地听着。何小遇觉得在这些坚硬无比的逻辑下，自己早已变成了吱嘎作响的压路机下的一只虫子，只在一眨眼的工夫，就已经变成了一团稀脏破碎、莫名其妙的东西。何小遇忍不住在心里暗自惊叹，以前自己真是小瞧周丽了。虽说她有点给何小遇穿小鞋的意思，可表面上看起来，那竟然全都是何小遇自己的过错，是她咎由自取的结果。

何小遇曾在私下里认真考虑过，在单位素以会做人出名的周丽，在别人面前总是一副礼数周全的谦谦君子模样，为什么偏偏在她这里却是完全相反的另一副面孔？是周丽本来就拥有这样的两副面孔，还是只是因为对自己的嫌恶？在这个世界上，几乎每个人都会有外人见不到的另一面，这样的另一面轻易不会拿出来示人，通常总是尽心竭力地掩饰着，生怕会被别人发现。但是，为什么周丽并不在乎在何小遇面前暴露她的另一面呢？何小遇觉得，只有一个理由可以解释，那就是周丽认定了她不会还击。面对一个毫无还手之力的人，还需要掩饰什么吗？

那么，何小遇到底会不会还击呢？在很长时间里，她始终被这个问题困扰着。独自一人的时候，何小遇曾无数次地设想过与周丽酣畅淋漓地大吵一顿。那时候，何小遇的思维会一下子变得出奇的活跃，口齿伶俐，双目灼灼逼人。不仅可以敏锐地捕捉到对方话语中各式各样的漏洞，而且能迅速做出反应，言辞锋利，所向披靡。

但是，这一切只有在她一个人的时候才可以做到。等到何小遇出现在众人面前，一切似乎又恢复到原来的状态。因为不知道该怎么办，她索性什么也不做。而且，何小遇的懒惰和心不在焉，似乎也在印证了周丽的判断，就连业务能力似乎也在日渐下滑。

有一次，心不在焉的何小遇终于在工作中出现差错。那次，何小遇去采访一个座谈会。原本这样的会议并没有多少新闻价值，但因为有一名从北京来的官员参加，级别便一下子高了许多。何小遇那天去的时候，会议已经进行了一大半。那个北京来的官员的名字有些特别，桌子上又没有台牌。何小遇坐在后面，一时没有听明白到底是哪几个字。她正想找个熟悉的人问一下，但会议却恰好在那时结束了。满屋子的人都站了起来，原本想去询问的那个人也一下子不见了踪影。无奈，何小遇只好收拾起记录本，随着人流一起出了门。

写稿子的时候，何小遇原本还想着应该打电话核实一下那个官员的姓名，但不知怎么那个电话却终究还是没有打。第二天，等到稿子见报的时候，何小遇这才发现，自己弄错了那个北京来的官员的名字。在下午的编前会上，钱大头当即大发雷霆，说，这是可以丢掉饭碗的差错，一定要严肃处理。作为惩罚，何小遇被扣掉了当月的奖金，并在单位的全体会议上受到点名批评。

对于处理决定，何小遇没有做任何辩解。在整个事件中，何小遇显得十分冷静，就像是面对一件完全属于别人的不相干的事。她发觉，这件事之所以会发生，竟是不可避免的。即便没有这样的差错，也会有别的什么差错，总有一天会来到她的身边。因为知道是躲不掉的，反倒有一种出人意料的平静。

何小遇坐在那里，身边都是平日里熟悉的同事，但几乎没有人转过脸来看她一眼。也不知是怕她尴尬，还是原本就漠不关心。十几米外的话筒里传出来的声音，圆润而黏稠，夹杂着哗哗啦啦的电流声，就像是一把电力充足的手电筒，忽然从半空中打开，在她的脸上照来照去，几乎晃得她睁不开眼。何小遇十分认真地盯着钱大头的嘴。现在，那张嘴正在一张一合、激动万分地说着什么，看起来就像是一只正在表演的皮影。何小遇忍不住有些疑惑，话筒里传出来的声音，就是从这个男人的嘴巴里发出来的吗？

现在，何小遇感觉自己就像是平躺在两条笔直冰冷的铁轨之间。隆隆的火车从身上呼啸而过，她甚至能听见车身与自己的身体之间发出的几乎察觉不到的细微的摩擦声。轰然驶过的火车就像是一块细密而结实的布，滤去了周围纷乱的一切，甚至滤净了空气，只有一点模糊的生存感从心底慢慢地升腾而起。

我还活着！是的，我还活着。何小遇的嘴角忍不住升起一团笑意。何小遇惊奇地发现，她一点也不在乎扣奖金、挨批评，这些在一般人看来丢人现眼的事，她竟然一点也不在乎。而且，她甚至也不在乎被人冷落。这样的状态是以前从未有过的。要是这个世界上存在着两种人的话，何小遇觉得自己现在正在变成另一种人，她原来从没有意识到的另外一种人。

现在，虽然何小遇依旧每天按时上班，但因为完不成规定的工作量，奖金越拿越少。只是，她自己似乎一点也感觉不到。何小遇与周围的同事都是那种淡淡的关系，也没有什么人提醒她。再说，连她自己都是一副无可无不可的样子，又关别人什么事呢？

日子就这么一天天不紧不慢地打发。何小遇每天匆匆忙忙地从家里出来。但这样的匆忙只是在出门之前，等出了门，整个人便一下子变得悠闲、慵懒起来。何小遇不必在乎上班是不是会迟到，因为就是迟到了，也没有人管她。周丽顶多脸色不悦地在鼻孔里哼一声，除此之外，似乎也毫无方法。但是，这样的不悦却是何小遇根本就看不见的。

走在大街上时，看着身边匆忙赶路的行人、车辆，何小遇常常会觉得自己是行走在空无一人的荒漠之中。大街上含糊而巨大的嘈杂声正在变成一种没完没了的呓语，就像是从地心或是半空中发出来的。何小遇常常会忍不住停下脚步，去分辨那些像呓语一样的声音到底在说些什么，但它们实在是太微弱了，等到何小遇竖起耳朵竭力想分辨的时候，它们似乎早已经在她毫无察觉的时候，悄悄地停止了。

何小遇发觉自己正在爱上这种悠闲与慵懒。无论是在街上，还是坐在办公室里，何小遇都有一种把自己彻底交给时间的感觉。时间在这时就像是一小股清洁的水，冲涮着她的身体，从她的后背一路顺下去，在小腹和股沟间慢慢回旋着。这时候，何小遇的身体会变得微凉而富有弹性。这样的感觉，让她喜欢。

然而，细微而连绵的变化依然在周围悄悄发生着。一个看起来精力充沛、前程似锦的男人，忽然在一夜之间病倒了，住院后不久便猝然去世；女人们脸上的红润与水分在慢慢地流失，男人们的肚皮也像他们的年纪一样，一点点地撑开上衣的下摆。有人退休了，又有新的面孔加入进来；有人换了新房，也有人的孩子开始读大学了。

报社的办公楼当年刚盖起来的时候曾经十分气派，据说有人就是冲着这幢漂亮的办公楼才挖空心思到这里来上班的。但是现在，办公楼已经开始破败了，因为漏雨，顶楼的天花板已变成黑乎乎一片。

衰老和陈旧就像这幢灰色的建筑物一样，笼罩在每个人的脸上。何小遇已经变成一个三十出头的大龄青年。周丽似乎也有些老了，笑容里时常会浮起一片含糊不清的倦怠。最初的兴奋和新鲜感消失之后，一切又重新变得滞涩陈旧起来。说到底，自己只是个芝麻小官，需要整日上下左右地逢迎着，要看别人的脸色行事。而且，也未必就有多少好处。这让周丽的脸上忍不住多了几分犹疑和淡淡的苦涩。何小遇悄悄打量着她鬓角蓬乱的头发，猛然间意识到周丽也有她的难处。

昨天，报纸上原本是要发省里刚出台的某个新文件的。谁知到晚上十一点多的时候，忽然有个电话打过来，称那个文件因种种原因暂时不能发。于是，只好临时改换别的内容。但因为时间太晚一时找不到人，周丽只好独自加班至凌晨。第二天，新换的版面被不知内情的人批评是车间黑板报的水平。周丽听了，也没有辩解。因为睡眠不足，人显得恍恍惚惚的，连话都懒得说，只是疲惫地笑了笑。何小遇见状，心里忍不住生出几分怜惜。看来，谁的日子过得都不容易。

有稿件要处理的时候，何小遇便一丝不苟认真地做着。这时候，她常常觉得自己心如止水，既不快乐，也不悲伤。何小遇总是长时间地盯着面前潦草的文稿。那些文稿大都十分稚拙，就像是刚学会讲话不久的孩子，正在费心尽力地讲着大道理。那些道理大而无当，因此经常说不清楚。要是遇上说的是连自己都不怎么明白的大道理，因为犹疑和不安，便越发说不清楚了。于是索性急吼吼地把各式各样的事情搅和在一起，东一榔头西一棒，只恨分身无术。

何小遇一边皱着眉头读着，一边仔细纠正里边的错别字，把充满语病、啰唆别扭的语句打理得通顺流畅。这样的过程虽然十分复杂烦琐，却也有一种难以言说的乐趣在里头。就像是在教智力有问题的孩子说话，因为艰难，即便是些微的进步也会让人有意外的惊喜。

但是，那些修改好的文章看起来依旧稚拙得可笑。何小遇常常会忍不住怀疑自己的工作，到底有多少价值呢？然而，就连这样的怀疑也是转瞬即逝的，她很快便会把这样的念头忘掉了。等事情做完了，何小遇便抬起头，眼睛空茫地望着远处。周围女人们的闲聊与议论，她几乎一句也听不见。就连周丽眼神中过于明显的不满，也不会落在她的眼睛里。

何小遇发觉，自己似乎又回到了久已消失的童年，重又体味到那种天马行空般的自由。身边的每一个人都是与自己不相干的，她不必在意他们做什么，也不必在意他们对待自己的态度。何小遇发觉，现在她什么都不必在意。是的，为什么要在意呢？这样的状态其实真的很不错，她还有什么不满意的吗？何小遇的嘴角忍不住露出些微笑。

但是，对于何小遇的状态，周丽却有些忍耐不住了。周丽拿的是部门平均奖，何小遇的奖金太低，自然就会影响到她的奖金数额。而且，何小遇那副旁若无人的样子也有些把她给激怒了。周丽觉得，至少应该给她点教训之类的。

下午刚一上班，周丽便对何小遇说，这几天我们的主要任务是要做省里的会议报道，你留下来值班吧。

何小遇那时正低着头用毛笔清稿子，听了只是哦了一声。平时，遇到这种事情她并不怎么在意，但那天周丽的声音中似乎有什么东西忽然触动了她。何小遇偏着头，慢慢地琢磨了一会儿，这才说，那个会议要开一个多星期呢，版面上几乎全是记者的自采稿，没有什么稿子需要编。再说，为什么不让我参加会议采访？

以前，不管周丽的安排怎么不合理，何小遇总是一声不吭地听着，即使心里不满，也很少提出异议。这一次倒是有些稀奇了。周丽顿时有些兴奋起来，十分伶俐地说，这不是我的意见，是领导的决定。

对于这件事，何小遇原本并不怎么当回事。但是，周丽脸上过于明显的兴奋表情却让她感觉有些异样，于是便接口道，你为什么总喜欢拿领导说事？我平时就没什么条口，这样的活动又把我排斥在外，怎么能完成工作量？

周丽一听，顿时生气了，尖声说，你的条口哪点比别人少？周丽不知怎么忽然一下子激动起来，把手中的纸头抖得哗哗响。周丽说，你看看，这些企业哪一家你去跑过？哪一家的领导你能叫出名字来？其实这里头就蕴藏着许多看不见的财富。你要是认真去跑，不可能完不成工作量。

何小遇一点也没有想到自己有一天竟会真的跟周丽吵架。虽然这样的场面在想象中不知道进行过多少回了，但等到真的发生了，何小遇依然忍不住浑身颤抖，胸口扑扑地跳。因为心不在焉，何小遇在平时根本就看不见周丽的冷眼，现在周丽眼睛里过于明显的轻蔑，第一次实实在在地刺痛了她。何小遇终于愤怒起来。因为气到了极处，反倒小声笑了起来，只是一迭声地说好、好、好……

何小遇在很长时间里，依然沉浸在与周丽的争吵之中。争吵的场面在脑海中一遍遍地重现。何小遇又一次意识到自己的笨拙，为自己的笨拙羞愧、恼怒。即便已回到家中，依旧脸色绯红，坐立不安。因为情绪激动，何小遇把已经答应与西村省二一起吃晚饭的事忘得一干二净。直到西村省二过来敲门，问她是不是身体不舒服的时候，这才想了起来。

何小遇隔着扇房门对西村省二说，对不起，发生了一点意外的事情，不能与你一起吃饭了。下次吧，好吗？

要是在平时，西村省二肯定不会再问什么了。西村省二原本就是那种细心而体贴的男人，别人不愿意主动告诉他的事，几乎从不会追问。但那天西村省二不知怎么并没有离开，又问道：发生了什么事，我能帮你么？

何小遇后来曾经无数次回忆起那天晚上发生的事，却几乎什么也记不起来了。何小遇只记得自己的委屈和忧伤，就像山洪一样呼的一下涌了出来，让她猝不及防，拦都拦不住。她只能无望地注视着它们。

何小遇忽然哭了起来，她一点也不知道自己为什么会哭。但她知道自己早就想哭了，哭泣的念头与那些被重新发现的羞辱一样，让她的胸脯一阵阵发紧。于是，何小遇便伏在西村省二的胸前，放声痛哭起来。

西村省二只是一声不吭地伸出手，轻轻拍着她的后背，就像是在哄一个委屈万分的孩子。西村省二的手很温暖，隔着一层衣服传过来，有点像记忆中早已去世的父亲的手。这意外的温暖让何小遇越发想哭了。她原本还想说点什么，但发觉根本就控制不住自己。何小遇哭得哽哽咽咽，一句话也说不出来。

何小遇直到很长时间之后，才意识到自己的失态。

黑暗中的西村省二看起来显得十分陌生。当西村省二从身后抱住她时，何小遇忍不住哆嗦了一下。西村省二身材粗壮，从背后揽住她的腰，何小遇便整个倒在了他的怀里。西村省二的手很宽、很厚，在何小遇的身上小心地移动着，就像是在抚摸一块质地精良的丝绸。因为惊异和不知所措，不住地用日语低声呢喃着什么。

何小遇感到了轻微的晕眩，就像是坐在公园的过山车上。周围的一切都在呼啸着、旋转着，噼里啪啦地向自己冲过来。这样的过程短暂而漫长，像是过了一个世纪，又像是只有短短的几秒钟。她原以为一切都被抛在了身后，等到睁开眼睛的时候，这才恍然发现，原来只是在空中转了几个圈，自己还站在原地一动未动。何小遇的头发上还保留着风吹过时的纹路，脸颊上的两团红润也在告诉自己，这里刚刚发生过什么出人意料的事情。何小遇忽然有些羞愧起来。因为陌生和新奇，她始终睁着眼睛，心里忍不住有些疑惑，这是真的吗？

　　不久，西村省二便以何小遇的名义在月城买了套新房，两个人正式开始了同居生活。装修之后的新房表面上看起来与公寓里别的房子没有什么区别，推开门之后才能发现，那是十分典型的日式风格。在装修之前，西村省二曾经征求过何小遇的意见，她却一直未置可否。直到两个人真的住到了一起，何小遇似乎仍有点不敢相信，这件事竟是真的？她真的与西村省二同居了？因为一直有点将信将疑，自然不会在乎房子的装修风格。

　　西村省二看起来似乎也有点忘了何小遇是个中国人。起居室里的こたつ（日式被炉）、卧室的榻榻米和浴室的用具，都是地道的日本货，就连一些日用品也是他从日本带回来的。西村省二甚至还带来了一个神龛，里面供奉着他早已经去世的父母的黑白照片。

　　何小遇光着脚站在装饰一新的家中，常常会觉得自己是无意中闯入了别人家的屋子里。这里应该还有另外一个人，一个绾着高高发髻、穿素色和服的女人。西村省二不在的时候，女人打理着一切，让这里在任何时候看起来总是那么干净、整洁。洗衣机的滚筒里腾起小山一样的泡沫，吸尘器嗡嗡地响。女人在厨房里忙碌着，要不了多久，就会端出新做的寿司、酱汤，或者是新烤的面包和装饰着漂亮花饰的奶油蛋糕。现在，那个女人只是临时有什么事离开了，但很快就会回到这里。何小遇站在客厅里，似乎还能闻到女人留下的淡淡的香水味和厨房里刚刚烘烤过的新鲜的荞麦香味。

这样的时候，何小遇总是会忍不住疑惑，西村省二真的爱她么？要真是爱她的话，似乎不应该让她感觉不自在。何小遇发觉自己在这个家里一点也不协调，就像是唱日本演歌的时候，却用起了中国的唢呐做伴奏。还有，她爱西村省二吗？这个来自另一个陌生国家的男人？对何小遇来说，西村省二只是她在伤心失望时可以伏在那里痛哭一场的肩膀，一个不必介意在他面前暴露自己心迹的男人。

这一点与李牧和谢邈不同。在他们面前，何小遇常常需要装出一副能干而快乐的模样，似乎只有这样才不会让他们看轻自己。而在西村省二面前则完全不同。这个男人不会真正进入她的日常生活，因此，何小遇完全不必刻意地隐瞒自己。相反，她的失败与失落反倒是她的魅力所在，成了她吸引人的一种匪夷所思的独特方式。

有时，何小遇会忽然问西村省二，你喜欢我吗？西村省二转过脸来，注视着何小遇，伸出手捏了捏她的下巴，这才很认真地点点头说，是的，喜欢。

何小遇说，为什么呢？你为什么会喜欢我？

西村省二想了想，忽然笑了起来，说你为什么总喜欢问为什么，有些事情本来就没有为什么。

何小遇还想继续追问，可西村省二的中文水平不知怎么却忽然变得糟糕起来，看起来似乎听不懂她的话。何小遇只好作罢。但是，何小遇还是有些不甘心。下一次，又问西村省二，她与他的前妻相比，有什么不一样的地方么？

这个问题在西村省二看来似乎更难回答，几乎有些摸不着头脑。过了一会儿，这才有些答非所问地说，人与人之间的差别有时很大，有时却很小。不同类型的人比不同国家的人，差别更大。

何小遇没有说话，只是很认真地看着西村省二。西村省二刚刮过胡子，嘴巴周围的皮肤微微地泛着青色。何小遇想起西村省二曾经说过，以前他的胡须和他的头发一样长。

何小遇忽然发觉，面前的这个男人陌生而古怪，离自己的生活很远，她甚至弄不清他到底在想些什么。有时候，何小遇以为她是明白西村省二的，但是过不了多久，却忽然发现，以前的理解是完全错误的。她一点也不知道西村省二到底是怎样的一个人？

西村省二曾经说过，何小遇是与他的两个前妻完全不一样的人。但是她不知道，自己到底哪些地方跟她们不一样。对何小遇来说，她们生活在中国之外的陌生国度，那么她与她们不一样也是理所应当的。但是，她与她们之间到底又有多大的区别呢？除了外表上的差异之外，这样的区别肯定是微乎其微的。首先，她和她们一样，都是女人。而且，虽然她没与几个男人上过床，但她内心的疯狂并不亚于任何一个放荡的妓女。因此，或许她并不仅仅只是西村省二看见的那个羞怯、保守的女人，至少精神上不是。

看着照片上那个已经去世的女摄影师，何小遇时常会感觉亲切无比。她常常觉得，女摄影师在某种意义上就是她自己，只是换了一副面孔而已。女摄影师的漂泊、吸毒和梦想，都是何小遇喜爱与渴望的。那么，西村省二又有什么理由认为她符合他心目中理想妻子的形象呢？有一段时间，何小遇甚至以为西村省二喜欢的并不是她，而只是他的幻觉而已。

表面上看起来，何小遇在大多数的时候总显得有些迷糊，别人十分看重和奋力争取的东西，在她这里却常常一钱不值。在单位里，何小遇算得上是个怪人，一个现实生活中的失败者。但是，何小遇却常常觉得不是这样。

众人眼中的何小遇与她有什么关系呢？在这背后，一定还有一个被什么东西遮蔽住的真实的自己。那是一个坚韧、努力、永不妥协的女人，有着远大而坚定的目标，因为过于专注而目不斜视、心无旁骛。由于心思完全被那些东西所占据，所以根本就意识不到自己在别人的眼中到底是怎样的形象。

但是，那些她认为重要的东西到底是什么呢？这却是一时难以说清楚的。独自一人的时候，何小遇总是长时间地注视着它们，但它们却总是冷淡地站在远处，显得十分陌生。因为骄傲，始终不肯与她现在的生活有任何交集。

现在，那些属于远方的信息就像女摄影师镜头里的一张张模糊而暧昧的面孔，在何小遇的眼前转瞬即逝。但它们却像西村省二失眠时的梦境一样，给她带来了相同的启示。这样的启示很快便把何小遇变得像那个吸了毒的女摄影师一样，顿时焦躁而亢奋起来。

很快，何小遇与西村省二同居的事，开始在单位里隐隐约约地传了出来。但是，有关西村省二的具体情况，他们却是一无所知的，只知道是个在月城办企业的外国人。但是，这仅有的一点信息就足以让人说三道四了。

何小遇经常感觉有人在背后好奇地打量着她。目光里既有怀疑与羡慕、嫉妒与不安，也有刮目相看的惊奇，偶尔还有点等着看笑话的幸灾乐祸隐藏在里头。女人们挑剔地看着何小遇的背影，打量着她的穿着打扮，悄悄议论着她身上穿的那条长裙是不是日本男友送给她的礼物。等到何小遇转过头来的时候，那些目光却又迅速移开了。

大家虽然早已经隐隐地感觉到，在何小遇的身后似乎隐藏着什么秘密，但是，由于不知道该对这样的秘密持何态度，倒是一时不知道说什么好了。因此，女人们的脸上竟露出了少见的柔和。见何小遇转过脸来，便冲着她笑笑，夸她现在变得越来越漂亮了，气色也比以前好，是不是在谈恋爱呀？还有那条裙子，是日本货吧？

何小遇听了，笑了笑，摇了摇头。对众人异样的目光，她早已经见怪不怪了。倒是对她们意外的热情，感觉有点不太适应。但是，却也不怎么当回事，只是含含糊糊地打个招呼，便找了个借口离开了。

何小遇原本就生活在众人的视线之外，留给大家的印象总有点冷漠和怪异。因为不知道她的葫芦里到底装的什么药，众人的反应似乎总是慢半拍。等到大家终于回过神来的时候，常常发现早已是人去楼空，只留下惊鸿一瞥似的背影。

虽然，何小遇与西村省二同居的事不可能永远都是个秘密。但是，要不是这时忽然发生一名驻市记者跳楼身亡的事件，却也不应该成为众人口中的谈资。

报社虽然有这样那样的毛病，被许多人看不入眼，可毕竟挂着省报的招牌。那个驻市记者所在的又是一家县级市，因此在当地自然混得有模有样，十分滋润。而且，驻市记者又是那种八面玲珑的性格，人长得也十分帅气，自然吸引了不少女人爱慕的目光。虽然早已经娶妻生子，据说私下里却与一名年轻女人打得火热。一次，两个人趁着女人的丈夫去外地出差时在家中幽会。

记者的妻子对丈夫的行为早有所闻，却一直苦于没有证据。这一次，丈夫几天前便对妻子说，要去外地开会。没想到那天妻子却在无意中发现他根本就没有离开，而是与别的女人在餐馆吃饭。记者的妻子原本是要冲上去与丈夫理论的，却又担心丈夫不承认。毕竟，一起吃饭并不能说明什么问题。于是，只好耐住性子继续悄悄跟踪。直到两个人一前一后进了女人的家，记者的妻子这才咬着牙根打起了电话。

与丈夫在一起的女人，记者的妻子也是认识的。两个人虽然不是十分要好的关系，却怎么也想不到竟会私下里给自己使绊子。一气之下，记者的妻子便把这事告诉给女人正在外地出差的丈夫。女人的丈夫一听便炸了，当即匆匆赶了回来。等到女人的丈夫与记者的妻子一同站在女人家门前的时候，已经是下半夜了。两个人憋足了劲想捉奸，谁知房门却被反锁住了，怎么也打不开。女人的丈夫气得伸出拳头咚咚咚地敲门。

这时的动静已经闹大了。那幢楼里住的大都是本单位的同事，平日里大家都是低头不见抬头见的。小城里难得有什么新闻，许多人穿着睡衣站在门口看热闹，一听说是捉奸，眼睛顿时睁大了。难道那些平日里只在电视剧里出现过的镜头，竟然真的能亲眼看见吗？人群中顿时响起一片兴奋的嗡嗡声。有好事者建议把房门砸开，也有人建议报警。两个当事人因为有众人在一旁起哄，情绪越发激动起来，在门外大声吆喝着。

屋子里面的人这时早已慌了手脚，记者更是急得像热锅上的蚂蚁一般。出又出不去，逃又无处可逃。而且，就是能出去，在如此尴尬的情形下，又有什么颜面面对众人？可是，就这么等下去，也不是个办法。看外面这阵势，肯定是不会放过他们的。而且，他们也拿不准下一步到底会发生什么事。

女人这时早已经穿戴整齐，坐在一旁嘤嘤地哭。因为焦急和悔恨，记者的脸忍不住绷得紧紧的。几分钟前在床上还显得千娇百媚的女人，这时在他的眼中却一下子变得丑陋不堪起来。他原本只是与女人逢场作戏，并没想到会给自己惹出这么大的麻烦。因为焦躁不安，记者把手指关节捏出一阵噼里啪啦的响声。

女人依旧扭着身子，坐在沙发上低声哽咽着。记者盯着女人的后背，忽然有些不耐烦起来，压低声音说，你他妈的别哭了好不好？哭得我头都大了。

女人原本就憋着一肚子的委屈，见记者冲她发脾气，便咬着牙冲上去抓他的胳膊，低声说，这以后让我怎么见人？都是你害的，我不想活了！

现在他哪有心思跟女人吵架，只是一声不吭地甩开手，把女人丢到一边。记者踮起脚尖走近门口，想听听动静。从门上的猫眼里往外看，外面依然是一片乱哄哄的嘈杂声，夹杂着妻子的哭声，正一声声地叫着他的名字。记者见了，吓得赶紧退了回来。

记者在黑暗中烦躁不安地来回踱着步子，一时不知该如何应对。他悄悄推开窗子，把脑袋伸到窗外呼吸了口新鲜空气，却意外地发现这房间虽然是在三楼，看起来离地面似乎并不算太远。而且，二楼有个半米多宽的平台，突出在楼体外面。要是从厨房的窗口爬出去，先让身体落在那个小平台上，然后再从平台上跳下去，要不了几分钟，他就可以神不知鬼不觉地消失在夜幕之中。

一想到这里，记者顿时有些兴奋起来。记者年轻时当过兵，在部队里摸爬滚打过好几年，练出了一身的腱子肉。现在虽然年岁大了，早已没办法与当年相比，但他依然十分信任自己的身体。只要谨慎小心一些，应该不会有什么意外。

为了保险起见，记者又重新观察了一遍地形。已是初冬时节，夜晚外面的空气颇有些寒意。十几米外的地面在黑暗中发出冷幽幽的微光，看起来十分亲切。记者闭着眼睛深深吸了口气，又慢慢地呼出去。心里忍不住暗下决心，等到离开这里之后，今后一定规规矩矩做人，再不会轻易让自己落入如此尴尬的境地。然后，记者紧了紧裤带，跳了出去。

然而，他在黑暗中并没有注意到平台上有一小摊积水。现在，那摊积水已经结起了薄薄的一层冰。当记者跳下去的时候，有一只脚恰好落在那层薄冰上。于是，一个趔趄没有站稳，终于一头栽了下去。在落下去时，他还牢记着应该小心谨慎，直到身体与地面亲密接触时，依然没有让自己发出一点声音。

记者跳楼身亡的事，在当地曾是十分轰动的新闻。在单位里，自然也成为大家茶余饭后谈论的中心。女人们聚在一起时，总是情绪激动地议论着。设想着他要是什么也不做，就在屋子里待着，又会怎样呢？反正那两个捉奸的人不可能总是堵在门口，围观的人也不会总是那么兴致勃勃地等着看热闹，早晚会散开的。所以，按照常理，记者原本是不应该走此绝路的。那么那天晚上在那间屋子里，肯定发生了什么不为人知的事情吧？比如，记者是因为受到那个女人的胁迫，这才被迫跳楼，平白无故地送了性命。

女人们很快便认定，事情一定像她们想象的那样发生过了。要不然，就无法解释平日里聪明活络的驻市记者，为什么竟会冒死跳楼？据说在记者死后，那个与他在一起的女人因惊吓过度，已经精神失常了，很快便被送进了精神病院。因此，那天晚上在那间屋子里到底发生过什么事，也就再也不可能有人知道了。对此，女人们总是一边议论着，一边忍不住摇头叹息着。

因为这件事，女人们不知怎么忽然联想到了何小遇。与何小遇在一起的那个老迈的日本男人，肯定也是有家室的吧？如果果真如此的话，那么他们现在的同居就是不合法的。即便那个日本男人真的是单身，他与何小遇没有结婚，就这样住在一起，算是怎么一回事呢？于是，女人们不禁想起那些有钱人在外面包养外室的事，还有那些因为包养而引发出来的无数悲剧。这让她们忽然前所未有地好奇和担忧起来。

在闲暇时，女人们总是会向周丽打探何小遇的消息，但周丽对此也是一无所知。于是，女人们便会兴味盎然地一同讨论何小遇与那个日本人之间的种种可能性。周丽听了，倒是并不理会女人们的种种议论，只是淡淡地笑了笑，说，这年头什么样的事都可能发生。等着吧，说不定什么时候又会有新闻传出来了。

很快，女人们的目光重又集中到了何小遇的身上。只是这时的目光早已经剔除了当初的艳羡，而多了几分鄙夷与嘲弄。她们有些担忧、又有些兴奋地期待着，期待在何小遇身上，发生点什么事，什么惊天动地、令人吃惊的事情。

23

　　因为何小遇的缘故，西村省二曾经十分认真地研究过她所在的
报社出版的报纸，细心地阅读上面刊登的每一篇文章，分析读者会
对哪些内容感兴趣，试图弄清楚报社到底需要什么样的人才。也希
望以此发现何小遇在单位处境艰难的真正原因。

　　何小遇对西村省二的行为十分不解，认为他这么做毫无意义。
因为，连她自己都搞不清楚，更何况是他这个外国人呢？

　　西村省二读过何小遇撰写的文章，知道以她的才能在这样一家
报社工作，肯定绰绰有余。她又是那种中规中矩的性格，绝不会做
什么犯上出格的事情。因此，这让他越发迷惑起来，到底是什么原
因造成了何小遇现在的状况呢？西村省二认为，无论是上级还是下
级，都应该各得其所，各安其分。因此，如果不是何小遇的原因，
那么大概就是在别人那里出了什么问题。这样的问题如果何小遇解
决不了，就应该离开那里。

　　有一次，西村省二忽然半开玩笑地对何小遇说，她有点像他的
公司里制作的那些动画片中的人物，不善于掩饰和克制，过多地受
自己情绪的左右。但是，动画片中的人物只是人们的想象，大都是
处于理想状态的东西。要是他们生活在现实世界中，肯定也会像她
一样碰钉子的。西村省二忍不住劝道，既然你认为自己的工作毫无
意义，那为什么不离开呢？

　　何小遇摇了摇头，没有回答。何小遇觉得这个问题实在太复杂
了，就像是在追问人为什么活着一样，艰深而无谓。几乎每一个人

都认为这个世界是丑恶而肮脏的，又有几个人是因为鄙视而放弃生命的呢？不，我们依旧活着，虽然并不热爱，却并没有放弃努力，还发明了许多有趣的玩意儿，竭力在那些凡庸的东西身上发掘出盎然的诗意，找出更多让我们活下去的理由。这就像何小遇虽然认为自己的工作毫无意义，却和那些女人们一起在这里闲混一样。因此，面对西村省二的疑惑，何小遇总是一言不发。她知道，自己的沉默在西村省二的眼中，肯定同样让人难以理解。

其实，西村省二的建议何小遇并非没有考虑过。离开的念头她也不知道想过多少回了，只是，离开这里又能到哪里去呢？换个单位就一定会好起来吗？这真是一件难以确定的事。而且，何小遇觉得，现在的失败与落寞似乎并不是一件很重要的事。在她的生活中，肯定还存在着别的什么，只有那些东西才是最重要的。

但是，何小遇却无法向西村省二解释清楚，因为，这一切她只能模模糊糊地感觉到。而且，那些看起来十分重要的东西就像是一只狡猾而灵活的鳗鱼，只是在她的手上碰了一下，便迅速地游开了，她甚至来不及看清楚它们的真实面目。

知道何小遇在单位里的困境，而她又不愿意离开，西村省二便建议她给领导送礼。何小遇听了，忍不住暗自有些吃惊，没想到像西村省二这么一个外国人，竟会提出这样的建议。西村省二笑了笑，说，这是他的公司在中国遇到麻烦事的时候通常采取的办法，总是十分奏效。要是何小遇经济上有困难，他可以提供帮助。

何小遇摇了摇头，很坚决地拒绝了。何小遇忍不住微微地有些羞愧，虽然知道西村省二是为她好，但这样的建议由他提出来，却多少有点让她感觉不快。不过，等到下一次，当周丽把一本翻开的杂志放在何小遇面前，让她认真学习的时候，何小遇却忽然想起了西村省二的那个建议。

何小遇看见摆在她面前的那篇文章的题目是《论自闭症记者的

对策》。何小遇觉得自己的脑袋忽然"嗡"的一下，张口结舌半天说不出话来。这么说，原来自己在周丽的眼中竟是个自闭症患者？何小遇咽了口唾沫，大半天这才有些艰难地说，你这是什么意思？

何小遇过分激烈的反应显然有点出乎周丽的意料之外。周丽只是看了她一眼，不动声色地说，没什么意思，是让你参考一下。

下午下班之后，何小遇终于拎着两条香烟来到钱大头的办公室里。人还没有坐下来，眼泪已经忍不住哗哗地流了出来。钱大头见状，吃了一惊。站起身把打开的办公室门虚掩上，这才慢慢坐回到自己的办公桌前。等到弄清楚只是因为她与周丽之间的纠葛，这才放下心来，垂着眼皮慢条斯理地说，你们之间到底怎么了？

因为委屈透顶，原本那些扎心扎肺的伤心事，猛然间竟然一件也想不起来了。就连刚刚发生的那件事，现在看起来也有点似是而非的样子，看不出周丽有什么恶意似的。而且，何小遇能想起来的都是些鸡毛蒜皮的小事，虽然每一件看起来都像是蓄意的阴谋，却都是些女人对付女人的小伎俩，局外人几乎难以察觉。这些事情原本就有点让人说不出口，等到犹犹豫豫地说出来，那感觉完全不对了。听起来反倒像是何小遇过于鸡肠狗肚、斤斤计较似的，连她自己都有些不好意思。

何小遇的眼泪这时早已经止住了，因为不满意自己的笨拙表现，脸上的表情也有些僵硬。而钱大头脸上那副冷冷淡淡、拒人于千里之外的样子，也有点把她激怒了，脸色越发变得难看起来。

钱大头忽然抬起头来，很尖锐地问道，你说周丽到处说你的坏话，那么她到底在谁那里说了什么？我怎么没有听说过？还有，你说周丽处处与你为难，到底是什么事情为难你？你能拿出证据来吗？

见钱大头这么问，何小遇顿时变得有些不自信起来，说，这种事情是很难拿出证据来的，但是她确实这样做过，而且还有这种近乎污辱的行为……

钱大头忽然打断了何小遇，不耐烦地说，不要再说了，我最讨厌女人之间这种鸡零狗碎的事，你们都是吃饱了撑的！

何小遇一点也不明白事情为什么一下子变成现在这个样子。原本主动权完全是在自己手中，现在却变得好像是她在无理取闹似的。何小遇忽然想起女人们私下里悄悄议论的有关钱大头与周丽之间的那些传闻。何小遇意识到，或许自己不该到钱大头这里来，也不应该说这些有关周丽的似是而非的话。

因为后悔，何小遇一直沉默着。这在钱大头看来，更像是不满或者是某种无声的抗议。于是，钱大头便站起身，让何小遇先回去，有什么事情以后再说。

直到离开钱大头的办公室之后，何小遇这才意识到自己的手中还拎着两条香烟。她原本是要给钱大头送礼的，没想到刚才竟然把这件事忘了个精光。何小遇犹豫了一下，决定回去。这是她第一次给人送礼，几乎没有任何经验。而且，何小遇也不太能确定这是否真的会起作用。但是，反正香烟已经买了，不送出去似乎有点不合常理。而且她原本就是来送礼的，哪有一声不吭把礼物再带回去的道理？于是，何小遇停了停，吸了口气，再次敲开钱大头办公室的门。

钱大头打开门，右手放在门把手上半天没有动弹。钱大头有点弄不明白何小遇为什么又回来了。等到发现何小遇的意图时，钱大头忽然伸出根指头，远远地指了过来，严厉地说，你这是想让我犯错误，犯十分严重的错误，你赶紧把东西拿走！

何小遇十分尴尬，脸涨得通红。她把香烟匆匆忙忙地放在钱大头的办公桌上，转身想离开，钱大头却伸手拦住了她。何小遇脸色绯红地站在那里，一时不知该如何是好。钱大头见状，忽然一下子烦躁不安起来。冷着脸、皱着眉头，一声不吭地把香烟扔了出去，又转身连推带搡地把何小遇推出门。然后，"砰"的一声关上了门。

这时早已过了下班时间，走廊里静悄悄的。被扔出门的香烟从包装盒里掉了出来，散落在地上。装帧精良的香烟落在肮脏的水泥地上，越发显出出类拔萃的高贵身份，看起来几乎像是个阴谋。何小遇在原地站了一会儿，弯腰捡起地上的香烟，忍不住有点疑惑起来。可是，这个阴谋到底是什么呢？她想通过它们达到什么目的？何小遇皱着眉头想了半天，依然没有想明白。但是，或许阴谋肯定是存在的吧？要不然就无法解释她今天的举动了。

何小遇一点也弄不明白，钱大头到底在这里发现了什么？难道在她还没有实施这个阴谋之前，便早已经被别人识破了其中的诡计？这个巨大而湿冷的阴谋，因被人识破而一下子露出破败肮脏的内核。就像是已经做好伪装正准备过冬的狐狸洞，忽然被猎人发现了。揭开破败的枯草，真相在瞬间一下子变得丑陋可笑起来。原来狐狸精得以媚人的秘密招数，竟是那股难闻而令人尴尬的臭味。

何小遇忽然感觉到羞耻而虚弱，倚着走廊的墙壁慢慢地蹲了下去。何小遇撕开烟盒，抽出一支香烟点上，深深地吸了一口。淡淡的烟雾从手指间慢慢腾起，像被鬼魂附身的妖姬，娇媚地伸展着腰肢，与走廊里肮脏的天花板造作地躲避着、亲热着。何小遇呼了口气，盯着它们扭动得越来越柔弱的腰肢，直到它们慢慢地消失在天花板上的污垢与缝隙之间。何小遇伸出手，把剩下的香烟一根根地扯出来，再一点点地揉碎。

这一系列动作，何小遇做得十分缓慢。浓郁的烟草香味扑面而来。夕阳穿过走廊上宽大的窗玻璃，落在何小遇手中的烟丝上，越发让这股味道显得怪异而暧昧。何小遇歪着脖子嗅了一会儿，感觉好受了点，这才细心地把手中稀碎的烟丝扔进钱大头办公室门前的字纸篓里。然后，何小遇拍了拍手，站起身离开了。

何小遇的辞职报告是第二天上午交上去的，上面只有孤零零的两个字：辞职。她原本还想再加上些辞职理由之类的，但是脑子里却一时空荡荡的，什么也没有。何小遇发现，所有能想到的理由现在看起来都显得苍白无力，甚至十分可笑。最后，何小遇只好把这张只有两个字的白纸交了上去。交完辞职报告之后，何小遇感觉自己一下子平静了许多。

何小遇决定嫁给西村省二。这个决定几乎是在几分钟之内做出来的。西村省二最近因为公司的业务回日本去了，在回日本之前，曾经十分认真地向何小遇求婚。她当时曾把这当成是个玩笑。现在，何小遇依然觉得那是个玩笑。但是，难道是玩笑就不应该认真考虑一下吗？虽然何小遇不知道自己是不是爱西村省二，也不能确定西村省二是不是爱她。但是，她知道，是该到离开的时候了。

做出这个决定之后，何小遇给自己做了一顿很丰盛的晚餐，还喝了一点酒。喝完酒的何小遇闭着眼睛躺在沙发上，感觉十分幸福。

何小遇的腹痛是从下午开始发作的。但是，何小遇把这当成是她的身体对刚刚发生的一切的抗议，并没有多加理会。反正，一切都会成为过去，腹痛也是一样。到了晚上，腹痛变得越发厉害起来，何小遇依然没有在意。

何小遇决定去睡觉。等睡着了之后，什么都可以忘记，而忘记了的事情就等于从来没有发生过。

图书在版编目（CIP）数据

疼痛 / 王传宏著. -- 北京 : 中国文史出版社，
2018.8
（实力榜·中国当代作家长篇小说文库）
ISBN 978-7-5205-0460-7

Ⅰ．①疼… Ⅱ．①王… Ⅲ．①长篇小说－中国－当代
Ⅳ．①I247.5

中国版本图书馆 CIP 数据核字(2018)第 183221 号

责任编辑：全秋生
封面设计：杨飞羊

出版发行：中国文史出版社
地　　址：北京市西城区太平桥大街 23 号　　邮编：100811
电　　话：010－66173572　　66168268　　66192736 （发行部）
传　　真：010－66192703
印　　装：北京温林源印刷有限公司
经　　销：全国新华书店
开　　本：787×1092　　　1/16
印　　张：16　　　字数：248 千字
版　　次：2018 年 9 月北京第 1 版
印　　次：2018 年 9 月第 1 次印刷
定　　价：49.80 元